'La ricostruzione di Bristow della polveriera politica che l'Italia era diventata durante la guerra è meticolosa: la sua ricerca è impeccabilmente rigorosa. Per il tipico italiano libero dall'ideologia fascista, la situazione era quasi insopportabile, una circostanza triste che lei porta vividamente in vita. Esplora astutamente una questione che trascende la mera sopravvivenza: la protezione dell'identità culturale della nazione.'

— Kirkus Reviews

'Potente romanzo sulla resistenza italiana durante la Seconda guerra mondiale.'

— BookLife by Publishers Weekly

'La storia dell'era della Seconda guerra mondiale di Bristow si distingue per la sua attenzione agli sforzi per proteggere l'arte e la storia culturale di una nazione occupata.'

— BookLife Prize 2023

Missione Madonna

Missione Madonna

Kate Bristow

Traduzione di
Ulatus

NAVY STREET PRESS

Questo libro è un'opera di fantasia ispirato da eventi realmente accaduti e persone realmente esistite. Pur essendo basato su una figura storica, mio Pasquale Rotondi è un personaggio di fantasia, al pari degli altri personaggi storici che compaiono nel racconto. Ogni altro personaggio ed evento sono frutto di fantasia.

LCCN: 2023944720

ISBN: 979-8-9887919-3-5 (Brossura)

ISBN: 979-8-9887919-4-2 (Copertina Rigida)

ISBN: 979-8-9887919-5-9 (E-book)

Design della copertina del libro e illustrazione dei personaggi a cura di L1graphics.

Immagine di Urbino utilizzata su licenza di Shutterstock.com.

Mappa: illustrazione di Sylvia Hofflund.

Originariamente pubblicato in inglese come 'Saving Madonna'. Tradotto da Ulatus (https://www.ulatus.com)

A Tara e Savannah

E a Huw, che ci ha sempre creduto

Casa del Lupo

Ca'Boschetto

A Ca'Boschetto

Paolo e **Antonella Rossi**
Luca, che lavora alla fattoria
Lorenzo, che si è unito ai partigiani
Marco, che è ancora alle elementari

Leonardo Rossi, fratello di Paolo, e sua moglie **Maria**
I gemelli **Tommaso** e **Matteo**
La figlia **Giovanna**
Gianni, che è ancora alle elementari

La nonna, la matriarca, madre di Paolo e Leonardo

A Casa del Lupo

Francesco ed **Elisa Marchetti**
Alessandro, che si è unito ai partigiani
Elena, che lavora con **Pasquale Rotondi**
Giulia, la figlia minore
Andrea, che lavora alla fattoria

Prologo

Settembre 1943, Sant'Angelo in Vado, Italia

Invece di starsene al caldo nel suo letto, Ricardo Minucci era sotto ai portici in un angolo della piazza, al riparo dal vento sferzante. Cercava di accendersi una sigaretta, ma gli tremavano le mani: non sapeva più se fosse per il freddo o per la paura. Una coppia passò dall'altro lato della strada, con un cane che entrava e usciva dalle porte buie dei negozi annusandole. Li sentì ridere mentre imboccavano una stradina secondaria. L'uomo richiamò il cane e i due scomparvero dalla vista di Ricardo.

Altri cinque minuti. Era un'impresa folle. Gli avrebbe concesso altri cinque minuti e poi se ne sarebbe andato a casa. Guardò la strada, prima da un lato e poi dall'altro. Niente. Alla fioca luce del lampione, Ricardo si sforzò di guardare l'orologio.

Si udì un lieve ronzio. Un'auto si muoveva lentamente lungo la strada, diretta verso la piazza. A fari spenti. Ricardo rimase sotto il portico, in attesa.

L'auto si fermò fuori dal teatro e il conducente spense il motore. Ricardo si guardò intorno un'ultima volta e poi decise di muoversi.

Attraversò la piazza e bussò al finestrino sul lato del guidatore, che lo abbassò di qualche centimetro.

Ricardo procedette con il segnale concordato. "Cerca la cattedrale?"

"Sono un amico del prelato", rispose l'autista. Ricardo annuì. Aveva dato la risposta giusta. L'uomo aprì la portiera dell'auto e scese, stiracchiandosi. Strinse la mano a Ricardo. "Mi fa piacere che tu sia ancora qui. Sono stato costretto a fare una piccola deviazione".

Ricardo notò che l'uomo indossava un costoso impermeabile di gabardine e scarpe di pelle marrone. *Di certo non è un contadino*, pensò. I due si avvicinarono alla parte posteriore dell'auto e lo sconosciuto aprì il bagagliaio. Tirò una coperta grigia da un lato, scoprendo così un pacco grande e spesso avvolto in una specie di carta impermeabile.

"Non è il massimo, lo so, ma non avevamo molto tempo".

Ricardo non sapeva che peso dare a questa informazione, così si limitò ad annuire. Si schiarì la gola, cercando di smuovere il catarro che sembrava essere perennemente bloccato lì.

"La mia macchina è parcheggiata dietro l'angolo. Ho detto al Sovrintendente che avrei fatto la consegna alla Rocca all'alba. Non sapevo quando ti saresti fatto vivo, non me la sono sentita di dare un orario diverso".

"Come ho detto, ha avuto qualche problema. Ora tocca a te. Speriamo che questo sia l'ultimo passaggio".

Ricardo emise una specie di grugnito di assenso. "Sai cosa c'è lì dentro?" gli chiese, indicando il pacco.

"Un paio di piccoli quadri di Giorgione, da quanto ho capito. Sono opere minori, ma comunque inestimabili". L'uomo tirò fuori dalla tasca un portasigarette d'argento e lo aprì, e ne offrì una a Ricardo. Lo sconosciuto accese entrambe le sigarette e poi si appoggiò all'auto, inspirando profondamente. Non sembrava avere fretta di andarsene.

"Mi dici perché ti sei messo in mezzo a questa faccenda?" chiese l'uomo, indicando il bagagliaio. Guardò Ricardo con interesse, soffermandosi sulla giacca rattoppata e sui pantaloni logori. Ricardo era consapevole di avere l'aspetto di una persona che lavorava nei campi piuttosto che in un museo.

"La volta scorsa ho combattuto. Ma volevo comunque fare la mia parte". Ricardo non sapeva perché si fosse sentito obbligato a dare spiegazioni. I due uomini continuarono a fumare, in silenzio. Ricardo era meno nervoso ora che erano in due. Potevano benissimo sembrare due amici che fumavano un'ultima sigaretta al termine di una serata.

"Sono stato ferito sull'Isonzo nel 1915, in una delle prime battaglie", disse Ricardo, sentendo il bisogno di chiarire. "I nostri capi si erano già uniti agli Alleati". Un altro grugnito, questa volta di disprezzo. "Non ci si può fidare di chi è al potere. Vale anche per questa volta. Non avevo certo intenzione di tornare in prima linea".

"Allora perché stai facendo tutto questo?" insistette l'altro.

"Mio cugino mi ha chiesto di aiutarlo. Lavora al museo. Mi sembra la cosa giusta da fare. Posso solo immaginare quali sarebbero i danni, altrimenti".

Ricardo tornò a tacere. I due si appoggiarono al muro del teatro, fumando le loro sigarette.

Dopo qualche minuto Ricardo disse "Ne ho visti abbastanza. Di danni, intendo. Distruzioni volontarie. Furti. Ai soldati non importa cosa succede quando gli sparano addosso. In mezzo al caos, le cose di valore vengono rubate... o anche peggio".

L'uomo fece un cenno di assenso. Ricardo spense la sigaretta sul selciato. Troppe chiacchiere per i suoi gusti.

"Me ne vado. Questi li prendo io, allora". Estrasse con cura il pacco dal bagagliaio. "Buon viaggio, signore. Adesso ci penso io".

Senza dire una parola, Ricardo attraversò la piazza tenendo il pacco tra le mani, dirigendosi verso la stradina dove aveva lasciato la macchina. Appena girato l'angolo, udì il motore che partiva e l'automobile dello sconosciuto che si allontanava.

Ricardo ripose con cura il pacco nel bagagliaio della sua auto. Era ora di andare a casa e dormire un po'. Di lì a poco, i dipinti sarebbero stati al sicuro nella Rocca, lontani dal fronte e da qualsiasi tedesco curioso. *È il posto migliore*, pensò Ricardo.

Capitolo Uno

A Marco, il maiale più grande faceva paura. Suo padre rideva sempre quando Marco diceva che secondo lui il maiale voleva farlo cadere. Diceva che il maiale era un animale e che non provava emozioni, e che Marco non sarebbe mai stato un bravo contadino, con la sua paura degli animali. Ma ogni volta che arrancava con quel pesante secchio, Marco sentiva che il maiale lo guardava, con i suoi occhi piccoli e cattivi. Era la mansione che gli piaceva meno: ogni volta che la madre gli ricordava che era ora di dar da mangiare ai maiali, un piccolo brivido di paura gli correva lungo la schiena.

"Sei solo un moccioso, Marco" gli disse deridendolo suo cugino Gianni. "Guarda me: io non ho paura del maiale!". Gianni colpì il fianco dell'animale con un piccolo bastone, ricevendo un grugnito come risposta. Il maiale cercò di sfuggire, ma per una creatura di quella stazza era difficile muoversi agevolmente in uno spazio così stretto. Gianni si girò verso suo cugino.

"Dai! Sbrigati, così possiamo aiutare Luca a pascolare le pecore".

Marco sparse il mangime nella mangiatoia, rovesciandone un po' per terra. Poi, con l'aiuto di Gianni, sparse del fieno fresco sul pavimento. Tutti i maiali presenti nella stanzetta, che fino a quel momento li avevano ignorati, si mossero per avvicinarsi alla mangiatoia.

"Andiamo!" gridò Gianni.

I due ragazzi uscirono di corsa dal porcile, gridando l'uno contro l'altro. Marco, prudente come al solito, si assicurò che il cancelletto di legno fosse ben chiuso. Sapeva bene quale sarebbe stata la punizione che il padre gli avrebbe inflitto se i maiali fossero fuggiti. Gettò via il secchio prima di correre assieme a Gianni su per la collina, dove Luca e i cani stavano cercando di raggruppare le pecore.

Nella valle era una meravigliosa giornata di ottobre, con cielo azzurro e un primo accenno di fresco nell'aria. Le foglie degli alberi iniziavano a virare sul color ruggine, e alcune erano già cadute a terra. I corvi neri, dei quali Marco, se fosse stato onesto con sé stesso, avrebbe ammesso di aver paura, si rannicchiarono sui rami più spogli delle querce che costeggiavano il campo, gracchiando forte come delle sentinelle al passaggio dei ragazzi.

Quando furono vicini alla cima della collina, Marco rallentò, con il fiato corto. Lasciò vincere il cugino e si fermò ad ammirare il suo regno a valle: la casa in pietra a due piani, in cui vivevano la sua famiglia e quella del cugino, sembrava così piccola vista da lì. Persino la quercia gigante, che dominava il giardino, non sembrava così imponente come quando Marco e Gianni tentavano di scalarla, cosa che facevano spesso. Vide sua madre e sua zia che ritiravano le lenzuola dallo stendibiancheria e suo padre che riparava le tegole pericolanti sul tetto di ardesia. Dal camino della cucina si alzavano sbuffi di fumo. Davanti a questa vista Marco sorrise: improvvisamente si ricordò che un parente del suo peggior nemico stava arrostendo lentamente sul fuoco. Si leccò i baffi al pensiero della cena. Erano stati pochi i pasti degni di tanta attesa negli ultimi tempi.

Marco guardò al di là della casa, verso un piccolo bosco che si estendeva dal retro della proprietà fino alla stretta strada bianca che si snodava per la valle fino a raggiungere Peglio, un paesino in collina. La sua casa si chiamava Ca'Boschetto proprio per quell'insieme di alberi, e Marco sapeva che presto suo padre e suo zio avrebbero riunito gli amici e i loro segugi per l'annuale caccia al tartufo. Il piccolo bosco era noto per essere ricco di questi funghi inafferrabili e molto ricercati, e la caccia al tartufo era uno degli appuntamenti salienti della stagione.

Oltre il bosco, un mosaico di campi che, diventati marroni e aridi dopo il raccolto di agosto, iniziavano a colorarsi di verde grazie alle recenti piogge. Marco avvistò un paio di cervi che approfittavano dell'erba fresca. Ma la sua attenzione fu attirata da qualcosa che brillava in lontananza. Si portò le mani alla fronte per ripararsi dal bagliore del sole autunnale. Qualunque cosa fosse che scintillava alla luce del sole, si stava avvicinando alla loro fattoria. I carri trainati dai buoi, che spesso transitavano sulla stradina secondaria, non potevano muoversi così rapidamente. Strizzò gli occhi. Qualcosa non quadrava.

"Luca! Luca! Sta arrivando una macchina. Guarda la strada!".

Il fratello maggiore si allontanò dal gregge e si diresse verso Marco. Luca fissò il veicolo in lontananza per un minuto, con il volto incupito. "Marco, Gianni, correte in casa e dite al babbo che potrebbero esserci dei tedeschi in arrivo. Sbrigatevi!".

I due, spaventati dal tono di voce di Luca, corsero giù per la collina. Luca spinse i cani a radunare le pecore verso gli alberi che costeggiavano il campo, dove sarebbero state al riparo dal sole ma anche da eventuali occhi indiscreti. Sentiva il cuore battere all'impazzata, ma sapeva che la cosa migliore era rimanere nascosto. Meglio essere prudenti. I giovani arruolabili erano i bersagli preferiti degli ultimi arrivati dalle loro parti. Era raro vedere un'auto su quelle strade di campagna impervie e per questo Luca aveva un brutto presentimento. Si ricordò che i suoi cugini gemelli, Tommaso e Matteo, erano a riparare recinzioni in un altro campo, ancora più lontano dalla casa. Era meglio che rimanessero lì. Osservò la macchina avanzare a fatica per la strada dissestata che portava alla casa. Suo padre avrebbe saputo cosa fare.

Quando sentì le grida dei due ragazzi che si avvicinavano alla casa, babbo scese dal tetto. Ascoltò le loro frasi confuse mentre i ragazzi parlavano l'uno sull'altro. Il padre di Marco prese la borsa degli attrezzi e la mise nel retro di un carretto di legno nel cortile, poi si rivolse ai ragazzi, che lo guardavano con aria spaventata.

"Ragazzi, correte in casa e prendete le bottiglie di vino che sono sul tavolo della cucina".

Le famiglie stavano organizzando una festa per l'ottantesimo compleanno della nonna. La madre e la zia di Marco cucinavano da giorni. Per mesi, i pasti come quelli di questi giorni erano stati decisamente più magri, perché le due cuoche dovevano assicurarsi di riuscire ad avere cibo a sufficienza per gli ospiti. Il signor Francesco Marchetti della fattoria vicina, il più caro amico di babbo, per contribuire alla festa in mattinata gli aveva portato quattro bottiglie del suo pregiato rosso.

"Nascondete le bottiglie nel porcile, sotto la paglia. Forza, andate!" Babbo spinse Marco e Gianni verso casa, mentre la moglie e la cognata lo guardavano sconcertate.

"Che si tratti della milizia o dei tedeschi, vorranno qualcosa. Probabile che finiremo per dargli qualcosa da mangiare. Non possiamo nascondere il maiale arrostito, ma che io sia maledetto se li lascerò prendere il vino".

Marco sentiva la macchina avvicinarsi. La paura gli stringeva il petto mentre assieme a Gianni saliva di corsa i gradini di pietra che portavano all'abitazione di famiglia, al piano superiore. Aprirono la spessa porta di quercia ed entrarono nella grande stanza. Marco vide il maiale che girava sullo spiedo nel camino della cucina: l'odore appetitoso della carne carbonizzata lo fece vacillare per un momento. Suo cugino prese due bottiglie di vino dal tavolo e disse a Marco di prendere le altre due. La nonna, seduta sulla comoda poltrona accanto al fuoco, si svegliò dal pisolino.

"Cosa state combinando, ragazzi?" mormorò, confusa da quel rumore improvviso.

I due la ignorarono, attraversando di corsa dalla porta e scendendo giù per i gradini con le bottiglie. Passarono attraverso la porta al piano terra, dove si trovavano i recinti degli animali: i cavalli, legati ai loro anelli di aggancio, sembrarono divertiti dall'interruzione. Marco si fermò di colpo, spaventato tanto dall'idea di incrociare di nuovo il grande maiale quanto dalla macchina che si avvicinava.

"Dai, Marco", lo incalzò Gianni. "Sbrigati!"

Passando per l'ingresso ad arco della stalla, entrarono rapidamente nella piccola stanza utilizzata come porcile. Il grosso maiale sollevò la testa dalla mangiatoia. Non sembrava affatto contento di venir disturbato mentre mangiava. I due ragazzi ebbero un attimo di esitazione. Si guardarono e, dopo un cenno reciproco, si precipitarono verso il mucchio di paglia ed escrementi, si inginocchiarono e nascosero le bottiglie nel letame.

"Coprile, coprile", sussurrò Gianni in preda al panico.

Marco non capiva se Gianni parlasse a bassa voce per evitare di disturbare i maiali oppure per la paura di ciò che stava per accadere. Una volta completato il lavoro, si alzarono e cercarono di eliminare dalle ginocchia la sporcizia che avrebbe potuto tradirli. Piuttosto che disturbare di nuovo i cavalli, scelsero di uscire di corsa dal cancello posteriore. Marco, che era dietro a suo cugino, lo vide finire dritto tra le braccia di un soldato alto e biondo.

"Fermo, ragazzo", gli intimò lo straniero in un italiano stentato. Rise mentre afferrava Gianni e lo teneva saldamente per le braccia. "Dove corri?"

Marco fissò il soldato: aveva un berretto grigio con un'aquila sul davanti e un paio di stivali neri lucidissimi. Non erano invece vestiti allo stesso modo i tre soldati fermi accanto alla macchina, nel mezzo cortile.

Marco scrutò il volto di suo padre, cercando di scorgere la sua reazione a quei visitatori inaspettati: il suo volto non tradiva alcuna emozione. L'ufficiale teneva stretto Gianni e, per una volta, Marco era felice di essere stato più lento di suo cugino.

"Signor Rossi, Maggiore Heinrich al suo servizio". L'uomo che tratteneva Gianni chinò il capo in direzione del padre di Marco. "Ci è giunta voce che dobbiamo fare delle congratulazioni. Dov'è sua madre?"

"Sta facendo un pisolino", rispose babbo seccamente. Non si stava comportando in modo amichevole, come invece faceva quando qualcuno veniva a casa sua. I tedeschi si scambiarono un sorrisetto, in attesa che il loro comandante dicesse qualcosa.

"Beh, è un peccato. Al mercato di Sassocorvaro abbiamo sentito che sua moglie sta cercando di procurarsi scorte di cibo: ora capisce perché siamo qui?" L'uomo alto e magro sorrise e guardò uno a uno i membri della famiglia.

"Da quando mi hanno inviato qui ho capito che lei e i suoi vicini non avete ben chiaro il significato della parola 'razioni'. Voi contadini ve la passate molto meglio dei vostri connazionali in città. Ma mi è stato ordinato di imporre un po' di disciplina qui. Non vogliamo che i generi alimentari di prima necessità vengano dirottati verso i partigiani nascosti sulle colline, vero?"

Marco non poté fare a meno di rabbrividire. Non era una visita di cortesia e non aveva idea di cosa avrebbero fatto i tedeschi se avessero trovato il vino. L'ufficiale sorrideva, ma a Marco non sembrava un vero sorriso. Si sforzò di rimanere immobile, anche se aveva voglia di piangere.

La madre di Marco si fece avanti.

"Signore, facciamo del nostro meglio con quello che il buon Dio ci manda, e a volte esagera. Stamattina sono riuscita a fare i ravioli perché ieri ho trovato dei funghi selvatici nel bosco. Ne ho trovati tantissimi! Ho detto a mia cognata che dovevamo festeggiare..." Si fermò e prese fiato. "Ma sono sicura che questo non le interessa, Maggiore. Quello che volevo dire è che abbiamo pasta in abbondanza per il compleanno: se vuole, possiamo darvene un po'". Mamma parlò con la sua solita voce allegra, senza tradire alcuna ostilità. Marco trattenne il respiro.

"Mi sembra un'ottima idea, signora Rossi. Ci accomodiamo dentro?"

Il Maggiore lasciò andare Gianni e, prima di avviarsi verso i gradini, fece segno alla mamma di camminare davanti a lui. Babbo e Zia Maria accennarono a seguirli, ma l'ufficiale alzò la mano. "Non serve. Perché non restate qui con i ragazzi?"

Senza attendere la risposta, il Maggiore si rivolse ai suoi uomini e urlò loro qualche breve ordine in tedesco. Si voltò poi verso il padre di Marco. "Il Capitano Müller resterà qui con voi. I miei uomini perlustreranno il piano inferiore".

Due soldati corsero negli stalle al piano terra, mentre il Maggiore Heinrich seguì la mamma dentro casa, verso il piano superiore. Il Capitano Müller rimase in piedi con le mani dietro la schiena, senza proferire parola. Marco deglutì, cercando di non vomitare, e strinse gli occhi mentre sentiva che le lacrime iniziavano a spuntare. I soldati avrebbero trovato il vino e Marco e la sua famiglia sarebbero stati fucilati. Cominciò di nuovo a tremare.

I cinque minuti che seguirono durarono un'eternità. Marco cercò di concentrarsi sulla collina, pensando al fratello maggiore, Luca, che se ne stava sotto agli alberi con le pecore e i cani: non poteva vederlo, ma sapere che fosse così vicino lo fece sentire meglio. Non osava guardare il padre.

Dalla casa provenivano forti rumori. Mentre l'ufficiale scendeva le scale con un tegame di coccio, i suoi due uomini emersero dal piano inferiore e uno di loro aveva tre le mani un maialino che si contorceva. I due ridevano delle grida della creaturina terrorizzata. L'uomo più alto disse qualcosa al suo superiore.

Il Maggiore Heinrich annuì e poi si rivolse a babbo. "Signor Rossi, sembra che lei abbia dimenticato di menzionare diversi animali, tra i quali quel maiale arrostito che è in cucina. Sua moglie ne ha tagliate alcune grosse fette per me e per i miei uomini. E ci ha dato dei ravioli. Non capisco perché voi contadini vi lamentate sempre della mancanza di cibo. Alla fine, sono riuscito a fare gli auguri a sua madre. È un peccato che non possiamo restare per la festa".

Il Capitano Müller aprì il bagagliaio dell'auto e, dopo averlo preso dal Maggiore, vi ripose il tegame. Salì poi sul sedile posteriore, mentre i due soldati più giovani si sedettero davanti: quello che teneva in braccio il maialino che si contorceva si accomodò sul sedile del passeggero. Il Maggiore diede un'ultima occhiata al cortile, come per imprimere tutto nella memoria. Fece un piccolo inchino alla madre e alla zia di Marco e poi si rivolse al padre di Marco: il sorriso era scomparso.

"Ora controllo quest'area. E applicherò le regole. Ci vediamo, signore. Sono sicuro che rivedrò lei, e la sua famiglia, molto presto".

Capitolo Due

Fermo sotto gli alberi, Luca osservava dalla collina la scena che si svolgeva più in basso. Quando vide l'ufficiale tedesco afferrare suo cugino, Luca trattenne il respiro e pregò in silenzio che il padre non perdesse la calma. Luca sapeva di dover rimanere dov'era: in città aveva visto fin troppi ragazzi infastiditi dai tedeschi, che erano arrivati in zona appena un mese prima.

Per quanto difficili fossero stati i primi anni della guerra, in estate la situazione era peggiorata. Con lo sbarco delle forze alleate in Sicilia, che aveva innescato la sequenza di eventi che aveva portato all'arresto di Mussolini e all'armistizio tra il governo italiano e gli Alleati, l'Italia settentrionale era passata a tutti gli effetti sotto il dominio tedesco. Mussolini poteva anche essere a capo del suo governo fantoccio a Salò, ma Luca sapeva chi comandava veramente. Lui e i suoi amici avevano sentito dire che alcuni giovani italiani erano stati reclutati in Campania dai tedeschi e poi deportati in Germania, destinati ai lavori forzati.

E i tedeschi non erano il loro unico problema: ancora fedeli a Mussolini, i membri della milizia fascista costringevano gli uomini ad arruolarsi per combattere le forze alleate. Il fratello minore di Luca, Lorenzo, e molti dei suoi amici si erano dileguati tra le colline e i paesi intorno a Sassocorvaro per unirsi alla resistenza, con la speranza di fermare i tedeschi. Al ricordo delle accese conversazioni che avevano avuto, Luca provò la solita ondata di rabbia mista a disperazione.

"Luca, non possiamo starcene con le mani in mano e lasciare che i tedeschi si prendano tutto quello che vogliono", aveva detto Lorenzo una mattina di inizio settembre, mentre con i fratelli e un paio di amici passeggiava per un bosco lì vicino alla ricerca di cinghiali. "Posso dirvi fin da ora che non ho intenzione di aspettare di essere arruolato nell'esercito di Mussolini. La Repubblica Sociale Italiana è una causa persa, questo è certo".

Alessandro, il migliore amico di Luca, aveva mugugnato in segno di assenso. "Sono stufo di lavorare alla fattoria sapendo che da qualche parte c'è una guerra in corso: mi sento come un bambino. Né tantomeno ho intenzione di combattere per i fascisti". Alessandro si era messo la pistola sulla spalla e si era girato verso Luca. "Ma io per qualcosa voglio lottare, amico mio. Altrimenti perderemo l'onore che ancora ci resta e l'Italia non si riprenderà mai da questo terribile disastro in cui siamo stati trascinati. Non aspetterò che gli americani e gli inglesi arrivino e combattano al posto nostro". Aveva sputato a terra per enfatizzare quanto detto, in attesa di una risposta.

Luca era rimasto immobile, cercando di organizzare i propri pensieri. "Capisco quello che state dicendo. Davvero. La cosa giusta è combattere, lo so. Odio i nazisti tanto quanto voi. Ma cosa succederà ai raccolti e agli animali della mia famiglia? E a quelli della tua, Alessandro? Mio padre e mio zio non possono fare tutto, e lo stesso vale per voi".

Luca aveva visto l'amico incupirsi. Prima che Alessandro potesse interromperlo, aveva ripreso a parlare. "In questa guerra abbiamo perso già abbastanza braccianti. Volete che i raccolti appassiscano nei campi? Chi macellerà i maiali quando sarà il momento? Le persone contano su di noi. Diamine, si deve pur mangiare". Luca incespicava nelle sue stesse parole. Sapeva che sembrava che stesse cercando delle scuse. La pancia gli diceva di seguire i suoi amici, ma la testa lo spingeva a rimanere a casa.

Il fratello di Luca e i due amici lo avevano fissato con un'espressione che sapeva di disprezzo. Aveva ricambiato lo sguardo e loro si erano girati dall'altra parte, come se non volessero più guardarlo. Faceva fatica a deglutire.

"Beh, io vado", aveva detto Alessandro. "Ho saputo che un gruppo di partigiani si è nascosto vicino a Ca'Mazzasette: è il momento di farsi avanti".

Aveva guardato di nuovo Luca. "Altrimenti verremo coscritti. Ti auguro di riuscire a schivare quei bastardi".

Lorenzo, entusiasta, aveva stretto forte il braccio di Alessandro. "Vengo con voi, mi unisco ai partigiani. Il prossimo anno verrò comunque chiamato, tanto vale farlo ora. Prendiamo le provviste e i nostri fucili e partiamo il prima possibile".

Poi, si era rivolto al fratello maggiore.

"Luca, capisco quello che dici. Per babbo e zio Leonardo sarebbe ancora più dura se ce ne andassimo entrambi. Lo capisco bene: la fattoria è già troppo grande da gestire anche quando ci siamo io, te e i gemelli ad aiutare. Ma qui parliamo di guerra. È un problema se un campo non è arato, certo. Ma babbo dovrà arrangiarsi. Mi unirò ai partigiani, fine".

Due giorni dopo, se n'erano andati.

Luca estrasse dalla tasca un pacchetto di sigarette ormai malconcio e ne accese una. Si godette la nicotina che gli scendeva in gola e nei polmoni. Tornò a fissare quelle piccole sagome che si muovevano giù in basso. Per un attimo fu innervosito da una serie di strilli acuti, fino a che una delle sagome uscì dalla casa, con in braccio quello che sembrava essere uno dei maialini. Provò un senso di sollievo nel vedere i quattro soldati che si allontanavano lungo la strada dissestata. Sarebbe andato tutto bene. Nessuno si era fatto male: qualunque cosa avessero preso, non era poi un gran sacrificio. Spense la sigaretta sul tronco dell'albero più vicino e, avviandosi giù per la collina, fischiò ai cani perché radunassero le pecore. Suo padre lo vide avvicinarsi.

"Quei bastardi hanno preso del cibo e uno dei maiali", gli disse. Era rosso in volto. Luca vide che la madre gli toccava il braccio, come per calmarlo.

"È tutto a posto, Paolo. Per questa sera ne abbiamo abbastanza. Non è successo niente. Sono contenta che Luca e i ragazzi fossero nei campi e che tuo fratello e Giovanna non fossero qui. Adesso andiamo avanti e godiamoci la serata". Guardò Luca, con un gran sorriso dipinto sul volto.

Zia Maria, che in genere era ben contenta di rimanere in silenzio quando la cognata era al centro della scena, prese inaspettatamente la parola. "E comunque sono certa che Leonardo e Giovanna torneranno con altre cose da mangiare. A Urbino si fanno sempre buoni affari su salumi e formaggi, e la mia bambina avrà fatto buoni affari. È brava a tirare sul prezzo".

Maria accarezzò i capelli del figlio. Gianni aveva ancora la faccia nascosta nel grembiule della madre, dove si era rifugiato dopo che l'ufficiale lo aveva lasciato andare. "Gianni, caro, perché voi due non andate su per la collina a dire a Tommaso e Matteo che gli ospiti arriveranno alle sette? Voglio dargli il tempo di lavarsi per bene prima che arrivino tutti. Nonna si arrabbierebbe se i nipoti si presentassero alla festa senza aver almeno tentato di rendersi presentabili".

Mentre si avvicinava il tramonto, Luca e i gemelli, Tommaso e Matteo, si occuparono di trasportare le assi di quercia prese da una grande catasta di legna vicino alla casa. Aiutandosi con delle botti vuote, improvvisarono dei tavoli e delle panchine. Accatastarono anche un po' di legna in diversi punti, così da poter accendere dei piccoli falò quando la temperatura fosse scesa. Tommaso si arrampicò sui rami dell'enorme quercia che si trovava al centro del cortile, per appendere le lanterne che avrebbero poi illuminato tutto. Giovanna, la cugina minore di Luca, posizionò altre lanterne e fiori di campo in barattoli di marmellata sui tavoli assieme alla madre, per creare un'atmosfera più festosa per la serata.

Verso le sette, iniziarono ad arrivare i primi vicini e amici, alcuni su carretti trainati da cavalli e altri, pochi, con l'automobile. Alcuni arrivarono a cavallo. Gli ospiti portarono in dono quel poco che potevano: miele, formaggi stagionati, una cesta di fichi, una pagnotta, fiaschette di liquore fatto in casa. Nei mesi precedenti c'era stato ben poco da festeggiare e tutta la valle attendeva con ansia quella serata.

Gianni e Marco passavano da un ospite all'altro, riempiendo bicchieri di vino e raccontando a tutti come avevano salvato la serata nascondendo le quattro bottiglie nel porcile. Più andavano avanti, più la storia veniva abbellita. Nonna se ne stava seduta tranquilla sulla sua sedia sotto all'antica quercia, ricevendo auguri e complimenti e distribuendo calorosi baci sulla guancia a tutti. Le sue due nuore le giravano intorno, osservandola con attenzione: tra il portare tappeti e indumenti più caldi perché l'aria rinfrescava e il distrarre con discrezione i visitatori quando nonna sembrava sopraffatta, le due donne avevano molto da fare. I gemelli afferrarono i violini: erano musicisti esperti e avrebbero mollato tutto pur di suonare, considerando che molti degli ospiti sarebbero stati ben felici di ballare. Per una sera, la musica e le risate riecheggiarono nella valle, come non accadeva da settimane.

Luca se ne stava in disparte, osservando la luna che sorgeva in lontananza, dietro alla collina. Qualcuno gli diede un forte colpo sul fianco.

"Ciao, amico mio" gli sussurrò una voce che conosceva bene. Si girò di scatto.

"Elena, mio Dio, finalmente sei qui! Era ora che venissi a trovarmi. Siamo diventati troppo noiosi per te?"

La ragazza rise e lo baciò su entrambe le guance. "Sono tornata una settimana fa. Sono stata molto impegnata: sono stata via un anno, è un periodo lungo. Mia madre mi ha portato in giro per tutta Sassocorvaro. Non volevo tornare a casa, se devo dirla tutta, ma babbo e mamma hanno insistito quando hanno saputo che Milano era stata bombardata pesantemente ancora una volta. Sono stata fortunata, il Sovrintendente Rotondi mi ha dato un passaggio".

Elena fece una pausa, poi prese le mani di Luca tra le sue. Si fece indietro per osservarlo meglio. "Ti trovo bene. Sembri molto forte. E molto abbronzato. Che fine ha fatto il ragazzino pallido a cui piaceva disegnare? Il lavoro all'aperto ti si addice". Fece un sorriso malinconico, come se fosse triste all'idea che quel ragazzino non esistesse più.

Luca fece una smorfia. "Disegnare è una cosa da bambini. Io ora sono un contadino a tempo pieno. Se non penso io a lavorare, chi lo farà?" Al pensiero del fratello scomparso lo investì un'ondata di rabbia, subito seguita dal rammarico per aver usato quel tono brusco. Anche Alessandro, fratello di Elena e suo migliore amico, si era unito ai partigiani. Preso dall'impeto, lo aveva dimenticato.

"Sei ancora arrabbiato con Lorenzo perché se n'è andato, vero?" disse Elena. "Neanche mia madre è contenta che Alessandro se ne sia andato, te lo garantisco. Capisco che abbia reso le cose più difficili per tutti qui alla fattoria, ma anche vivere per strada non deve essere facile".

Luca aggrottò la fronte. "È una scelta loro. Non è altro che l'ennesima avventura per il mio fratellino. Tu ricordi bene che tipo è".

"Certo. Bastava che un'idea fosse folle e lui era subito a favore". Per un attimo Elena sorrise, ma il suo sguardo era triste. Strinse ancora più forte le mani di Luca.

"Però odio non sapere dov'è mio fratello, né se sta bene". Si girò verso le colline, come a cercare di scorgere Alessandro in lontananza. "Vorrei che entrambi fossero qui stasera". Gli lasciò le mani e lo strinse forte a sé.

"Mi sei mancato, Luca", gli sussurrò all'orecchio. "Milano è una città vivace e movimentata, ma mi sei mancato. Davvero".

L'impeto del suo abbraccio colse Luca di sorpresa. Non ricordava che si fossero mai abbracciati prima. Dovette ammettere con sé stesso che non gli dispiaceva affatto. Elena si staccò e lo guardò compiaciuta. Luca si chiese cosa pensasse ora di lui. Era cambiata molto da quando si erano salutati tempo prima. I capelli castani che, per quanto ricordasse, lei aveva sempre portato raccolti in trecce, ora le ricadevano lungo la schiena in morbide onde. Era più alta e il vestito blu che indossava sembrava più adatto a Corso Vittorio Emanuele II che a una fattoria di campagna. Elena ora era una bella donna, non c'era più traccia del maschiaccio con cui si confidava da bambino.

"Anche tu mi sei mancata, Elena" disse Luca. "Sono felice che tu sia tornata".

Elena voleva dire qualcosa, ma si trattenne. Si guardò le punte dei piedi. "Però non mi hai scritto", disse a bassa voce.

Luca era in imbarazzo. "Io non... non pensavo di aver nulla di interessante da dirti".

"Ma avevi detto che lo avresti fatto. Che mi avresti scritto, intendo. Mi avrebbe fatto piacere sapere quello che facevi, qualunque cosa fosse".

Ora era Luca a guardare a terra. Nelle sue lettere, Elena raccontava delle mille avventure che viveva nella grande città. Era un mondo scintillante che lui riusciva solo a immaginare. Pensava che la sua vita, fatta solo di duro lavoro, a lei non interessasse. Lo stava prendendo in giro? Non riusciva a decifrarne il volto.

"Mi dispiace di non averti mai scritto, Elena. Le tue lettere parlavano di un mondo così pittoresco che temevo che le mie, al confronto, sarebbero sembrate insignificanti. Qui non cambia mai niente, lo sai bene".

La risata di Elena spezzò la tensione. "Va bene, ti perdono, ragazzo di campagna. Ma ricorda: se un'amica ti chiede di mandarle una lettera, ogni tanto fatti sentire. Altrimenti penserà che ti sei dimenticato di lei". Gli diede un altro colpo sulle costole.

"Sei Elena Marchetti? Ma guardati! Ora sei una ragazza di città". Una donna si precipitò verso di loro, con le braccia spalancate. "Stavo giusto parlando con tua madre. È felicissima che tu sia finalmente rinsavita e sia tornata a casa". Strinse Elena in un abbraccio affettuoso. "Vieni a salutare le mie ragazze. Non vedono l'ora di sentire le ultime novità da Milano".

Portò via Elena, lasciando Luca a fissarla mentre si allontanava. Gli si avvicinò il suo amico Antonio. "Che spettacolo. E pensare che la prendevamo in giro perché era la cocca della maestra. A vederla ora, ti dico che non mi dispiacerebbe essere il cocco di Elena. Non so se mi spiego".

Sorrise a Luca, che gli diede una mezza spinta. "È fuori dalla tua portata, Antonio. Dai, andiamo a prenderci un pezzo di carne di maiale, finché ce n'è. Nessuno sa arrostire il maiale come mia madre".

Luca prese l'amico sottobraccio e i due si avviarono verso il tavolo, dove il cibo era posato su grandi vassoi. Le donne di casa si occupavano degli anziani e dei bambini che si erano accomodati ai tavoli improvvisati, mentre gli adulti si aggiravano intorno ai vassoi e si servivano da soli. A dispetto delle privazioni e del razionamento indotto dalla guerra, l'offerta era impressionante: succulente porzioni di maialino da latte, qualche coniglio, grandi piatti di ravioli ai funghi selvatici, ortaggi a radice arrostiti, fette di prosciutto e salame stagionati per mesi da zio di Luca nel suo capannone, grandi forme di casciotta fatte con il latte delle pecore del loro gregge e delle mucche dell'allevamento di Francesco Marchetti, uva, prugne, ciliegie, cresce fragranti. Era da prima della guerra che Luca non vedeva così tanto cibo tutto assieme. I ragazzi presero due piatti e iniziarono a servirsi.

Antonio si fermò di colpo con aria accigliata. "Che ci fa qui il vecchio Bruni? Pensavo che tuo padre ce l'avesse con lui".

Luca si guardò intorno e vide il vicino sotto alla vecchia quercia, intento a parlare con il parroco. Mentre parlava, continuava a puntare il dito verso l'alto. Don Antonio, il sacerdote, teneva la testa bassa tracciando piccoli cerchi nel terreno con i piedi. Aveva l'aria di chi ha bisogno di essere salvato.

Luca sospirò. "Mio padre vuole tenersi buono Bruni. Meglio invitarlo per una sera, piuttosto che sentirlo lamentarsi per i tre mesi successivi. È difficile quando hai terreni confinanti".

"Tuo padre è troppo buono, Luca. Io di quell'uomo non mi fido. Ricordi quante volte, da piccoli, siamo finiti nei guai per colpa sua? Alessandro ne ha prese tante dal padre quella volta che è stato sorpreso a rubare le mele di Bruni".

Luca sorrise davanti all'espressione corrucciata di Antonio. "È successo anni fa, e probabilmente Sandro se l'è cercata. Andiamo, o si faranno fuori i pezzi di carne migliori. È tutta la sera che guardo il mio fratellino ingozzarsi".

Il resto della serata trascorse tra mangiate, bevute, balli e, tra una cosa e l'altra, tutti ne approfittarono per aggiornarsi sulle ultime notizie. Tommaso e Matteo fecero una pausa per buttare giù qualcosa, ma poi tornarono subito ai propri violini. La musica era inebriante. Le signore anziane, che non frequentavano le piste da ballo da anni, furono invitate a cimentarsi in qualche passo di danza. Dalla sua sedia, con il viso arrossato e gli occhi lucidi, la nonna di Luca rideva e applaudiva, urlando di tanto in tanto qualcosa ai nipoti per lodare il loro talento musicale.

Anche se provava ad avere un'aria rilassata, Luca teneva d'occhio i movimenti di Elena. Sembrava che tutti volessero qualcosa da lei. Sentì di sfuggita sua nonna che le chiedeva se davvero a Milano il risotto era migliore di quello che lei aveva messo a punto nella sua cucina lavorandoci su per anni e anni. La loro vecchia maestra, Suor Caterina, trascorse una buona mezz'ora con Elena, chiedendole dei concerti di musica classica a cui era stata e se era riuscita ad andare a messa al Duomo. Sua cugina Giovanna e le sue amiche volevano sapere tutto quello che si prevedeva nella grande città in fatto di moda per l'estate successiva. Sentiva spezzoni di conversazione su orli, sartoria e maniche, concetti a lui totalmente estranei. Ma non era comunque interessato a unirsi alle conversazioni degli uomini, che discutevano di avvistamenti di lupi e calibri di fucile.

Alla fine, quando ormai Luca aveva perso le speranze di poter parlare di nuovo con lei, Elena riuscì a sottrarsi all'ennesima avance amichevole e si diresse verso di lui, che se ne stava fermo a fumare una sigaretta. "Beh, abbiamo un anno di arretrati da recuperare, visto anche che non mi hai mai scritto".

Luca borbottò. "Comincia tu. La mia vita non è così esaltante, credimi".

Elena fece una breve sintesi della sua vita a Milano: la famiglia che la ospitava, i colleghi della Pinacoteca di Brera, le serate e le feste a cui aveva partecipato. "Ci sono stati un paio di attacchi aerei, ma avevano come obiettivo le fabbriche alle porte della città. Ci siamo sentiti relativamente al sicuro, almeno fino all'estate".

Elena smise di parlare e si girò verso i campi bui lungo le colline. La luna era sorta e le stelle punteggiavano il cielo. In lontananza si sentiva ululare un lupo. Rimase a fissare la valle per un minuto. Luca si chiese a cosa stesse pensando. Elena si voltò e lo guardò negli occhi.

"È stato terribile, Luca. Come essere all'inferno. Gli aerei sono arrivati a ondate, per diverse notti. Le bombe sono cadute per ore. Eravamo circondati dagli incendi. Mi hanno detto che in alcune parti della città il vento era così forte che sembrava di essere nel bel mezzo di una tempesta, ma con le fiamme al posto della pioggia o della grandine".

Luca non sapeva cosa dire. Senza pensarci troppo, le prese la mano e la strinse.

"Molti edifici e strade sono stati danneggiati, le persone sono morte o sono rimaste ferite. Hanno colpito il Municipio, tante chiese, il Castello Sforzesco, persino il Duomo. Hanno distrutto anche la Pinacoteca. Ed è su questo che mi sono dovuta concentrare. Anche se, dopo la prima notte, avevo paura a lasciare la casa. Però sapevamo che i bombardieri sarebbero arrivati solo con il buio, quindi di giorno ci sentivamo al sicuro".

Elena descrisse le lunghe giornate trascorse al lavoro, quando cercava di recuperare le opere d'arte distrutte o danneggiate più preziose, ma anche le notti trascorse rintanata nel seminterrato della casa dove viveva. "La mia camera da letto era in soffitta, non dormivo molto durante i raid notturni. Dovevo accontentarmi di una coperta buttata sul pavimento del seminterrato. Ma ogni mattina ero felice di essere ancora viva. Poi sono iniziate ad arrivare le lettere. Mamma era terrorizzata, come puoi immaginare. Mi implorava di tornare qui in campagna, al sicuro. Poi una mattina sono arrivata al lavoro e ho trovato il Sovrintendente".

Raccontò a Luca di come Pasquale Rotondi, Sovrintendente alle opere d'arte delle Marche in visita ufficiale alla Pinacoteca, era rimasto sorpreso di trovare lì una persona di Sassocorvaro. Collaborava con il personale della Pinacoteca per mettere in sicurezza alcune opere d'arte portandole nelle Marche, lontano dalle bombe degli Alleati. "Un giorno, dopo pranzo, abbiamo parlato un po' e gli ho raccontato dei timori dei miei genitori. Si è subito offerto di aiutarmi a tornare a casa. All'inizio ho rifiutato, ma la sua non era una cattiva idea. Mentre tornavamo qui, un viaggio lunghissimo per via di tutti i crateri e dei posti di blocco, mi ha offerto un lavoro. È difficile da credere, me ne rendo conto".

Elena rise e il volto si illuminò. Luca si accorse che le stava ancora tenendo la mano: imbarazzato, la lasciò andare.

"Quindi ora lavoro per il signor Rotondi, qualche giorno alla settimana. Non nel suo ufficio a Urbino, ma nella Rocca di Sassocorvaro". Elena tacque e si girò verso Luca, fissandolo intensamente. "Sai cosa sta facendo? Rotondi, intendo".

"Come hai detto tu, sta mettendo al sicuro le opere d'arte". Era il segreto di Pulcinella degli abitanti della valle. Il padre di Luca e alcuni dei vicini lo avevano aiutato in quella impresa. Luca non si era mostrato entusiasta, ma suo padre aveva liquidato bruscamente le sue lamentele, dicendogli che ovviamente non riusciva a cogliere l'importanza dell'iniziativa.

Quando la guerra era iniziata, il governo aveva temuto che il patrimonio culturale italiano potesse subire dei danni. Così, nel giro di qualche mese, curatori d'arte e funzionari avevano creato una rete per movimentare migliaia di opere d'arte provenienti da tutta Italia - dipinti, sculture, manoscritti, spartiti musicali - e metterle al sicuro, lontano dalle grandi città italiane. Pasquale Rotondi, il giovane Sovrintendente per le Marche, si era offerto di farsi carico di tutto ciò che gli veniva recapitato. Lavorava per la Galleria Nazionale, un museo d'arte ospitato a

Palazzo Ducale, nel cuore di Urbino. Aveva ampi sotterranei e Rotondi riteneva potessero essere usati come nascondigli. Come altro luogo sicuro aveva pensato alla Rocca, una fortezza centenaria con mura spesse e imponenti, situata al centro della vicina cittadina di Sassocorvaro. Furono organizzate lunghe catene e trasferimenti complicati, le persone trasportavano le opere da una parte all'altra del Paese. Diversi abitanti delle zone circostanti avevano aiutato a trasportare le opere negli ultimi chilometri fino a Urbino e Sassocorvaro e a scaricarle. Che fosse una chiatta o un carro trainato da buoi, un'automobile o un camion, gli italiani avevano utilizzato qualsiasi mezzo per trasportare i dipinti di Caravaggio e Tintoretto, i calici d'argento provenienti delle chiese veneziane o gli spartiti musicali di Rossini.

Luca sapeva ciò che accadeva; per diversi sabato sera aveva visto suo padre partire per qualche viaggio misterioso, ma la cosa lo aveva esasperato. Non capiva come si potesse dedicare così tanto impegno al salvataggio delle opere d'arte quando la gente face fatica a sopravvivere. Fece spallucce. "Certo che lo so. Lo sappiamo tutti. Ma non sono sicuro che ne valga la pena".

L'espressione di Elena non tradiva alcuna emozione. "Luca, a scuola ti piaceva disegnare e dipingere, ricordi? Eri anche un discreto artista". Rise e la sua risata fece sorridere Luca. Gli era mancata.

"Ricordi quanto ci piacevano le gite ai musei con Suor Caterina e il professor Martini? Quanto siamo stati fortunati a crescere vicini a tutta quella bellezza. E abbiamo tutti bisogno della bellezza, soprattutto ora".

"Ma dai, Elena", disse Luca. "Tutta questa fatica per salvare dei quadri? Direi che l'Italia ha cose più importanti di cui occuparsi".

Elena aggrottò le sopracciglia, rossa in volto. "Ma rappresenta chi siamo, Luca", disse lei con voce che ne tradiva l'inquietudine. "È importante. Santo cielo, una volta che quei bei dipinti, quelle sculture e quegli arazzi, tutte quelle rappresentazioni della vita, non ci saranno più, avremo perso parte della nostra umanità. A Milano ho visto quello che potrebbe accadere. Non voglio che questa guerra distrugga ciò che rende questo Paese così forte. Per me è importante tanto quanto il cibo. È importante".

Si fermò, consapevole degli sguardi degli altri. Poi scoppiò di nuovo in quella risata. "Va bene, adesso basta con gli argomenti seri. Non voglio discutere ora che ci siamo appena ritrovati. Questa è la serata di tua nonna, la serata in cui balliamo e ci dimentichiamo della guerra. Stasera si festeggia solo la tua nonna".

Elena afferrò la mano di Luca e lo portò a ballare. "E mi sono appena ricordata che odi ballare, ma stasera non mi interessa quello che vuoi".

Capitolo Tre

"Vorrei che questa notte non finisse mai!"

Giulia, la sorella minore di Elena, volteggiava per la camera da letto con la camicia da notte di lino, i capelli castani sciolti sulle spalle. Elena, che era già sotto le coperte nel letto che condividevano, le sorrise con indulgenza mentre la guardava ballare con un partner immaginario al ritmo di una melodia altrettanto immaginaria.

"È stata una festa coi fiocchi, non è vero Elena? Vorrei che non ce ne fossimo andate, me la sarei voluta godere fino all'ultimo". Giulia si fermò, rossa in volto, e salterellò verso il letto, lanciandosi sulla coperta accanto a Elena. Si sedette a gambe incrociate e guardò la sorella. "Per te è diverso" disse, con un leggero broncio. "A Milano avrai avuto tante di quelle occasioni per ballare. Tutte quelle feste e quei ragazzi! E io bloccata qui, senza fare mai nulla di divertente. Quando finirà questa stupida guerra?"

Elena avrebbe voluto ridere di fronte all'espressione arrabbiata di Giulia. Prese invece le mani della sorella tra le sue. "Hai sedici anni, c'è tempo, te lo assicuro. Quando tutto questo sarà finito, ti porterò io stessa a Milano. Potrai incontrare tutti i ragazzi, o gli uomini, che vorrai".

Spazientita, Giulia si spostò. Liberò le mani dalla stretta di Elena e si infilò sotto le coperte accanto a lei. "Hai visto quanto era bello Tommaso questa sera? Quel ciuffo di capelli castano chiaro che gli cadeva sugli occhi. Davvero bello. E il modo in cui suona il violino". Giulia si strinse nelle braccia e sorrise. "Abbiamo ballato un po'. Ci hai visti?" Guardò la sorella, speranzosa.

"Vi ho visti, e sì, è bellissimo, e sì, sa suonare. Vedi? In questo caso, non c'è bisogno di andare fino a Milano". Elena schivò la frecciatina che le aveva lanciato e ridacchiò. Quanto le era mancato spettegolare con la sorellina.

"E tu che mi dici? Ti ho vista abbracciata a Luca, stretta stretta. Qualcuno si è ingelosito!"

"Non essere sciocca, Giulia. Siamo amici da sempre, lo sai. Avevamo molto da dirci, tutto qui".

Giulia fissò intensamente la sorella. Gli angoli della bocca si sollevarono in un sorriso sornione. "Sì, ma non ti sei accorta che smaniava come una gatta in calore ogni volta che parlavi con qualcuno. Non ti ha tolto gli occhi di dosso per tutta la serata. Per quanto mi riguarda, sarei felicissima se vi metteste insieme, così potrei vedere più facilmente Tommaso senza destare sospetti".

"Beh, non ho intenzione di uscire con Luca Rossi solo per farti passare un po' di tempo con suo cugino. Forza, è tardi. Domani mattina presto dobbiamo mungere le mucche e vorrei dormire un po'".

Giulia brontolò, ma si chinò a spegnere la candela sul suo lato del letto. Poi si mise giù, si avvolse nelle lenzuola e si addormentò nel giro di pochi minuti. Elena invece rimase sveglia, pensando a quello che aveva detto la sorella. L'idea che Luca potesse essere più di un amico era intrigante. Quando non aveva risposto alle sue lettere, aveva pensato che non fosse più interessato a portare avanti l'amicizia che avevano stretto da bambini. Per molto tempo questa cosa le aveva fatto male. Tornata a casa, Elena aveva rimandato il momento dell'incontro con lui e la sua famiglia, per non scontrarsi con la sua indifferenza. Pur sforzandosi di non perdere il controllo, quando quella sera lo aveva visto per la prima volta aveva sentito lo stomaco in subbuglio. Forse Luca non stava mentendo. Forse non sapeva davvero cosa scrivere. Forse Giulia aveva ragione, potevano essere qualcosa di più di due amici d'infanzia. *Vedremo*, pensò Elena. *Staremo a vedere.*

Il giorno dopo era domenica, con l'uscita obbligatoria in chiesa. A Milano Elena aveva perso un po' questa abitudine, ma ora che era tornata a casa non c'era modo di sfuggire all'occhio vigile della madre. Quella mattina, però, la messa non le sembrò un obbligo, perché sapeva che ci sarebbero stati anche i Rossi. Lei e Giulia sbrigarono in fretta le faccende mattutine e prima di uscire di casa cercarono di rendersi presentabili. Giulia perse tanto di quel tempo a scegliere il colore del nastro da usare per legarsi i capelli che suo padre perse le staffe.

"Al buon Dio queste cose non interessano, Giulia. Sali subito sul carretto".

Giulia si precipitò fuori e si sedette accanto al fratello Andrea, che era arrabbiato quanto il padre. Elena sorrise ai fratelli più piccoli. Avevano un anno in più rispetto a quando era partita, ma sapevano ancora come darsi sui nervi a vicenda. Sospirò, desiderando che il fratello maggiore Alessandro fosse lì con loro. Sapeva sempre come farli ridere. Si chiedeva quando lo avrebbe rivisto e si rifiutava anche solo di pensare all'ipotesi peggiore: che lui fosse rimasto ferito o ucciso mentre combatteva con i partigiani e che lei non lo avrebbe mai più rivisto.

Eccole di nuovo. Le farfalle nello stomaco. Elena deglutì a fatica. Guardò Luca che aiutava la nonna a scendere dal carretto, nella speranza che si voltasse e si accorgesse di lei. Quando alla fine accadde e lui le fece un gran sorriso, Elena sentì le guance andare in fiamme. Che diavolo le stava succedendo? Gli sorrise anche lei e iniziò a lisciarsi le pieghe del vestito, giusto per tenere le mani occupate.

"Come state?" chiese Antonella, la madre di Luca. Indossava uno sgargiante vestito a fiori con cappello abbinato. Elena soffocò una risata. Antonella Rossi era la gioia in persona e si vestiva di conseguenza. Per Elena, il fatto che da una donna perennemente allegra come lei fosse nato un figlio serioso come Luca era un mistero. Antonella si avvicinò per salutarli e presto le due famiglie si trovarono unite in un unico grande gruppo, con le voci che si alzavano sempre più per sovrastare le altre.

"Più tardi dovete venire a Ca'Boschetto. Voglio parlare della festa. Quanto ci siamo divertiti! Ti giuro che a un certo punto ho visto sorridere persino il signor Bruni. Chi l'avrebbe mai detto?" Antonella continuava a parlare fitto con Elisa, la madre di Elena, mentre gli altri si erano divisi in piccoli gruppi e ridevano, ricordando la serata appena trascorsa. Luca ed Elena se ne stavano da una parte, in silenzio.

"Hai..."

"Speravo..."

Scoppiarono a ridere.

"La festa è stata bellissima, Luca. A tua nonna è piaciuta?" gli chiese Elena.

"Tantissimo! Ha detto che è stato il miglior compleanno da quando è morto il nonno. Credo che persino lei rimasta colpita dal gran numero di persone che si sono prese la briga di venire".

"Non ce la saremmo persa per nulla al mondo", disse Elena.

"Beh, ovviamente sapevamo che la tua famiglia ci sarebbe stata. Non c'è nemmeno bisogno di dirlo".

Calò di nuovo il silenzio. Luca guardò Elena. "Cerca di passare, più tardi. Sarò nei campi a lavorare, non ho giorni di riposo io. Ma mi piacerebbe saperne di più su Milano, davvero. Sono sicuro che hai tanto altro da raccontare".

"Mi farebbe molto piacere", disse Elena. Il suo sguardo incrociò quello di Luca. Aveva di nuovo fiducia in sé stessa. "Anche io voglio sapere tutto quello che hai fatto tu. Sei in debito con me per tutte le lettere che non mi hai mai scritto. Mi sa che ci vorrà un po' di tempo".

Capitolo Quattro

Elena si era fatta notare già alle elementari. Tutti i bambini della valle frequentavano la piccola scuola della cittadina di Sassocorvaro, gestita dalle suore del convento locale. Suor Caterina, che si occupava degli studenti più grandi, era stata subito colpita dall'intelligenza dimostrata dalla ragazza: Elena ascoltava la lezione con attenzione e poi faceva le domande più inaspettate. Scriveva temi molto ponderati e la sua dimestichezza con i numeri era senza pari. Suor Caterina non si capacitava di come la figlia di un contadino avesse un'intelligenza tale da renderla una studentessa così brava.

Aveva chiesto a Elena di aiutare i più piccoli con la lettura e correggere i compiti di matematica. Invece di giocare con gli altri bambini, durante la ricreazione Elena sedeva vicino a Suor Caterina e la bombardava di domande sulla sua vita prima di entrare in convento. Rimase affascinata dallo scoprire che la giovane suora era cresciuta a Milano, quinta figlia di una coppia benestante che si interessava di musica e arte. Ben presto Suor Caterina iniziò a parlare dei brani per pianoforte che aveva imparato a suonare, dei dipinti che aveva visto e di tutti gli altri argomenti che ci si aspettava che una ragazza di buona famiglia studiasse. Elena divorava tutte le informazioni.

Tutto questo fece venire un'idea a Suor Caterina. Contattò un famoso studioso d'arte che aveva lavorato alla Galleria Nazionale del Palazzo Ducale di Urbino e che aveva poi scelto di ritirarsi a Sassocorvaro, invece di rimanere in quella vivace città a qualche chilometro di distanza. Alla Galleria Nazionale, il professore era stato tra i responsabili della conservazione delle inestimabili opere d'arte esposte: pezzi di Piero della Francesca, Giovanni Santi, Timoteo Viti e l'amatissimo figlio della città, Raffaello, nato a Urbino centinaia di anni prima.

Una mattina, nella piazza principale di Sassocorvaro, una nervosa Suor Caterina gli espose la sua idea davanti a una tazzina di caffè.

"Professor Martini, che ne direbbe, un giorno, di accompagnare al museo me e un gruppetto di bambini di dieci anni?"

Il professore la guardò divertito. "Beh, Suor Caterina, non mi aspettavo che mi chiedesse una cosa del genere. Lei è una figlia della Chiesa davvero insolita, devo ammetterlo".

Suor Caterina sorrise, ma insistette con la sua richiesta. "Non vedo perché i bambini non debbano conoscere l'alta cultura, soprattutto quando ci sono esempi meravigliosi a pochi passi da noi".

Il professor Martini ci pensò su un po', poi scosse la testa. "Ma tanto diventeranno tutti contadini o negozianti, no? Le ragazze, poi, non andranno nemmeno a lavorare, si sposeranno prima di compiere diciotto anni. Non credo che gli servirà a molto visitare un museo".

Suor Caterina si chinò verso il professore. "Buona parte dei dipinti sono a tema religioso, giusto?" disse con fermezza. "A me sembra un'opportunità per mostrare ai bambini le diverse espressioni della gloria del Signore".

Non riuscendo a elaborare una risposta adeguata davanti a quel ragionamento, il professore accettò a malincuore di portare i bambini in gita al museo. E così il lunedì successivo Suor Caterina e il professor Martini radunarono quindici bambini alla fermata dell'autobus, per dirigersi a Urbino.

A distanza di anni, Elena ricordava ancora la prima volta che aveva posato lo sguardo sulle fiabesche torri che ornavano l'entrata del palazzo in cima alla collina. I bambini erano corsi giù dal bus che si era fermato sulla piazza del mercato appena fuori le mura. Erano rimasti a osservare la meraviglia che li sovrastava, divisi in piccoli gruppi. Dopo essere corsi su per la rampa elicoidale che conduceva alla parte alta della città, i bimbi avevano percorso vociando le stradine in fila per due, fino a che la loro insegnante li aveva condotti attraverso le gigantesche porte in legno del palazzo.

Una volta all'interno di quello spazio impressionante, Elena si era sentita dapprima sopraffatta, poi esaltata dalla sua magnificenza. Graziosi archi e lunghi corridoi in pietra conducevano alle enormi sale tappezzate di arazzi e dipinti. Non aveva mai visto una tale eleganza. Cercò di concentrarsi su quello che stava dicendo il professore quando si fermava davanti a certe opere, ma le forti emozioni suscitate dai dipinti rendevano il compito arduo. Guardò i compagni di scuola, ma l'unico a sembrare affascinato quanto lei era Luca. I due fecero il lungo viaggio di ritorno seduti vicini, parlando dei dipinti che gli erano piaciuti di più e ignorando le zuffe in cui erano impegnati gli altri.

Al professore doveva essere piaciuto il ruolo di guida, tant'è che, per la gioia di Elena, l'esperienza fu ripetuta più volte. Temeva la fine dell'anno scolastico, quando si sarebbe diplomata e avrebbe così terminato gli studi, a differenza dei ragazzi che, invece, avrebbero continuato per qualche altro anno. Le ragazze erano obbligate a entrare nell'Opera Nazionale Balilla, la grande organizzazione giovanile fondata da Mussolini e dal Partito Fascista con l'obiettivo di creare cittadini fascisti modello. Ma alla giovane Elena non piaceva l'idea di imparare l'arte di essere una brava moglie e casalinga, come previsto dal programma di insegnamento.

A Suor Caterina era evidente la disperazione di Elena al pensiero di non poter proseguire gli studi. La giovane insegnante rifletté sulla questione per qualche giorno, poi scrisse alla sorella maggiore che, felicemente sposata con un conte, viveva in una grande tenuta nei pressi di Ferrara. Qualche settimana dopo, arrivarono la risposta e i fondi che Suor Caterina sperava di ricevere.

"Elena, che ne diresti di rimanere a scuola per aiutarmi con i più piccoli?" chiese un giorno Suor Caterina durante la ricreazione. "Sono riuscita a racimolare una piccola somma, così da poterti dare una cifra simbolica ogni mese, nella speranza che i tuoi genitori siano d'accordo. Che ne pensi, signorina?"

Elena fu colta di sorpresa. Guardò la suora con gli occhi spalancati. "Vuol dire che potrei continuare? Venire comunque a scuola tutti i giorni?" Elena aveva pregato intensamente ogni notte per un simile miracolo, ma ora che sembrava essere accaduto, non le pareva vero.

"Sì, tutti i giorni. E quando avrai finito con i più piccoli, potresti sedere insieme ai ragazzi per seguire le lezioni con loro. Che ne dici?"

Elena era così scioccata da non riuscire a parlare. Fissò Suor Caterina con un gran sorriso stampato sul volto.

"Lo prendo come un sì, allora. Chiederò il permesso a tuo padre. Spero che a tua madre non dispiaccia troppo dover rinunciare al tuo aiuto in casa per un altro paio di anni".

Il padre di Elena rimase sorpreso davanti alla richiesta della suora. Tuttavia, dopo averne parlato con il suo amico Paolo Rossi, il signor Marchetti accettò l'insolito accordo. Era felice all'idea di poter contare su un'entrata in più, per quanto esigua, anche se in segreto aveva confessato alla moglie che sperava che la faccenda non significasse che Elena stava pensando di entrare in convento.

"Spero mi dia qualche bel nipotino, prima o poi. Per aiutarmi nella fattoria. Quindi non voglio si rinchiuda tra le mura di un convento per il resto della sua vita". Sua moglie Elisa avrebbe voluto fargli notare che Suor Caterina non era affatto rinchiusa, ma preferì tacere.

E così Elena riuscì a rimanere a scuola. Le lezioni dei più piccoli non la impegnavano molto, perciò Elena ebbe spesso modo di assistere alle lezioni con i ragazzi. Si sedeva in fondo all'aula, accanto a Luca, e assorbiva tutto ciò che le veniva detto. Il professore si era ormai convertito all'idea che l'arte fosse un meccanismo di civilizzazione e perciò aveva deciso di tenere una lezione settimanale per i più grandi, che divenne rapidamente la lezione preferita di Luca ed Elena. Trascorsero settimane assorti nelle storie di Michelangelo, Botticelli, Donatello e degli altri grandi artisti del Rinascimento. Elena quasi non osava respirare, terrorizzata all'idea che un giorno il professor Martini potesse decidere che l'aula non fosse il luogo adatto a una ragazza e che le chiedesse di andarsene.

Con suo grande sollievo, accadde il contrario: il professore rimase colpito, come suor Caterina, dall'intelligenza della ragazza. Si trovò a rivolgersi sempre più spesso a lei durante le lezioni e non vedeva l'ora di leggere i suoi temi.

Con il sedicesimo compleanno ormai alle porte, Elena sapeva che il suo tempo lì stava per finire. I ragazzi del suo anno avevano lasciato la scuola ed erano entrati nel mondo del lavoro. Il fratello maggiore di Elena, Alessandro, lavorava nei campi con il padre già da un paio d'anni. Anche sua sorella Giulia aveva finito la scuola e si occupava di tutte le faccende che sarebbero dovute essere di competenza di Elena. Si lamentava di continuo con la madre, chiedendole quando Elena l'avrebbe fatta finita con quelle sciocchezze. Elena non pensava che sarebbe stata tanto fortunata da ricevere un altro miracolo. La sera, mentre Giulia dormiva accanto a lei, rimaneva sveglia a fissare le travi del soffitto, cercando di formulare un piano. Sapeva solo che voleva vivere a contatto con l'arte. Non sapeva cosa quello implicasse o come avrebbe fatto a realizzare il suo sogno, ma sentiva che nella fattoria di famiglia, in mezzo alla campagna, non sarebbe mai stata felice. Non c'era posto per l'arte in quel rustico che pure amava, e lei voleva esserne circondata.

Un pomeriggio, dopo aver trascorso un'ora a discutere della Cappella Sistina, Elena si fece coraggio e andò a parlare con il professore. Gli spiegò che la madre faceva pressioni perché lasciasse l'incarico di assistente di Suor Caterina e tornasse a occuparsi delle faccende domestiche alla fattoria. Gli disse che le sue lezioni erano state un'illuminazione e che le sarebbe dispiaciuto immensamente dovervi rinunciare. Il professor Martini la guardò con attenzione e, dopo un minuto di silenzio, pronunciò le parole che avrebbero cambiato per sempre il corso della vita di Elena.

"Allora dobbiamo fare qualcosa al riguardo".

Sul finire del mese, Elena si trovò a spiegare ai genitori che il professore le aveva procurato un tirocinio presso la Pinacoteca di Brera e anche una stanza in affitto a Milano a casa di uno storico dell'arte che qualche anno prima aveva lavorato a Urbino. I genitori, contadini di quarta generazione che non si erano mai allontanati più di ottanta chilometri dal luogo in cui erano nati, si erano sempre chiesti da dove provenisse la passione per lo studio della loro secondogenita e, a dire il vero, erano un po' spaventati da quella ragazza schietta e sicura di sé.

Quella richiesta sfacciata turbò la madre, leggermente irritata dal fatto che la figlia avesse trovato un altro modo per non assumersi le sue responsabilità casalinghe.

"Ma stai per compiere appena i sedici anni", le disse la madre. "Chi si prenderà cura di te in una città così grande?"

"Mamma, andrà tutto bene. Incontrerò altre ragazze, sono sicura, e il professor Martini dice che la famiglia è molto gentile e mi aiuterà. Lo stipendio è basso, ma lavorando sodo arriverei a guadagnare di più. Potrei mandarvi un po' di soldi, so che vi farebbero comodo".

Il padre di Elena, per quanto all'antica per molti aspetti e più interessato al destino dei figli che a quello delle figlie, annuì e si rivolse alla moglie.

"Dipende da te, Elisa. Nostra figlia è perfettamente in grado di badare a sé stessa. Il professore sa sicuramente cosa le sta offrendo e noi avremo una bocca in meno da sfamare".

La moglie fu colta di sorpresa dalla rapidità con cui il marito era capitolato e non ebbe la forza di continuare a discutere con quella testarda della figlia. E così Elena ricevette il secondo miracolo. Si ripromise di recitare qualche preghiera in più la prossima volta che fosse andata a messa e anche di ricamare un piccolo segnalibro per la sua amata maestra Suor Caterina, per ringraziarla per il sostegno di quegli anni. Sapeva che la sua fortuna era dovuta più alla suora che a qualsiasi altro potere celeste.

Un anno dopo, la diciassettenne Elena avanzava a grandi passi verso il sogno di diventare curatrice d'arte. Il periodo trascorso a Milano le era piaciuto tantissimo e aveva imparato molto. Come Suor Caterina e il professor Martini, i curatori e gli storici della Pinacoteca erano rimasti affascinati da quella giovane donna e se ne erano presi volentieri cura, insegnandole tutto ciò che potevano. Ma una volta iniziati i bombardamenti nell'agosto del 1943, Elena si rese conto che ben presto i suoi genitori le avrebbero chiesto di tornare in campagna, dove sarebbe stata al sicuro.

L'arrivo del signor Rotondi dal museo d'arte di Urbino e la sua offerta di darle un passaggio a casa avevano solo accelerato le cose. Elena si affezionò istintivamente a quell'uomo così alla mano e con due occhi gentili e un viso da ragazzo. Doveva avere una trentina d'anni ma, nonostante i baffetti curati, non sembrava molto più grande di lei. Mentre tornavano insieme a Sassocorvaro, il signor Rotondi le descrisse dettagliatamente quello che stava facendo. Gestiva tre diversi luoghi in cui conservava le opere d'arte e credeva che, per la sua competenza, Elena fosse la persona adatta per aiutarlo a seguire tutto. Le avrebbe trovato un posto alla Rocca di Sassocorvaro, che dei tre posti era quello più vicino a casa sua, e la sua presenza gli sarebbe stata di grande aiuto alla luce delle tante incombenze amministrative.

Si trattava di un compromesso, ma Elena sapeva di essere fortunata. Avrebbe lavorato duramente alla fattoria, di tanto in tanto, per far felice la madre. E avrebbe fatto tutto il possibile per dimostrare a Pasquale Rotondi che aveva tutto per diventare una curatrice d'arte. Forse, dopo tutto, non sarebbe stata costretta ad abbandonare i suoi sogni.

Capitolo Cinque

Elena si ritrovò a sorridere nonostante la ripida salita sulla quale stava faticosamente avanzando in bicicletta. Erano passate un paio di settimane dalla festa a Ca'Boschetto ed era riuscita a passare un po' di tempo con Luca quasi ogni giorno. I Rossi e i Marchetti erano amici, oltre che vicini, e i loro genitori si facevano spesso visita. La casa di Elena, Casa del Lupo, si trovava su un alto sperone di una delle colline che circondavano la valle. Si chiamava così perché nelle zone più selvagge della campagna si aggiravano ancora i lupi. Il padre di Elena, Francesco, era costantemente all'erta, soprattutto durante la stagione dei parti: fin troppe notti Elena aveva sentito urla terrificanti provenire dai campi, quando un lupo era riuscito a entrare e a rubare uno degli animali appena nati. Di solito, alle urla seguiva una raffica di colpi di fucile sparati da Francesco.

Dal cortile potevano vedere Ca'Boschetto, giù nella valle. Alessandro, il fratello di Elena, da piccolo aveva creato un sistema per comunicare con Luca utilizzando delle lanterne e i due amici avevano trascorso molte serate a lanciarsi segnali dalle rispettive case. Elena si era sempre sentita insolitamente rassicurata dal fatto di poter vedere i vicini dall'alto, anche se avrebbero impiegato quindici minuti per raggiungerli.

Il padre di Elena, Francesco, e quello di Luca, Paolo, si davano sempre una mano l'un l'altro con le fattorie. Paolo diceva spesso di sentirsi legato a Francesco quanto a suo fratello Leonardo. Per scherzare, le mogli dicevano che i due si sarebbero dovuti sposare tra di loro, visto il tempo che trascorrevano insieme.

Nessuno faceva commenti sul fatto che, dopo la festa di compleanno, Luca aveva iniziato ad andare a Casa del Lupo molto più spesso, oppure che Elena sembrava ben felice di accompagnare la madre quando andava a far visita ad Antonella e Maria a Ca'Boschetto. Elena si intratteneva un po' con Antonella, Maria e la nonna di Luca, per poi annunciare distrattamente che sarebbe andata su per la collina a vedere le pecore, oppure a prendere una boccata d'aria nei campi. Le sue passeggiate la portavano sempre là dove Luca stava lavorando. Lui ne approfittava per fare una pausa, e i due si sedevano per terra a parlare. Parlavano delle loro vite e dei loro sogni per quando la guerra sarebbe finita. Una volta Luca le confessò il risentimento che provava verso il fratello per aver abbandonato la fattoria, e il timore che gli potesse accadere qualcosa.

"L'ho sempre protetto quando eravamo piccoli. Ti ricordi quante ne combinava?"

"Però sta facendo ciò che ritiene giusto. Non puoi fargliene una colpa".

"Sono d'accordo con la causa partigiana, ma allo stesso tempo sono arrabbiato con mio fratello per aver lasciato a me tutto il lavoro".

"Beh, non dimenticare che con lui c'è Alessandro. Spero che si tengano lontani dai guai a vicenda".

Elena gli raccontò qualcosa in più della vita a Milano e del desiderio di diventare una curatrice d'arte, come il suo capo. "Non sono ingenua. So che per me, una donna, sarà difficile. Ma so che posso farcela. Sono brava tanto quanto gli uomini".

"Certo che lo sei", disse Luca. "A scuola sei sempre stata la più brava". Quando pensava che lei non lo stesse guardando, Luca dava un'occhiata fugace alla sua pelle d'alabastro e ai suoi folti capelli castani. Era intelligente e bella, ed era un piacere parlare con lei. Era diversa da qualsiasi altra donna avesse conosciuto.

Elena stentava a riconoscere il vecchio Luca in quell'uomo che aveva trovato al ritorno da Milano. Aveva quell'aria cupa e pensierosa tipica dei protagonisti dei romanzi d'amore che lei divorava ogni volta che riusciva a procurarsene uno. Aveva sempre pensato a lui come a un ragazzo taciturno e serioso, messo in ombra dall'esuberante fratello minore. Quando non aiutavano i genitori, i bambini della valle trascorrevano moltissimo tempo insieme. Una volta usciti da scuola, vagavano in branco per la campagna, pescando nel torrente che si snodava a fondovalle, arrampicandosi sugli alberi o costruendo piccoli accampamenti nei boschi. A volte si imbattevano in un branco di cinghiali e scappavano urlando a squarciagola.

Nonostante fosse più piccolo di altri, Lorenzo era sempre il capobanda e se ne usciva continuamente con nuove avventure. Luca era la voce della ragione e faceva notare i pericoli che si annidavano in ognuna delle attività che stavano per intraprendere. Elena trovava ingiusto che il padre desse inevitabilmente la colpa a Luca per i guai in cui Lorenzo li cacciava. Ma Luca non accusava mai il fratello, né cercava di evitare la punizione, e per questo tutti gli altri bambini lo rispettavano.

E adesso quello smilzo ragazzino era diventato un contadino forte e muscoloso. Elena osservò le sue braccia mentre colpiva i pali della recinzione con un martello. Passò molte notti sdraiata a letto cercando di immaginare cosa avrebbe provato a essere avvolta da quelle braccia.

Elena pensò a Luca tutta la mattina, fino a quando arrivò a Sassocorvaro, ormai senza fiato. Entrò nella piazza principale davanti alla Rocca e lasciò la bicicletta a un ragazzino fermo davanti al bar. La mattina del primo giorno di lavoro, Pietro si era offerto di tenerle la bicicletta per tutta la giornata in cambio di pochi spiccioli. Elena era sicura che alla sua bicicletta non sarebbe accaduto nulla nella sonnolenta Sassocorvaro, ma era rimasta colpita dall'intraprendenza del ragazzino e aveva accettato l'offerta.

"Buongiorno, Pietro. Mi raccomando, prenditene cura!"

Il ragazzino sorrise e si tolse il cappello, come aveva visto fare a suo padre ogni volta che passava una bella donna davanti al bar che gestiva.

"Vuole un caffè d'orzo? Glielo preparo io! Mamma mi ha insegnato come si fa".

Davanti a quegli occhi speranzosi, Elena fece un sorriso indulgente. "Ne ho già preso uno a colazione, ma sono sicura che un altro caffè mi aiuterà a riprendermi dalla pedalata. Giuro che il viaggio sembra diventare ogni giorno più lungo".

Elena si accomodò a uno dei tavolini fuori dal bar, in attesa che Pietro tornasse dal fienile dove ogni giorno riponeva la bicicletta. Sua madre uscì dal caffè, pulendosi le mani sul grembiule a fiori.

"Buongiorno, Elena. Cosa posso portarti?"

"Credo che tuo figlio voglia prepararmi qualcosa, Anna. Sono stata troppo imprudente ad accettare?"

La donna rise. "Basta che non si bruci come la settimana scorsa. A volte quel ragazzino è troppo frettoloso". Anna fece un cenno al figlio, che stava arrivando a passi svelti.

"Forza, Pietro. La signorina Marchetti non ha tutto il giorno. Sono sicura che ha cose molto importanti da fare per il Sovrintendente". Afferrò il figlio e lo strinse forte a sé. "Che devo fare con te, eh?"

Pietro si liberò a fatica e corse dentro al bar, seguito dalla madre. Elena se ne stava seduta tranquilla, con gli occhi chiusi, a godersi la sensazione del sole del mattino sul viso. Le temperature si stavano abbassando e lei voleva approfittare di ogni raggio di sole.

Il discreto caffè d'orzo di Pietro l'aveva scaldata e così si avviò verso la Rocca, dove avrebbe trascorso il resto della giornata. Il sole aveva dissipato l'oscurità del primo mattino e le scure mura di pietra sembravano un po' meno imponenti del solito. Elena attraversò l'arco dell'antica fortezza e si diresse verso la piccola stanza che era stata trasformata nel suo ufficio. Rimase sorpresa nel trovarvi Pasquale e nel vederlo così agitato, cosa che non era da lui.

"Buongiorno, signor Rotondi, è un piacere vederla. Come sta?"

Il Sovrintendente la guardò e accennò un sorriso. "Elena, te l'ho detto, chiamami Pasquale, per favore. 'Signor Rotondi' mi fa sentire vecchio".

Elena sorrise e si sedette alla scrivania. Osservò il capo estrarre grandi faldoni dagli schedari allineati lungo il muro e scrivere animatamente sul proprio taccuino.

"Va... va tutto bene, signor Ro... scusami, Pasquale?"

Pasquale si bloccò e si voltò verso di lei. Sembrava stanco, ma anche spaventato. Per un attimo, Elena pensò che non le avrebbe risposto, ma dopo un tempo che sembrò interminabile sbottò: "Siamo in guai seri, mi sa".

Capitolo Sei

Pasquale si alzò e fece un respiro profondo come a darsi forza. Elena aspettò: doveva essere successo qualcosa di importante.

"Stamattina ero a Palazzo Carpegna e sono arrivati i tedeschi", disse Pasquale. Fece una pausa. "Stavano facendo un'ispezione dell'edificio e hanno trovato alcune delle nostre casse".

Elena sapeva che non era una buona notizia. Quando alla Rocca di Sassocorvaro le opere d'arte che custodivano erano diventate troppe, Pasquale si era adoperato affinché quelle in eccesso fossero portate non molto distante, a Palazzo Carpegna. Da quando erano arrivati i tedeschi qualche settimana prima, le aveva confidato il timore che le opere sarebbero state scoperte e saccheggiate.

"Per fortuna, avevo già rimosso tutte le etichette identificative. Temevo che una cosa simile potesse accadere. Ne hanno comunque aperte alcune, quelle che contenevano le partiture di Rossini. Questi tedeschi erano soldati semplici, non avevano idea di cosa fossero quei fogli e siamo riusciti a convincerli che si trattava di vecchie carte, musica di poco valore. Per fortuna non ne hanno aperte altre. Vicino c'erano quelle con i dipinti di Raffaello. Ora se ne sono andati, ma ho paura che torneranno e che qualcuno più alto in grado, o comunque più sveglio, si renderà conto del valore del contenuto di quelle casse".

Si scambiarono uno sguardo, non c'era bisogno di aggiungere nulla. A entrambi era giunta voce che Hitler pretendeva che qualsiasi opera d'arte trovata in Italia fosse portata in Germania. Il leader tedesco aveva progetti stravaganti che comprendevano la creazione del più grande museo d'arte che l'Europa avesse mai visto, ricco delle più belle opere rinascimentali. Non c'erano più solo i bombardamenti indiscriminati degli Alleati a rappresentare una minaccia al patrimonio italiano. Dipinti, sculture, argenteria, affreschi: se le voci erano vere, era già in atto il furto e il trasferimento in treno verso la madrepatria, destinati al futuro museo di Linz, in Austria, città natale di Hitler.

Pasquale fece un respiro profondo ed espirò sonoramente. "Ho un piano. Avrò bisogno di tanto, tanto aiuto. E del permesso del Vaticano. Ma dobbiamo trasferire a Roma tutte le opere che abbiamo salvato. In questo momento l'unico posto sicuro in Italia è il Vaticano, al riparo dagli Alleati e dai tedeschi. Hanno accettato tutti di non toccarlo. Se troviamo il modo di portare tutto in Vaticano, sarà definitivamente al sicuro".

Elena scoppiò a ridere. "Scusa, ma è una follia! Non ci sono camion, non c'è abbastanza benzina. Ci servono uomini, attrezzature. Le strade potrebbero essere impraticabili. Al sud gli Alleati stanno facendo progressi. Dovremmo aspettare la liberazione".

Pasquale sbatté il pugno sulla scrivania, più per frustrazione che per rabbia. "Ma poi non ci sarà più tempo! Questa guerra potrebbe andare avanti per mesi. E i tedeschi sono qui adesso. Troveranno le opere, non solo a Carpegna ma anche a Urbino. E prima che arrivino gli inglesi, se le saranno prese tutte. Fidati di me: dobbiamo portare le opere in un posto più sicuro".

Si guardano per qualche angosciante minuto. A rompere il silenzio fu Pasquale. "Ho paura che i tedeschi possano venire a perquisirci molto presto. Sanno che sono spesso qui e anche al palazzo di Urbino. Dobbiamo agire rapidamente". Fece un cenno a Elena, che si alzò dalla sua scrivania e si avvicinò a lui. Indicò il foglio che aveva sul tavolo davanti a sé. Elena vide un abbozzo della pianta della fortezza disegnato da Pasquale. I due si chinarono a osservarlo.

"Come prima cosa, dobbiamo nascondere le casse che abbiamo qui alla Rocca", disse Pasquale disegnando delle croci sulla mappa a indicare i luoghi utilizzati. "Hai presente il corridoio semicircolare al piano superiore? Possiamo bloccarlo. Ho chiamato il muratore, il signor Montagna. Verrà stamattina e gli chiederò di costruire delle false pareti. Assieme ai curatori, nasconderemo i dipinti più grandi e, contemporaneamente, toglieremo le etichette. Dobbiamo fare un elenco per sapere cosa c'è in ogni cassa, ma non voglio facilitare il lavoro dei tedeschi, se mai dovessero venire da noi".

Elena annuì: il piano sembrava valido e più che fattibile. Anche lei era preoccupata per la gran quantità di casse che custodivano nell'edificio e se fossero riusciti a nasconderle si sarebbe sentita più sollevata.

"Poi", disse Pasquale, "voglio spostare subito alcuni dei dipinti più piccoli a Urbino, nei sotterranei di Palazzo Ducale. Lì c'è molto più spazio a disposizione, nonostante le tante casse che abbiamo già nascosto. Ci sono talmente tanti sotterranei che ne potremmo bloccare alcuni, sperando che nessuno se ne accorga. Ne ho parlato al telefonato con mia moglie prima che arrivassi: teme che ci possano scoprire, ma pensa che sia comunque qualcosa che va fatto".

Elena annuì di nuovo. Da quando era tornata da Milano, aveva incontrato un paio di volte la moglie di Pasquale, Zea. Ne era rimasta subito affascinata: una donna intelligente e una stimata storica dell'arte che a Elena sembrava completare alla perfezione il marito.

Un colpo alla porta li fece trasalire.

"Signor Rotondi? È qui?" disse una voce profonda e roca dal corridoio.

"È Montagna. Tempismo perfetto. Cominciamo a creare le liste mentre lui inizia i lavori".

Montagna ascoltò con interesse Pasquale che gli esponeva il suo piano.

"Signor Rotondi, ho fatto tanti lavori strani nella mia vita, ma questo è decisamente il più strano".

"Basta che non la trasformi in una storia da raccontare davanti a un bicchiere di vino, Montagna", disse Pasquale.

Il muratore fece no con la testa. "Non si deve preoccupare, signor Rotondi. Sono la discrezione fatta persona. E l'ultima cosa che voglio è avere il fiato dell'esercito tedesco sul collo. O delle camicie nere. Non li sopporto". Impugnò la cazzuola. "Finirò presto. Si fidi. Una volta che avrò finito, non si noterà nulla".

Pasquale, Elena e gli altri curatori dedicarono le ore successive alle casse. Elena si occupò dell'inventario e gli uomini di spostarle al piano superiore della Rocca. Alla fine della mattinata, il numero di casse visibili si era ridotto notevolmente. Osservarono il signor Montagna che sigillava il primo muro.

"Mi ci vorrà qualche giorno, signore; però, quando avrò finito tutto, sembrerà che il nuovo muro ci sia sempre stato".

Soddisfatto, Pasquale si voltò verso Elena e i curatori. "Adesso imballiamo i pezzi più piccoli".

Si misero al lavoro, utilizzando l'inventario generale di Pasquale per recuperare alcune opere fondamentali. Quando estrassero i dipinti dalle loro casse, uno dopo l'altro, Elena fu inaspettatamente emozionata dalla loro bellezza. Quattro Madonne del Bellini, la *Tempesta* di Giorgione, il *San Giorgio* del Mantegna: tutti capolavori assoluti di cui ogni museo d'arte avrebbe fatto tesoro. Si sentì fortunata a trovarsi davanti a tanta grandezza. Pasquale notò il suo stato d'animo. Rimasero vicini per un po'.

Pasquale indicò la *Madonna in trono che adora il Bambino dormiente* del Bellini e disse enfaticamente: "Vale la pena di correre il rischio solo per questo. Guarda quanta... quanta umanità, quanta luminescenza. Senza arte, non siamo altro che dei bruti".

Elena annuì, con un groppo in gola. Aveva paura dei tedeschi e di quello che avrebbero potuto fare pur di impossessarsi delle opere d'arte. Comprese anche la passione di Pasquale. In piedi in quella stanza, davanti a tanta bellezza, si rese conto che non voleva che quel dipinto venisse rubato. Non voleva che nessun dipinto venisse rubato, a dirla tutta. Che razza di curatrice d'arte sarebbe stata se non avesse provato a fare qualcosa per tenere nascoste quelle opere?

Guardò Pasquale. "Sarò sincera. Ho paura, ma voglio aiutarti".

Pasquale rivolse uno sguardo affettuoso alla sua giovane assistente. "Elena, non voglio rendere la situazione ancora più pericolosa del necessario. Spero che questo piccolo sotterfugio si riveli utile. Ma se in qualsiasi momento vorrai fermarti, lo dico sinceramente, dovrai solo dirmelo. Non voglio che tu senta di dover essere coinvolta per forza, hai capito?"

Elena annuì, senza osare proferire parola.

Caricarono tutto ciò che poterono nella piccola automobile di Pasquale fuori dalla Rocca, premurandosi di coprire i dipinti con delle coperte.

"Forse i tedeschi penseranno che sul sedile posteriore c'è una delle mie figlie che dorme", scherzò Pasquale.

Elena non ci trovava nulla da ridere in quella situazione. "Stai attento, Pasquale, per favore. Abbiamo bisogno che sia tu che le opere d'arte usciate intatti da questa storia".

Gli strinse la mano, ma il gesto le sembrò insignificante rispetto alla portata del momento. Elena guardò la macchina allontanarsi dall'imponente edificio. Sperava che il piano funzionasse, ma per quella sera non poteva fare altro. Poteva solo pregare che Pasquale non venisse fermato dai tedeschi.

Capitolo Sette

Una volta in prossimità della città, Pasquale rallentò. Il viaggio era stato snervante: il fatto che stesse trasportando delle opere d'arte di valore inestimabile aveva reso ogni buca e ogni curva ancor più terrificanti. Era stato indeciso tra il cercare di guidare alla solita velocità per non destare sospetti e il rallentare il più possibile per non danneggiare i dipinti. Per fortuna, era rimasto bloccato dietro a un lentissimo camion per buona parte del viaggio. In un qualsiasi altro giorno la cosa lo avrebbe irritato, ma oggi si era rivelata una scusa perfetta. Più Urbino si avvicinava, più lui si rilassava.

Una volta vicino a Porta Valbona, scorse Zea accanto all'antica porta di accesso alla città. Si agitava freneticamente per attirare la sua attenzione ma, allo stesso tempo, non voleva sembrare troppo agitata. Pasquale accostò e lei gli corse incontro.

"Al Palazzo ci sono i tedeschi", disse Zoe appena sedutasi sul sedile del passeggero. "Non puoi portare lì i dipinti".

"Porco cane!" esclamò Pasquale. Zea gli mise una mano sulla coscia in un gesto affettuoso. Imprecare non era da lui, un uomo così tranquillo.

"Che facciamo?" gli chiese.

Rimasero a pensare in silenzio per qualche minuto. Pasquale si accarezzò i baffi con fare agitato, cercando di capire quale potesse essere la cosa migliore da fare. Poi Zea parlò in tono deciso. "Li riportiamo a Villa Tortorina. L'abbiamo solo affittata per le vacanze, non è casa nostra. A nessuno verrebbe in mente di venire a cercarli lì. Onestamente, vista l'ora mi sembra più sicuro che riportarli a Sassocorvaro".

Pasquale ci pensò su e poi annuì. Sua moglie aveva ragione: i tedeschi non sarebbero mai andati alla villa e loro avrebbero potuto nascondere i quadri lì per un giorno o due, fino a che non avessero escogitato un piano migliore. Fece inversione e guidò per qualche chilometro, fino alla bella casa dove alloggiava la famiglia. I due portarono il prezioso carico all'interno, un pezzo alla volta.

Pasquale disse: "Mettiamo il Giorgione sotto al nostro letto. Credo che sia il più prezioso di tutti. E gli altri li dovremmo nascondere in più posti".

Si muovevano in silenzio, cercando di non danneggiare nulla. Una volta sistemato l'ultimo quadro, Pasquale ebbe la sensazione di essere tornato finalmente a respirare.

Si sedettero a tavola, davanti a delle bevande calde. Zea sorrise, poi scosse la testa incredula. "Non riesco a credere a quello che sta succedendo. Un giorno ripenseremo a questa serata e penseremo di essercela immaginata. Abbiamo fatto cose folli insieme, ma questa potrebbe decisamente essere la più folle di tutte".

Pasquale le prese la mano e la accarezzò. "Tesoro, non vorrei nessun altro al mio fianco in questo momento". Si chinò in avanti e la baciò dolcemente.

Il volto di Zea si illuminò. "Sai che ti dico? Ho un'idea. Mi metterò in malattia per qualche giorno e tu dici ai bambini e a tutti gli alti che non sto bene. Se mai dovessero venire i tedeschi, questo potrebbe farli desistere dal curiosare troppo. Potremmo lasciar intendere che ho qualcosa di contagioso".

Rise di gusto. "Beh, così potrò finalmente riposarmi!"

Il mattino seguente, i bambini rimasero sorpresi nel sentire che la mamma era malata, ma poi, come tutti i bambini, nel giro di pochi minuti trovarono qualcosa di più interessante da fare. Per il padre, però, fu una giornata stressante. Passeggiò avanti e indietro fuori dalla casa, incapace di calmarsi. Decise di aspettare un paio di giorni prima di tornare a Urbino per vedere come stavano le cose. Se i tedeschi fossero stati ancora nel palazzo, avrebbero dovuto escogitare un piano alternativo.

Il giorno seguente, Pasquale chiamò Elena in ufficio alla Rocca. Le disse che la moglie non stava bene e che sarebbe rimasto a Villa Tortorina per qualche giorno. Non voleva dirle troppo al telefono, ma Elena era troppo intelligente per fare domande. La scoraggiava non avere notizie sul destino dei dipinti, ma provava anche sollievo per il fatto che quella mattina alla Rocca non si era visto nessun tedesco. Non sapeva cosa avrebbe fatto se fossero arrivati, considerando anche che Pasquale non era lì. Avrebbe dovuto fare la parte dell'innocente, dicendo di essere una semplice segretaria? Esattamente come il suo capo, Elena spese le prime ore della mattinata camminando avanti e indietro, sebbene per i corridoi dell'antico edificio. Alle undici, non essendo arrivato nessun visitatore, decise di proseguire la giornata come al solito. Oltretutto, aveva altro a cui pensare.

La sera prima, Luca era andato a Casa del Lupo per chiederle se pensava di andare al ballo di San Donato il sabato successivo. Era riuscito a farla sembrare una semplice richiesta da amico, ma la sua agitazione ne aveva tradito il nervosismo.

"Mi piacerebbe venire con te, Luca", gli aveva detto con entusiasmo. Non era certo il tipo che giocava a fare la timida.

Luca era sembrato sorpreso, era arrossito. "Oh, fantastico. Passo a prenderti alle sette, visto che sei più vicina a San Donato rispetto a noi".

Se n'era andato in fretta e furia, senza nemmeno salire a salutare i genitori di lei o a chiedere il permesso per accompagnarla al ballo. Il padre di Elena la prese come una mancanza di cortesia, ma lei gli disse di smetterla di essere così all'antica. "È il 1943, babbo! I giovani vanno sempre a ballare. E poi, quando ero a Milano sono uscita senza che tu lo sapessi. E conosci Luca da quando è nato".

Il padre aveva borbottato qualcosa sottovoce riguardo a figlie irrispettose, ma la madre aveva sorriso con aria complice. Sapeva che Elena era la preferita di Francesco e che poteva fare cose che nessuno degli altri figli osava fare.

"Ti aiuterò a scegliere un vestito, passerotta. Che bello!"

Elena, quindi, aveva cose ben più importanti a cui pensare dell'eventuale arrivo improvviso dei tedeschi e la giornata trascorse tranquilla. Alle cinque rimise a posto la macchina da scrivere, diede un'occhiata all'ufficio compiacendosi dell'ordine che vi regnava e si avviò verso l'uscita. Si assicurò che il cancello fosse ben chiuso e si avviò verso la piazza. Si sentì morire quando, dall'altro lato, vicino al bar, vide un gruppo di tedeschi che parlavano con Pietro. I soldati sovrastavano il bambino con fare intimidatorio.

Elena fece un bel respiro e attraversò il selciato, determinata come non mai. I tedeschi si voltarono a guardarla.

"Ah, la signorina Marchetti, giusto?" disse il soldato più alto, che sembrava essere il capo. Fece un breve inchino e le tese la mano. "Maggiore Heinrich. Un uccellino mi ha detto che è tornata da Milano da poco".

Elena rimase immobile, rifiutandosi di stringere la mano al Maggiore.

L'uomo rise. "Mi è stato riferito che lei è, come dire, alquanto risoluta. Dov'è il suo capo? Sembra essere scomparso". Fece un breve cenno in direzione di Pietro che, spaventato, era accanto a lui. "Il mio giovane amico mi stava dicendo che oggi non lo ha visto".

Elena sorrise a Pietro per rassicurarlo e poi tornò a rivolgersi al Maggiore. "Maggiore Heinrich, il Sovrintendente Rotondi si è solo preso qualche giorno di riposo per prendersi cura della moglie malata e dei loro figli. Non c'è alcun mistero, mi creda. Ora, se vuole scusarmi..."

Elena fece per passare davanti al gruppetto, ma il tedesco le mise una mano sul braccio. Stava ancora sorridendo, ma la stringeva forte. "Già se ne va? Perché non beve qualcosa con noi? Non sono qui da molto tempo e mi piacerebbe conoscere meglio i civili di cui sono responsabile".

Elena sentì il cuore che le batteva forte. Irritare quell'uomo significava fare una mossa pericolosa, ma non aveva intenzione di fermarsi un minuto di più. Tolse con delicatezza la mano del Maggiore dal braccio e gli sorrise. "Maggiore Heinrich, mia madre si preoccupa se non torno a casa all'orario stabilito. Il fatto che io lavori fuori casa non le va a genio. Capirà, dunque, quanto ci tenga a non farla arrabbiare. Pietro, per favore, vai a prendere la mia bicicletta?"

Pietro scappò via, contento di avere un pretesto per allontanarsi dalla scena. Il Maggiore Heinrich sorrise ancora, ma l'espressione severa dei suoi occhi non cambiò: l'effetto fu inquietante. "Beh, una brava figlia deve dare ascolto alla madre, è ovvio. Non voglio certo essere causa di preoccupazioni. La prego di riferire al suo capo, quando tornerà, che ci farebbe piacere visitare la Rocca. Ci stiamo assicurando che sia tutto a posto". Il Maggiore fece un altro inchino e, salutando con la mano, si allontanò, seguito dai suoi sottoposti.

Elena tremava mentre si dirigeva verso il bar. Si sedette a uno dei tavoli esterni per cercare di calmarsi.

"Il tuo capo deve smetterla di fare le cose di nascosto", le disse qualcuno in tono burbero. Elena si voltò e vide il signor Bruni, il vicino di casa di Luca, che stava bevendo un bicchiere di vino a un tavolo vicino. "Se non sta attento, finiremo tutti nei guai". Il vecchio la guardò in malo modo.

"Buonasera, Signor Bruni. È buono il suo vino?" L'ultima cosa che Elena desiderava era affrontare una lunga chiacchierata con quell'uomo irascibile su chi andava e veniva alla Rocca.

"Ne ho bevuti di migliori", rispose il signor Bruni. "Allora, dov'è il signor Rotondi? Il Maggiore stava chiedendo in giro".

"Non è una faccenda che lo riguarda. Il signor Rotondi è un dipendente del governo italiano. Ha le sue cose da fare. Inoltre, il suo ufficio è a Urbino, non qui". Elena era agitata. Non si sarebbe mai rivolta a una persona più anziana con quel tono, ma le domande del Maggiore l'avevano spaventata.

"Saremmo tutti più sicuri se sapessimo da che parte soffia il vento. I tedeschi ormai sono qui, meglio che vi ci abituiate. Ora sono loro a dettare le regole". Il signor Bruni prese il giornale che era sul tavolo accanto e lo aprì con fare brusco. Elena lo ignorò.

"Signorina, che paura!" sussurrò Pietro, che stava arrivando dal retro del bar con la sua bicicletta. Il ragazzino, generalmente ben abbronzato, era impallidito.

"Pietro, uomini come quello voglio proprio farti prendere paura, capisci?" disse Elena, a voce più alta di quanto volesse. Sentì il signor Bruni grugnire, ma continuò il suo discorso. "È il loro modo di controllarci. Non aver paura dei tedeschi, se ne andranno presto. Ma non fare niente di stupido, va bene?" Elena arruffò i capelli del ragazzo e lasciò cadere qualche moneta sul palmo della sua mano.

"Ecco qualche lira in più per esserti occupato così bene della mia bicicletta oggi". Si allontanò mentre Pietro la guardava con aria adorante e il signor Bruni con una smorfia sul viso ormai paonazzo.

La sera stessa, non molto lontano, a Villa Tortorina, una volta che i bambini furono a letto Pasquale e Zea accesero le candele. Pasquale non riuscì a resistere e si inginocchiò sul pavimento per togliere delicatamente il Giorgione da sotto il letto. Lo posò sul copriletto e lo scartò con cura. I due lo fissarono con riverenza. La luce della candela attraversava tremolante quella scena suggestiva, illuminando la giovane donna e il suo bambino.

"La *Tempesta* è sempre stato uno dei miei preferiti", disse Zea a bassa voce. "È un enigma. Chi è il giovane pastore? Chi è la donna? Sta arrivando una tempesta: cosa rappresenta? Amo il fatto che non lo sapremo mai veramente. E questa sera possiamo ammirarlo, solo noi due. È un privilegio straordinario".

Entrambi sorrisero. Pasquale allungò la mano e accarezzò il viso della moglie. Si sentiva tranquillo, una sensazione che non provava quasi più. Sapeva che per quella sera il quadro era al sicuro. Gli altri dipinti erano al sicuro in altri luoghi della casa. Sua moglie era lì con lui e le loro due figlie dormivano profondamente nella stanza accanto. Quella sera andava tutto bene. Il giorno dopo si sarebbero svegliati e avrebbero affrontato insieme qualunque cosa sarebbe successa.

Capitolo Otto

ualche giorno dopo, Pasquale venne a sapere che, almeno per il momento, i tedeschi avevano lasciato Urbino. Sollevato, portò i dipinti dalla villa che aveva in affitto nei sotterranei di Palazzo Ducale, nascondendoli bene con l'aiuto dei suoi assistenti. Elena si tranquillizzò quando, una volta tornata in ufficio a Sassocorvaro, apprese la bella notizia. Ma Pasquale spense subito il suo entusiasmo.

"Questo è solo il primo piccolo passo", le disse. "Ho scritto alle autorità competenti di Roma. Spero diano la loro approvazione al mio piano e anche un po' di sostegno materiale. Dobbiamo spostare le opere appena possibile: i dipinti, le sculture, gli spartiti, tutto quanto".

Elena annuì, con un leggero senso di nausea. Non sapeva come si aspettasse che portassero a termine il piano e aveva il terrore che i tedeschi li scoprissero. L'incontro con il Maggiore Heinrich l'aveva destabilizzata: sembrava che l'uomo sapesse che stavano architettando qualcosa. Pasquale, tuttavia, pareva aver ritrovato l'antico vigore, sempre più convinto che l'impresa fosse realizzabile.

"Va bene. Mentre aspettiamo una risposta da Roma, organizziamo il trasporto. Elena, chiama chiunque ti venga in mente e chiedi se hanno un camioncino o una grande automobile da prestarci per un paio di giorni. Di' che è per una missione ufficiale del museo".

Elena rimase in silenzio per un paio di minuti; non voleva contraddire il suo capo. Cercò di trovare la cosa più diplomatica da dire. "Pasquale, come ben sai, questa è una comunità prettamente rurale. Non sempre i contadini hanno un veicolo a disposizione. Mio padre ara i campi con i buoi e porta i prodotti al mercato con un carretto trainato dai cavalli. Abbiamo un camioncino, ma lo usiamo solo quando non possiamo fare altrimenti. Sarà difficile trovare un veicolo, figuriamoci trovarne più di uno da prendere in prestito. E non parliamo del carburante..." Elena non aggiunse altro, essendo consapevole che Pasquale era al corrente della grande carenza di carburante.

Le fece un sorriso. "È per questo che ho affidato il compito a te, cara Elena. Se c'è qualcuno che può procurarsi un veicolo, sei tu. E se non ci riesci, ci inventeremo qualcos'altro".

Anche Elena gli fece un sorriso, forte della fiducia che Pasquale riponeva in lei. Spostare tutte le opere a Roma sembrava un'impresa impossibile: il suo pensiero principale era dimostrare al capo che aveva le carte in regola per diventare una brava curatrice d'arte, esattamente come lui. Se trovare un mezzo di trasporto poteva aiutarla in quel senso, allora doveva concentrarsi su quell'obiettivo. Elena avrebbe fatto del suo meglio per renderlo orgoglioso.

———

Tre giorni dopo, la sua fiducia sembrava essere svanita. Tutti quelli con cui aveva parlato a Sassocorvaro le avevano riso in faccia o l'avevano guardata increduli. Elena non sopportava l'idea di non aver concluso nulla quella settimana, ma la confortava il fatto che Pasquale non avesse ancora saputo nulla dal Vaticano. Senza il permesso delle autorità papali, quel piano non sarebbe comunque andato in porto.

Elena cercò di tirarsi su: il venerdì disse a sé stessa che avrebbe affrontato la settimana successiva con rinnovato vigore, pronta a svolgere il suo compito. Forse avrebbe anche trovato il coraggio di parlare con suo padre, per quanto sicura che sarebbe stata l'ultima persona disposta ad aiutarli.

Nel frattempo, si concentrò sull'impegno più pressante, ovvero preparasi per il ballo di sabato sera alla sala parrocchiale. La madre si era dimostrata insolitamente collaborativa nello scegliere il vestito. Di solito, avrebbe etichettato la faccenda come frivola e uno spreco di energie, soprattutto quando c'era del lavoro da fare alla fattoria. Si era procurata del tessuto verde, che Elena non osò chiedere da dove provenisse, ed era riuscita a creare un vestito delizioso. Sentì che l'avevano viziata, considerando che aveva già un paio di vestiti acquistati a Milano, che però in campagna sarebbero sembrati piuttosto ridicoli. Il ballo si sarebbe svolto in un fienile appena fuori dal paese e quei vestiti si sarebbero decisamente fatti notare.

Le due avevano avuto un battibecco quando le aveva chiesto di accorciarli di un paio di centimetri, ma davanti all'espressione della madre aveva deciso di non insistere. Apprezzava il fatto di avere qualcosa di adatto da indossare e di poter contare sulla madre per questa uscita con Luca.

Ricevette un'altra sorpresa quando la madre disse ai suoi fratelli minori, senza mezzi termini, che Elena si sarebbe potuta concedere un bagno prima del ballo e che loro avrebbero dovuto invece aspettare un paio di giorni. Andrea, quindici anni, era ben felice di non doversi lavare. Chi la stupì maggiormente fu Giulia, che ogni sabato si assicurava sempre di essere la prima a fare il bagno e spesso doveva essere cacciata per lasciare il posto agli altri. Avendo sedici anni, all'inizio aveva fatto presente di essere grande abbastanza per andare al ballo, ma i suoi non ne avevano voluto sapere. Una volta capito di non avere speranze, Giulia si era tramutata nella più accanita sostenitrice di Elena, pregandoli di potersi occupare dei suoi capelli.

"Cavolo, spero che Luca ti chieda di sposarlo, così poi toccherà a me".

Elena ridacchiò. "Ma è solo un ballo! Ci andiamo come vecchi amici".

"Sì, beh, questo poi si vedrà", disse Giulia facendo un sorrisino. "Ora stai ferma, i tuoi capelli sono tutti ingarbugliati".

Capitolo Nove

Due ore dopo, Elena era seduta sul carretto accanto a Luca, che guidava il cavallo su per la collina verso il villaggio di San Donato. Luca sembrava ammutolito, ma Elena non si lasciò scoraggiare. Tenne viva la conversazione per tutto il tragitto. Gli raccontò dell'incontro con il Maggiore Heinrich, che Luca trovò un po' allarmante. Gli descrisse anche lo scambio di battute con il signor Bruni, a cui Luca reagì con un grugnito.

"È un vecchio fastidioso che deve imparare a farsi gli affari suoi. Mio padre e mio zio discutono di continuo con lui, per le questioni più futili. Eppure ne avrebbe di cose più importanti di cui occuparsi".

"Probabilmente, da quando sua moglie è morta, si sente molto solo. Cerca solo compagnia, qualcuno con cui parlare. Però hai ragione. Dovrebbe avere dei modi più gentili". Visto che la conversazione si era fatta più seria, Elena decise di alleggerire l'atmosfera parlando dei cuccioli che una delle gatte della fattoria aveva appena partorito. "Ti giuro che Giulia è ossessionata. Sembra che li abbia partoriti lei. Non permetterà che babbo ne affoghi nemmeno uno. Presto saremo invasi dai gatti. Almeno non avremo più topi in casa!"

Luca sorrise. "Mi sembra di sentire Marco. È troppo tenero di cuore per fare il contadino. Penso che mio padre stia iniziando a perdere le speranze".

"Per me non esistono i teneri di cuore. Tuo fratello ha semplicemente un animo gentile. E voi uomini avreste molto da imparare da lui", lo stuzzicò Elena. Mentre parlavano, gli mise casualmente la mano sulla coscia e gliela strinse.

Luca sentì il corpo che gli andava a fuoco. La mano di Elena rimase lì, appoggiata, ma avrebbe potuto benissimo essere una morsa di ferro. Negli ultimi tempi, ogni volta che erano insieme Luca sentiva il cuore battere all'impazzata. Tutto sembrava più nitido e luminoso. Si voltò verso di lei, titubante, ma Elena guardava dritto avanti a sé. Quella sera sembrava ancora più bella del solito. Solo a starle vicino, si sentiva inebriato.

Una volta arrivati al fienile e legato il cavallo vicino all'abbeveratoio con tutti gli altri animali, Luca si rilassò. Con un gesto galante, aiutò Elena a scendere dal carretto porgendole la mano e la tenne stretta fino a quando due amici si precipitarono verso di lui, urlando.

"Luca, sei in ritardo come al solito".

Antonio saltò addosso all'amico e iniziò a scompigliarli i capelli. Luca lo spinse via ridendo bonariamente. "Almeno mi sono lavato. Tu puzzi come un contadino".

Antonio fece una smorfia. "Non è colpa mia se lavoro in una conceria". Si portò la manica al naso e la annusò timidamente.

Gli fece tenerezza. "Lascia perdere, Antonio. Forza. Sento già la musica".

I quattro entrarono nel fienile illuminato a festa, felici di essersi rivisti e per questa rara opportunità di divertirsi. Era da un po' che la chiesa non organizzava un ballo per i giovani della zona, ma il sacerdote pensava che meritassero un'occasione per non pensare alla miseria che attanagliava le loro vite, anche se solo per qualche ora. Qualche settimana prima aveva visto quanta gioia aveva portato la festa dei Rossi e sperava di poter fare lo stesso.

Da quando erano arrivati i tedeschi qualche mese prima, sul villaggio e sulla campagna circostante si era postata una coltre di paura. Le preghiere sembravano inutili. Arrivato nella parrocchia solo un anno prima quando il sacerdote precedente era morto di vecchiaia, Don Antonio non era molto più grande dei giovani che cercava di raggiungere. La signora Ricci, che puliva e cucinava per lui e che, nonostante i settant'anni aveva ancora un certo luccichio negli occhi, gli aveva parlato dei balli che si organizzavano prima della guerra e a lui l'idea era subito piaciuta. Nelle ultime settimane, quindi, Don Antonio aveva aggiunto ai sermoni che teneva dal pulpito un discorso in cui esaltava i benefici delle attività sociali e della vita in comunità, esortando i più anziani a lasciare che i giovani delle loro famiglie partecipassero. Dato il numero di persone, giovani e anziane, che si erano presentate, al prete sembrò che in fondo non avessero bisogno di molto incoraggiamento.

La pista improvvisata si riempì rapidamente di giovani che facevano volteggiare le compagne di ballo, sotto gli sguardi benevoli dei loro genitori. Tommaso e Matteo, i cugini di Luca, stavano suonando con un'energia superiore alla solita e gli altri musicisti non erano da meno. I brani vivaci avevano trascinato tutti in pista. Elena era in preda all'emozione, non riusciva a stare ferma. Quando Luca iniziò a sembrare stanco, Elena lo spinse via e passò a ballare con una delle sue amiche. "Sei fiacco, Rossi!" Le due ragazze si allontanarono volteggiando.

Luca rimase a bordo pista con Antonio a guardarle. Elena sembrava venire da un altro pianeta, piena di luce ed energia. Era come una calamita che attirava tutti a sé e poi li teneva uniti. Non riusciva a toglierle gli occhi di dosso.

"È amore?" gli chiese Antonio, dandogli un pugno sul braccio. "Quella ragazza è determinata! Sarai tu il fortunato che la farà capitolare?"

Luca si sentì arrossire e diede una spinta ad Antonio. "Elena è sempre stata l'anima della festa, lo sai bene. Non so quanto sia interessata a me. Probabilmente a Milano aveva tanti uomini che le facevano la corte".

"Beh, ma ora non è più a Milano. E voi due, e le vostre famiglie, vi conoscete da sempre. Tanto vale fare un passo avanti".

Luca si girò verso il suo amico e stava per rispondergli, quando percepì del trambusto vicino alle porte. Si girarono tutti in quella direzione. Luca vide che alcuni giovani erano entrati di corsa. La musica si fermò e dal fondo della sala si levarono delle voci.

"Oddio, sono Lorenzo e Alessandro", gridò Antonio.

Luca si girò e vide suo fratello e il suo migliore amico che, con espressione tetra, si facevano largo tra la folla. Arrivarono fino al punto dove si trovava Luca. Elena fece per abbracciarli, ma qualcosa la trattenne. Sembravano dei perfetti sconosciuti. I loro abiti erano logori e sporchi, i capelli arruffati. Era passato solo un anno da quando aveva salutato il fratello maggiore, ma le sembrava molto più vecchio. Il volto di Alessandro era scarnito, i suoi occhi spenti. Era sempre stato magro, ma ora i vestiti gli cadevano addosso come a uno spaventapasseri. Elena rimase scioccata nel vedere che si era anche fatto crescere la barba.

I due partigiani salirono sul piccolo palco di legno, vicino ai musicisti. Lorenzo fece un cenno a Luca, poi si girò verso tutti gli altri. "Non abbiamo molto tempo", disse ad alta voce. "Una delle nostre fonti a Sassocorvaro ci ha detto che questo fine settimana i fascisti di Mussolini raduneranno tutti i giovani e li costringeranno ad arruolarsi per la loro causa. In città non hanno trovato molti uomini, quindi stanno venendo in campagna".

Si bloccò per un attimo per osservare i volti dei giovani che lo guardavano nervosamente. "Una delle nostre spie sul campo li ha sentiti dire che sarebbero venuti qui questa sera. Qualcuno gli ha detto del ballo e pensano di potervi cogliere di sorpresa. C'è un gruppo dei nostri appostato in strada nella speranza di poter tendere un'imboscata. Ma se non ci riusciamo..."

Non c'era da aggiungere altro. I giovani, che fino a quel momento avevano riso e scherzato tra loro, capirono la gravità del momento. Nessuno voleva essere catturato dalle camicie nere. Luca salì sul palco, diede un grande abbraccio al fratello Lorenzo e poi si rivolse ai cugini.

"Voi due adesso ve ne tornate a casa. Siete venuti a cavallo?" I cugini annuirono. I volti pallidi e gli occhi spalancati tradivano la loro paura. Salutarono rapidamente gli altri musicisti, abbracciarono Lorenzo e scapparono via, stringendo a sé i violini. Luca guardò Elena.

"Prendi il mio carretto per tornare a casa. Non posso rischiare di farmi trovare in strada, andrò per i campi e mi nasconderò da qualche parte. Più tardi cercherò di venire a Casa del Lupo. Per un po' di giorni dovremo starcene tranquilli".

Lorenzo annuì. "I nostri ragazzi infliggeranno qualche danno, ma questo non li fermerà di certo. Quei criminali non capiscono che stanno combattendo una guerra che non vinceranno. Ma ora che sono arrivati i tedeschi a sostenerli, per un po' le cose si metteranno male".

Alessandro saltò giù dal palco e abbracciò la sorella. Elena lo strinse forte, poteva sentire le sue costole. Era trascorso un anno, ed ecco in quale circostanza riuscivano a incontrarsi. Gli prese il viso tra le mani. "Stai attento, per favore. Se coraggioso, certo, ma anche sciocco. Mamma piange ancora tutte le sere: la sento dalla stanza vicino. Vedi di non farti ammazzare". Lo abbracciò di nuovo, poi si rivolse a Luca e Antonio.

"Forza,voi due, filate via. Qui ci pensiamo noi. Non fatevi beccare, ci siamo capiti? Alle fattorie c'è bisogno di voi, altrimenti il prossimo inverno non avremo nulla da mangiare. Lasciate che gli altri facciano quel che devono fare, ma non dobbiamo per forza combattere tutti. Andate".

Senza proferire parola, Luca toccò il braccio del fratello in segno di ringraziamento e lasciò la stalla assieme ad Antonio. Elena si voltò verso suo fratello. "Grazie. So che è stato rischioso venire al fienile e che non sei d'accordo con quello che Luca e gli altri cercano di fare rimanendo qui. Ma siamo tutti dalla stessa parte. Cerca di fare attenzione. Vogliamo tutti uscire vivi da questa situazione".

Alessandro annuì, scuro in volto. "Sappiamo cosa dobbiamo fare. La gente dei villaggi e delle fattorie ci aiuta molto. Ci danno cibo, armi, legna da ardere, ci aiutano a nasconderci e tengono la bocca chiusa. Ma non è..."

Un'esplosione lo interruppe. Chi era rimasto nel fienile si voltò verso le porte e si riversò all'esterno. Si udirono altre esplosioni e spari provenire dalla collina.

"Sembra che i miei compagni si stiano scontrando con il nemico. È ora di andare. Ti voglio bene, sorellina. Non fare stupidaggini". Sorrise e le sfiorò la guancia. Elena gli tenne la mano per un breve momento, poi lo spinse via. Alessandro e Lorenzo sparirono con la stessa rapidità con cui erano arrivati.

Elena si girò verso le amiche, alcune delle quali stavano piangendo. Una coppia aveva già slegato i pony ed era salita sul carretto. Altri erano in sella alle proprie biciclette, desiderosi di fuggire in fretta. Gli anziani del villaggio si erano avviati a piedi verso le proprie case.

"Pare che al momento i fascisti siano un po' impegnati", scherzò Elena. Alcune delle ragazze sorrisero, ma i loro occhi tradivano la paura. Molte di loro avevano un fratello, un padre, uno zio o un cugino che si erano uniti ai partigiani: sapevano che parte degli assalitori quella serata non sarebbe sopravvissuta. Data la segretezza con cui agivano i partigiani, potevano trascorrere mesi senza che le loro famiglie sapessero quando e se sarebbero tornati a casa.

Elena salutò e salì sul carretto di Luca. Prese la torcia che lui aveva lasciato sotto al sedile e la accese. Non faceva una luce molto forte, ma era comunque grata che ci fosse. Il cavallo oppose un po' di resistenza all'inizio, ma presto Elena lo fece girare e così iniziò a trottare lungo la strada verso casa. Man mano che si addentrava giù per la collina lungo la stradina, i rumori dell'imboscata si facevano più attutiti. Quella sera non c'era la luna, cosa che rendeva il viaggio ancora più arduo. Tuttavia, Elena conosceva bene la strada e tutte le sue curve. La spaventava, piuttosto, l'idea di incontrare un branco di cinghiali che, se disturbati, avrebbero attaccato. Quando finalmente scorse i cancelli di Casa del Lupo, si sentì sollevata.

Suo padre andava su e giù fuori dalla casa, con il fucile a tracolla. Sentiva i forti rumori provenienti dall'altra parte della valle. Elena gli raccontò quello che era successo al fienile.

"Si mette male. Molto male. Ci sarà un prezzo da pagare per tutto questo, me lo sento. Non voglio che tu vada al lavoro lunedì".

"Ma babbo!"

"Basta così. È già troppo avere Alessandro che vagabonda per la campagna. È pericoloso, e fino a quando le acque non si calmano è meglio che tu rimanga a casa".

Elena sapeva che era meglio non discutere ulteriormente con il padre quando era di quell'umore. Lo lasciò in cortile e andò a parlare con la madre, che era in cucina. Quando le raccontò di aver visto Alessandro, iniziò a piangere a dirotto.

"È vivo, mamma. È vivo. Sembrava stesse bene", la rassicurò Elena. "Non ha preso parte all'imboscata e ha lasciato il fienile prima di me. Non lo prenderanno mai, è troppo furbo".

Giulia la guardò speranzosa. Elena impiegò un secondo a capire cosa volesse. "Stanno tutti bene. Se ne sono occupati Lorenzo e Alessandro. Luca è riuscito a scappare. C'erano i cavalli dei gemelli Rossi. Sono sicura che nessuno tra quelli che erano alla festa è stato catturato". Giulia guardò la sorella con gratitudine. Elena capì che era restia a nominare Tommaso. Decise anche di sorvolare sulla fuga di Luca. Meglio non far venire idee alla madre.

Elena abbracciò forte la madre e la sorella. Nessuna di loro parlò. Era sufficiente sapere che Alessandro era ancora vivo e che era vicino, anche se Elisa e Giulia non avevano avuto la fortuna di abbracciarlo.

Elena non riusciva a dormire per l'agitazione. Se ne stava stesa a letto, a sentire Giulia che borbottava nel sonno. Sentì la madre chiamare a bassa voce il marito dalla finestra e poi, dopo qualche minuto, il padre rientrare in casa e sbattere la porta. Infine, calò il silenzio. Capì che tutti erano ormai rientrati. Si alzò lentamente e scese dal letto, facendo attenzione a non disturbare Giulia. Le sue pantofole erano accanto al letto. Senza far rumore, prese un cardigan e uno scialle dalla sedia e si diresse verso la finestra. Avevano dimenticato di chiudere le persiane, quindi poté guardare fuori verso il buio del cortile. Lo scontro a fuoco sembrava essere terminato e la notte era tranquilla. Attese, sentiva che stava per accadere qualcosa.

Dopo mezz'ora, Elena stava per arrendersi: aveva i piedi congelati e il sottile scialle non era caldo abbastanza. Stava per tornare a letto quando udì distintamente il suono del cancello che cigolava. Appoggiò il viso alla finestra, cercando di scorgere qualche movimento nell'oscurità. Nel cortile apparve Luca, silenzioso come un fantasma. Guardò verso la finestra e fece un cenno con la mano. Elena gli rivolse il palmo della sua, come a volerlo fermare, poi si voltò. Attraversò la stanza in punta di piedi, aprì la porta della camera e si incamminò lentamente lungo il corridoio. Afferrò riconoscente il cappotto dal gancio fissato nel muro e si tolse le pantofole per indossare gli stivali. Prese la grossa torcia che tenevano vicino alla porta di ingresso. La grossa porta era sprangata, ma

Elena si ricordò che il giorno prima la madre aveva oliato il chiavistello, che scivolò via facilmente non appena lo tirò. Tempo un minuto ed era nel cortile. Luca la guardò, senza che il suo volto tradisse nulla. Si portò un dito alle labbra e prese la mano di Luca.

"Vieni qui", gli sussurrò all'orecchio e lo guidò attorno alla loro casa a un piano, lungo il sentiero che portava alla stalla del bestiame. Una volta all'interno, si diressero verso la scala e salirono nel fienile. Con il muggito delle mucche in sottofondo, Elena iniziò ad accatastare la paglia per creare un posto dove sedere e vi appoggiò sopra il cappotto. Posò la torcia su una balla per creare un po' di luce e si sedettero uno di fronte all'altra.

"Stai..."

"Hai..."

Avevano entrambi iniziato a parlare e si fermarono. Elena diede un colpetto sul braccio di Luca. "Prima tu. Hai visto qualcosa o qualcuno?"

"No, è andata bene. Siamo scesi dalla collina e poi abbiamo seguito il corso del torrente. Antonio ha attraversato i campi per andare a casa. Io sono venuto qui. Nessuno mi ha visto e gli spari non sono andati avanti per molto".

Luca tentennò. Rivolse lo sguardo verso l'oscurità del fienile, là dove la flebile luce della torcia non arrivava. Deglutì, chiedendosi se fosse il caso di confessare ciò che stava pensando. "Ero... Elena, ero terrorizzato. Ho pensato..."

Elena lo tirò verso di sé e lo abbracciò. Luca la strinse, pervaso da una disperazione che aveva provato raramente. Il cuore gli batteva così forte che pensò che lei potesse sentirlo attraverso il cardigan e la camicia da notte. Si tirò indietro e cercò di capire la sua reazione.

Elena non lo aveva mai visto così vulnerabile, così abbattuto. Provò uno slancio di commozione. *Voglio proteggere quest'uomo*, pensò. D'istinto, lo baciò. Le labbra di Elena erano fredde. Luca si sentì come se fosse stato colpito da una scarica elettrica. Ricambiò il bacio, poi le afferrò la nuca con entrambe le mani. Elena gemette e lo strinse ancora più forte. Luca si sentiva posseduto. La baciò di nuovo sulla bocca e poi scese lungo il collo. Elena inarcò la schiene ed emise dei lievi gemiti. Con molta difficoltà, si tolse il cardigan. Luca la spinse delicatamente all'indietro e poi, sempre tenendola tra le braccia, la fece adagiare a terra. Elena si sdraiò sulla paglia, con Luca goffamente sopra di lei. Per un attimo esitò, poi lo spinse via. Lui si allarmò. "Oddio. Scusami. Non volevo farti male".

Per tutta risposta, Elena si alzò e lentamente, languidamente, si sfilò la camicia da notte facendola passare sopra la testa. Gli lanciò uno sguardo furtivo, con il sorriso sulle labbra e gli occhi che le brillavano. La luce tremolante proiettava ombre sulla sua pelle pallida. Luca pensò di non aver mai visto nulla di così bello.

"Luca", sussurrò. "Luca". Pronunciò il suo nome come se fosse sacro. "Anche io stasera ho avuto paura. Tanta paura. Ma sapevo che saresti venuto".

Lo guardò, cercando di scrutare nella sua anima. "Questa guerra... tutto questo... non deve allontanarci. L'ho capito stasera. Sono appena tornata e Non voglio lasciarti di nuovo".

Si sporse in avanti per baciarlo ancora una volta. Luca tentennò, poi ricambiò il bacio. La sua lingua si fece largo nella bocca di Elena mentre con le mani ne esplorava la schiena. La fece sdraiare delicatamente e portò la bocca sui suoi seni, baciandone prima uno e poi l'altro. Elena gridò, stringendogli la nuca. Era stupendo, non aveva mai provato un piacere simile.

"Non ti fermare, ti prego".

Luca si lasciò trasportare. Spostò la mano fino ad accarezzarle il seno destro, mentre si destreggiava per arrivare a leccarla delicatamente tra le gambe. I gemiti di Elena si fecero più profondi. Armeggiò con i bottoni dei pantaloni di lui e gemette di nuovo, questa volta per la frustrazione.

Luca si sbottono con forza, abbandonando qualsiasi cautela. La desiderava ardentemente. Non gli importava se li avessero scoperti. Si abbassò i pantaloni e si fece strada tra le gambe di lei. Si sentiva come se stesse per esplodere. Spinse con più forza, scoprendo che Elena era già bagnata. Ci fu una certa resistenza, ma solo per qualche secondo, poi si sentì avvolto da lei. Gemettero all'unisono, aggrappandosi l'uno all'altro come se stessero annegando in un lago. Con un sussulto, Luca diede un'ultima spinta. Elena si sentì pervadere dall'ondata più intensa che avesse mai provato: i due si unirono, stringendosi l'uno al corpo dell'altra come a non volersi separare.

Si sdraiarono sulla paglia, fissando le travi di legno, mano nella mano. Alla fine Luca si tirò su e si girò verso Elena, appoggiandosi su un braccio. Le accarezzò il volto.

"Era da tanto che ti desideravo", disse con voce calma. "Non osavo ammetterlo, nemmeno a me stesso, perché sembrava impossibile. Anche prima che andassi a Milano. Eri così irraggiungibile. Guardati: se intelligente, sei una donna di mondo, e..."

Elena gli posò la mano sulla bocca. "Zitto, Luca. Sei un idiota. Lo desideravo tanto quanto te". Gli accarezzò la guancia. "So che in questo momento dovrei sentirmi terribilmente in colpa. Se quello che mia madre e i preti dicono da anni è vero, allora sono condannata all'inferno". Anche nella penombra, riuscì a vedere lo sgomento sul volto di Luca, così si affrettò a proseguire. "Ma come può essere sbagliato tutto ciò? Siamo sempre stati vicini, ma da quando sono tornata da Milano sentivo che c'era dell'altro. Lo desideravo tanto quanto te, te lo assicuro".

Elena si accoccolò vicino a lui. Luca l'avvolse tra le braccia. Rimasero così per qualche minuto.

"Penso che in tempo di guerra le cose succedano più velocemente", disse Elena. "Le ragazze che conoscevo a Milano incontravano un soldato a un ballo e poi si sposavano nel giro di tre settimane, prima che lui tornasse al fronte. È come se nessuno fosse disposto ad aspettare, per paura che non ci sarà un futuro". Si tirò su. "Neanche io sono disposta ad aspettare. Ho visto una bomba distruggere la casa dei miei vicini a Milano, dall'altra parte della strada. Tutti quelli che erano dentro sono morti in un istante. Avevano dei progetti, cose che volevano fare, ne sono sicura. E ora non ci sono più. Quella sera, quando sono tornata e ti ho visto, ho capito che ti volevo. Ecco, te l'ho detto. E questa sera mi ha dimostrato che il mio istinto era giusto. So che anche tu provi le stesse cose".

Luca annuì; non osava parlare. Lo baciò prima sulle labbra e poi sulle guance. "Questa guerra finirà e noi due potremo stare insieme come si conviene. Ho solo bisogno che fino ad allora tu eviti i pericoli, va bene?"

Luca la tirò a sé. Si sdraiarono sulla paglia, avvinghiati.

"Luca, resta ancora un po'".

"Fosse per me, non ti lascerei mai più".

La baciò sulla testa. Per la prima volta da mesi si sentiva tranquillo. Elena aveva ragione: dovevano tenersi lontani dal pericolo, almeno finché quella stupida guerra non fosse finita. A combattere ci avrebbe pensato Lorenzo, lui sarebbe rimasto a casa, il suo posto era quello.

Capitolo Dieci

Nello stesso momento, a qualche chilometro di distanza, un gruppo di giovani esausti si era raggruppato in un altro fienile. Alcuni erano sdraiati a terra, respirando a fatica. Sul fieno colava sangue dalle ferite che altri cercavano disperatamente di tamponare. Di tanto in tanto, si udiva il fremere delle attività, subito seguito da rumori gutturali che si spegnevano nel silenzio. I presenti si fermavano, facendosi il segno della croce prima di passare all'ennesimo caduto.

"Stasera ne abbiamo persi troppi", disse Lorenzo a bassa voce. Era accasciato contro la parete del fienile, stringeva la borraccia di alluminio e ogni tanto beveva un sorso d'acqua. La sporcizia sotto le unghie e le strisce di fango sulle braccia davano chiara idea di quanto tempo fosse trascorso dall'ultima volta che aveva fatto un bagno.

Alessandro annuì. Osservò la scena con rassegnazione: il gruppo curava uno a uno, come meglio poteva, i partigiani feriti. Qualche ora prima, cinque uomini erano riusciti a tornare al fienile, ma solo due di loro erano ancora vivi. Altri quattro erano dispersi. Non sapevano quanti fascisti fossero stati uccisi nell'imboscata, ma sapevano che sarebbero stati rimpiazzati presto. I due amici si guardarono, lo sfinimento impresso sui loro giovani volti.

"Compagni, ascoltate". Il loro capo, Erivo Ferri, alzò la lanterna come per inviare un segnale al gruppo. Sfiniti, gli uomini si voltarono verso di lui, sapendo che stava per arrivare l'ennesimo discorso del loro comandante. Lorenzo chiuse gli occhi: non era sicuro di essere pronto a una chiamata alle armi.

"Questa sera abbiamo perso dei bravi ragazzi, dei veri patrioti. Certo, abbiamo inflitto anche noi qualche danno, ma abbiamo comunque subito un bel colpo. So che siete addolorati per queste perdite, ma non possiamo arrenderci, ne va della nostra libertà".

Erivo si guardò attorno, verso il gruppo di una ventina di uomini e qualche donna dinnanzi a lui.

Alcuni erano adolescenti, a Erivo sembrava che fossero ancora attaccati alle gonnelle delle madri. Leggeva sconcerto e paura sui loro volti, come se si stessero chiedendo come erano finiti in quell'inferno. Addolcì i toni:

"Ragazzi, è dura. Credetemi, so che è dura. Solo un anno fa, nessuno di noi avrebbe mai immaginato che questo sarebbe accaduto. Eravamo in campagna a prenderci cura dei campi o a lavorare in negozio o in ufficio in città o in paese. Che diamine, io sono un calzolaio. Non avremmo mai immaginato che la guerra sarebbe arrivata da noi. Firenze, Roma, Milano, Napoli... era lì la guerra. E invece ora è qui.

"Non pensate che le Marche siano al sicuro. Mussolini e i suoi scagnozzi sono ancora convinti di poter vincere e i tedeschi non se ne andranno senza combattere. Cazzo, adesso i nazisti sono a Sassocorvaro e a Urbino! Se vogliamo la libertà, dobbiamo combattere per conquistarcela. E questo vuol dire combattere contro i tedeschi e, sì, anche contro gli italiani che scelgono di restare con quel bastardo di Mussolini. Adesso i veri italiani siamo noi".

Il gruppo di uomini e donne annuì e mugugnò in segno di assenso. Erivo tentennò per un attimo, poi proseguì. "Però abbiamo bisogno di altre scorte. Ci servono cibo, come sempre, poi armi e munizioni. Ma anche mezzi di trasporto. Dobbiamo essere in grado di spostarci dove c'è bisogno di noi e di farlo il più agevolmente possibile".

Volti esausti lo guardarono come se fosse stato chiesto loro di trovare dei lingotti d'oro. Il carburante era più difficile da reperire dei metalli preziosi. "Riposiamoci un paio di giorni. Al momento questo è un luogo sicuro dove stare, abbiamo bisogno che i compagni feriti guariscano. Dobbiamo anche trovare i dispersi. Se sono ancora vivi, sapranno come tornare al fienile. Quindi non possiamo andarcene, non ancora. Possiamo mandare in perlustrazione le squadre di ricerca, appena fa giorno".

Erivo fece un'altra pausa, conscio che i suoi soldati erano esausti, tanto fisicamente quanto mentalmente. "So che è dura sentirselo dire, ma dobbiamo prepararci alla prossima azione di resistenza. Una volta che ci saremo riposati, voglio che torniate dalle vostre famiglie, nei vostri paesini. Come ho detto, ci servono rifornimenti. Ma rivolgetevi solo a persone fidate. Qualcuno ha parlato del ballo a quelli della milizia. Chiunque sia stato, sapeva bene che non avrebbero fatto una visita di cortesia. I traditori sono ovunque".

Lorenzo guardò Alessandro, mentre il gruppo iniziava ad ammassare la paglia per creare dei giacigli. I due non ebbero bisogno di proferire parola. Sapevano che le loro famiglie iniziavano a fare i conti con la carenza di cibo e risorse. Ma che senso aveva sopravvivere per poi perdere ciò che conta?

Capitolo Undici

Il sole sorse dietro alla collina, proiettando lunghe ombre sul cortile della fattoria. Elena, sdraiata a letto, osservava la luce che si spostava, centimetro dopo centimetro, lungo le piastrelle di terracotta. Udì sua madre e suo padre che si mettevano all'opera: prima la madre in cucina, poi il padre all'esterno. Non voleva muoversi; voleva continuare a crogiolarsi nel ricordo di quello che era successo con Luca nel fienile, delle sue mani che la accarezzavano, delle sue labbra che la baciavano. Aveva dolori ovunque, ma quella sorta di promemoria fisico non le dispiaceva affatto. Nel giro di un paio d'ore avrebbe incontrato Luca in chiesa ed era talmente emozionata all'idea da star quasi male. Si sentiva diversa, come se fosse diventata definitivamente adulta. Quando era a Milano, le sue amiche più scafate le avevano raccontato dei loro appuntamenti segreti con i soldati e dei piaceri proibiti che avevano condiviso. Le loro descrizioni le erano sembrate tanto allettanti quanto spaventose. Ora era entrata nel club. Si chiedeva se in famiglia qualcuno avrebbe notato che non era la stessa ragazza del giorno precedente.

A colazione l'aria era tesa, ma non per il motivo che temeva. Francesco raccontò i terribili fatti della serata ad Andrea, che era già a letto quando Elena era rientrata la sera prima. "Ma Alessandro lo hai visto", chiese alla sorella. "Lo hai proprio visto? Era vivo?"

Elena colse l'agitazione nei suoi occhi. Andrea dava sempre l'impressione di essere forte e algido, come se fosse un'entità separata rispetto alla famiglia. All'improvviso si rese conto che non era altro che spavalderia adolescenziale. Voleva bene al fratello e gli mancava davvero tanto.

"Sta bene, Andrea. Davvero. E non ha preso parte all'imboscata: è venuto al ballo per avvertire noi che eravamo lì. Andrà tutto bene".

"No, non va bene per niente", tuonò il padre di Elena. Sbatté il pugno sul tavolo, facendo saltare le tazze per la colazione. "Ora andiamo in chiesa, ma poi non ci muoveremo più. I prossimi giorni non andremo da nessun'altra parte, almeno finché non avremo scoperto cos'è successo davvero. I fascisti vorranno vendicarsi e Dio solo sa cosa faranno quei maledetti tedeschi. Non voglio che facciate nulla di avventato, ci siamo capiti?"

Annuirono tutti. Elena sentì il volto andarle a fuoco. Stava pensando a ciò che era successo la scorsa notte nella stalla: se avessero saputo, i genitori si sarebbero scandalizzati. Pensava anche a Pasquale e al suo piano per spostare le opere d'arte. Elena immaginava che il padre si sarebbe dimostrato scettico all'idea. Non era tipo da capire l'arte o da vederne il senso. Per lui, l'arte era una cosa da ricchi, persone che avevano denaro e tempo da perdere con un museo, mentre i lavoratori come lui avevano troppo da fare, non avevano tempo per quelle frivolezze. L'aveva lasciata andare a Milano solo perché sapeva che avrebbe mandato del denaro a casa e che per un anno ci avrebbe pensato qualcun altro a sfamarla. Il lavoro in sé gli era sempre sembrato inutile: se sua figlia voleva dilettarsi con l'arte, bene, ma non poteva definirlo un lavoro vero. Se avesse scoperto che il suo capo l'aveva arruolata per aiutarlo a trasportare segretamente migliaia di opere d'arte proprio sotto il naso dei tedeschi, sarebbe rimasto inorridito. No, meglio non fare parola di quel piano a casa.

———

I volti erano cupi, quella mattina. Volti ugualmente cupi, quelli del resto della congregazione, li accolsero fuori dalla chiesa. Nessuno aveva voglia di parlare, le poche conversazioni avvenivano a bassa voce, quasi sussurrate. Elena scrutò i visi tra la folla, alla ricerca di Luca. Dopo qualche minuto, si rese conto che i giovani non c'erano. Il paese aveva dato ascolto alle parole dei partigiani della sera precedente. Avevano tutti deciso che i loro figli non sarebbero andati a messa.

Cinque minuti dopo essere arrivata, Elena vide inerpicarsi su per la collina il carretto della famiglia Rossi, guidato dal capofamiglia. Sullo stretto seggiolino accanto a lui sedevano la moglie e la cognata, Maria. Accalcati nella parte posteriore c'erano il fratello minore di Luca, Marco, suo zio Leonardo e i suoi cugini Giovanna e Gianni. Non c'era traccia di Luca, né dei suoi cugini Tommaso e Matteo. Era logico, agli occhi di Elena, che i due uomini fossero rimasti a casa, ma provò lo stesso una grossa delusione. In quel momento, si rese conto che i prossimi giorni, forse addirittura le prossime settimane, sarebbero stati molto difficili per tutti.

Elena sentì Giulia lamentarsi. La guardò intensamente, confusa per qualche attimo, poi si rese conto che anche la sorella stava fissando il carretto. Elena non era l'unica dei Marchetti a sperare di vedere uno dei ragazzi dei Rossi. Prese la mano della sorella e la strinse in segno di solidarietà.

Le porte della chiesa si erano appena aperte per accogliere la congregazione, quando un'automobile arrivò di corsa, facendo scappare i cani randagi. Era raro vedere automobili in strada, specialmente alla domenica. Non prometteva nulla di buono, Elena lo intuì subito. I suoi timori furono confermati un minuto dopo, quando la macchina si fermò fuori dalla chiesa.

Un soldato tedesco, seduto sul sedile del passeggero, saltò fuori non appena l'auto si fermò e si precipitò sul retro per aprire la porta. Ne uscì il Maggiore Heinrich, con un sorriso tirato sul volto, che spazzolò via granelli di polvere immaginari dalla propria uniforme. Si avviò con passo spedito verso la folla, che si era voltata come un sol uomo a fissarlo. Appena vide Elena, il Maggiore si bloccò e si tolse il cappello.

"Buongiorno, signorina Marchetti. Che piacere rivederla".

Elena guardò dritto davanti a sé, cercando di non lasciar trapelare alcuna emozione.

Il Maggiore Heinrich si rivolse ai paesani. "Mi dicono che ieri sera c'è stato, come dire, un po' di trambusto. Il mio omologo presso le autorità italiane non è proprio di buon umore questa mattina. Sembra che alcuni criminali abbiano impedito ai suoi uomini di svolgere il loro dovere".

I paesani rimasero immobili, alcuni con lo sguardo impietrito, altri terrorizzati. Nessuno di loro parlò.

"Sappiamo cosa sta succedendo in questa zona: alcuni traditori stanno creando scompiglio. Sappiamo anche che hanno ricevuto aiuto. Troveremo questi traditori e li uccideremo. E uccideremo anche chi li aiuta. È tutto chiaro?"

Il Maggiore sorrise di nuovo. I paesani continuavano a fissarlo. Elena era atterrita: pensava ad Alessandro, a Lorenzo e al resto dei partigiani, ma anche a Luca. L'uomo che aveva di fronte era pericoloso. Elena sapeva anche che sarebbe tornato alla Rocca. Se avessero scoperto i suoi piani, Pasquale sarebbe stato in pericolo. Raramente Elena aveva paura di qualcuno o di qualcosa ma, in quel momento, sotto al caldo sole di ottobre, fuori da una piccola chiesa, si sentiva profondamente spaventata

Il Maggior Heinrich fece un inchino a Don Antonio, che stava ancora tenendo il portone della chiesa, poi si girò di scatto e tornò verso l'automobile, rimasta ad attenderlo. Si voltò un'ultima volta. "Siamo più forti di voi e vinceremo". Il Maggiore guardò i paesani con un ghigno sul volto. "Non ho chiesto io di essere inviato in questo posto dimenticato da Dio, credetemi. Ma intendo fare esattamente quello che mi è stato chiesto. Ho ordine di tenervi tutti in riga. Se pensate che un gruppo di campagnoli sia più furbo del Terzo Reich..." Scosse la testa con fare incredulo, prima di sparire nella parte posteriore dell'auto.

Don Antonio cercò di rianimare i paesani con un sermone dai toni ottimisti, ma era una battaglia persa. Anche il canto degli inni fu meno vivace del solito. Un'ora più tardi, appena lasciata la chiesa, Elena e sua sorella chiamarono Giovanna, la sorella di Luca. Gli era sempre piaciuta quella ragazza vivace, anche se era un po' più piccola di loro.

"Gio! Che aria tirava questa mattina a Ca'Boschetto?" le chiese subito Giulia appena si trovarono da sole. "Mio padre era di pessimo umore e la visita inaspettata dei nazisti non potrà che peggiorare le cose".

Giovanna annuì. "Non tirava una bella aria. Babbo è nervoso per i gemelli, ovviamente. Dopo tutto, data la loro età, li avrebbero già dovuti arruolare. Zio Paolo sa che ieri sera Lorenzo era con i partigiani. Stamattina a colazione Luca gli ha raccontato tutto".

Elena cercò di non trasalire quando udì pronunciare il nome di Luca. Si sentì arrossire. Giovanna non sembrò averlo notato, tant'è che proseguì.

"Posso giurare che fosse spaventato quando Lorenzo se n'è andato la prima volta. Ma ora, ovviamente, le cose stanno molto peggio. Credo che per un po' lo zio non permetterà a Luca di andare da nessuna parte. Il mio povero cugino e i miei fratelli rimarranno imprigionati nella fattoria, almeno nell'immediato futuro.

Elena era combattuta: da una parte era felice perché Luca sarebbe stato protetto dal padre e dallo zio; dall'altra, il fatto che per un po' sarebbe stato difficile vedersi la turbava. Smise di ascoltare il resoconto di Giulia su ciò che aveva detto il padre a colazione, cercando invece di trovare un modo per stare insieme a Luca. Forse poteva inventarsi una qualche commissione da svolgere a Ca'Boschetto... I suoi sogni a occhi aperti furono interrotti bruscamente dalla voce del padre. Stava parlando animatamente con altri uomini del paese e la discussione si stava facendo accesa.

"Sentite. Non ero certo felice quando mio figlio si è unito ai partigiani, perché pensavo che fosse un'idea sconsiderata e che lui fosse troppo giovane per rendersi effettivamente conto di cosa potesse voler dire. Ma Alessandro non aveva tutti i torti. Le idee dei partigiani sono giuste. Se siamo dei veri italiani, non possiamo accettare di essere dominati da questi dannati tedeschi".

Molti degli uomini attorno a lui grugnirono in segno di assenso. Il signor Bruni non era tra questi.

"Non sarai tanto spavaldo, Marchetti, quando torneranno e decideranno di giustiziare alcuni di noi", disse in tono altezzoso. "È già successo a Ca'Gallo, ricordi? I partigiani avevano fatto saltare una camionetta con l'esplosivo e loro si sono vendicati uccidendo cinque abitanti del villaggio".

Nel gruppo, qualcuno iniziò a borbottare e ad annuire. Il padre di Elena lanciò loro un'occhiata sprezzante. "Beh, potete anche non fare nulla, se è quello che preferite. Ma io non lascerò morire mio figlio. Gli lascerò del cibo nel fienile e non dirò di certo nulla se dovesse sparire anche qualche fucile. Se dobbiamo morire, preferisco farlo combattendo. Sono troppo vecchio per dormire sotto le siepi, come probabilmente fanno loro. Ma farò la mia parte". Francesco, deciso, si allontanò e andò alla ricerca della propria famiglia. "Elena, Giulia, Andrea... forza. Ce ne andiamo".

Elena abbracciò Giovanna e si avviò rapidamente verso il carretto. Non si fidava affatto del signor Bruni e suo padre aveva appena annunciato pubblicamente di voler aiutare i partigiani. D'altro canto, il tono di sfida del padre aveva rafforzato la sua determinazione, anche se non nel modo voluto. Aveva ragione: che gli piacesse o no, erano tutti in guerra. Non era pronta a imbracciare le armi come il fratello per salvare il suo Paese, ma non era una ragazzina. Era stanca di essere trattata come se la sua vita fosse meno importante di quella del fratello. Voleva una carriera, una famiglia e una vita con Luca. Per il momento, si sarebbe concentrata su Pasquale e su come lo avrebbe aiutato a salvare i dipinti e tutte le altre cose preziose che avevano in custodia. Avrebbe dimostrato al suo capo, e a suo padre, che aveva tutto quel che serve per raggiungere i suoi obiettivi. Avrebbe fatto qualcosa di importante, finalmente.

Capitolo Dodici

Ci fu molta attività nella valle nei giorni che seguirono. Con l'avvicinarsi della raccolta delle olive, a Ca'Boschetto Luca lavorava sodo con la famiglia allargata. Tutti avevano un compito. Le giornate lavorative si erano fatte più intense, visto che non solo c'era da occuparsi dei maiali e delle pecore come al solito, ma c'era anche da portare in casa il raccolto. Il grano era stato raccolto nelle lunghe, calde giornate di agosto. Ma ora le olive stavano passando dal verde al viola, segno che dovevano essere raccolte prima che diventassero nere. Era importante completare il lavoro prima dell'arrivo delle grandi piogge e della neve.

Ai ragazzi più giovani fu chiesto di preparare i teloni, così da poter poi scuotere gli alberi e raccogliere i frutti. A Marco e Gianni questo lavoro era sempre piaciuto, perché dovevano colpire l'albero con dei lunghi bastoni per far cadere le olive. Il gruppo passava ordinatamente da un albero all'altro, raccogliendo quante più olive possibili da portare al frantoio comunale del paese per produrre il prezioso olio d'oliva.

Le due famiglie passarono poi agli alberi da frutta. Le mele appesantivano i rami e sarebbero state conservate nella cantina. La madre e la zia di Luca avevano già preparato le conserve di fichi e di ciliegie alla fine dell'estate. Quando il raccolto era abbondante, i barattoli e la frutta in eccedenza venivano venduti o barattati in uno dei mercati locali. Con tutto quel lavoro, Luca non aveva molto tempo per pensare a Elena. Teneva le fantasie per la sera, quando si metteva a letto e si regalava qualche momento di beatitudine ripensando a quella serata nella stalla, prima di essere sopraffatto dal sonno.

Dopo una settimana di duro lavoro, le due famiglie ebbero finalmente un momento per riposare. Il padre di Luca ritenne che dall'imboscata era trascorso abbastanza tempo senza che ci fosse alcun atto di rappresaglia da parte dell'esercito italiano o dei tedeschi. Paolo e Leonardo discussero rapidamente della situazione davanti alle loro tazze di caffè di cicoria e decisero che le due famiglie, inclusi i giovani, potevano tranquillamente andare a messa quella mattina. E così, mentre i raggi del sole riscaldavano l'aria autunnale, due carretti partirono da Ca'Boschetto, diretti al paesino di San Donato.

Luca si agitava sulla seduta di legno, vicino al fratello. Sapeva che Elena era stata a messa la settimana prima. Giovanna gli aveva riferito della loro chiacchierata e della visita a sorpresa dei tedeschi. Era talmente desideroso di vederla da sentire sensazioni di nausea mentre il carretto si avviava lentamente su per la collina in direzione della chiesa. Appena arrivati, Luca riconobbe il cappello di paglia e il cardigan azzurro di Elena, che stava chiacchierando animatamente con le amiche. Come se avesse sentito il suo sguardo su di sé, Elena si girò e si illuminò in volto.

"Luca!", urlò, prima di aggiungere "Giovanna, Tommaso, Matteo, com'è andata la raccolta delle olive?"

Si trovarono a parlare tutti insieme, desiderosi di ricongiungersi dopo la separazione forzata della settimana appena passata. Luca non disse nulla, si limitò a fissare Elena come a voler imprimere la sua immagine nella propria mente in caso di un'altra separazione. Elena si sentiva follemente felice. Lasciò la sorella e Giovanna a conversare tra loro e sfiorò il braccio di Luca.

"Tutto a posto, Luca? Anche voi avete lavorato duramente come noi?"

Lui rise. "Ogni anno è la stessa storia: il panico totale all'inizio, quando mio padre è convinto che pioverà. E l'autocompiacimento alla fine, quando ci dice che aveva calcolato tutto al minuto. È molto più semplice avere a che fare con lo zio. Ma comunque, sì, ce l'abbiamo fatta. Come mai hai lavorato sodo? Non sei andata in ufficio a Sassocorvaro?"

Elena gli riferì che quella settimana non le era stato permesso di andare alla Rocca. Aveva finito per lavorare con la famiglia e i braccianti. "Credo che a mio padre abbia fatto piacere poter contare su un paio di braccia in più, sinceramente, anche se non ha detto molto. Ma ha deciso che domani posso tornare al lavoro. Il povero Pasquale si sarà sentito perso senza di me. Devo scoprire se dal Vaticano gli hanno risposto".

Ebbe un momento di confusione, poi Luca si ricordò ciò che gli aveva detto Elena riguardo al piano per spostare le opere. Immaginò che il Papa la pensasse come lui e che avrebbe detto chiaramente al Sovrintendente cosa poteva farne della sua idea. Ma non disse nulla a Elena, che era così entusiasta all'idea di tornare a fare il lavoro che amava.

"Pensi che stanotte riuscirai a sgattaiolare fuori di casa?" le sussurrò all'orecchio.

Elena arrossì e annuì impercettibilmente, proprio mentre Don Antonio invitava i paesani a entrare in chiesa. Non era molto rigido sull'orario di inizio, in quanto sapeva quanto fosse importante per la comunità quel momento in cui si ritrovavano tutti insieme la domenica. Quella gente aveva così poco tempo libero e gli ultimi mesi erano stati particolarmente difficili per tutti. Don Antonio pensò che il buon Dio non avrebbe avuto problemi ad attendere qualche minuto prima di sentire le loro preghiere.

La messa fu decisamente più gioiosa rispetto alla settimana precedente. Elena continuava a guardare verso la famiglia Rossi dall'altra parte della navata: sorrise vedendo Marco così esagitato e sua madre che, con la mano ben pressata sulla sua gamba, cercava di tenerlo a bada. Nel banco alle loro spalle, Gianni non si stava comportando molto meglio e il padre continuava a lanciargli delle occhiatacce. Luca le sorrideva ogni volta che i loro sguardi si incrociavano ed Elena, audacemente, ricambiava il sorriso. Non le importava che qualcuno potesse vederli.

Passando attraverso le vetrate della chiesa, il sole illuminava il volto della Madonna. Da che Elena aveva memoria, la statua di legno dipinto si trovava su quel lato dell'altare. Non l'aveva mai osservata bene, per lei era una cosa che era sempre stata lì. Non era un'opera particolarmente ragguardevole, specialmente se paragonata a quelle che vedeva ogni giorno.

Quella mattina, tuttavia, il connubio tra il suo stato d'animo e il sole autunnale donarono alla statua una bellezza quasi celestiale. Osservando il volto calmo della Madonna e l'espressione innocente del suo bambino, Elena sospirò. In quel momento, seduta in chiesa, capì che quello era proprio ciò che voleva per sé: un figlio e una famiglia. Cose che non aveva mai preso in considerazione prima, anche se era quello che ci si aspettava da una ragazza della sua età. Per la madre, l'unico elemento positivo del trasferimento a Milano della figlia maggiore era la prospettiva di ampliare il bacino dei potenziali mariti. Ma Elena aveva iniziato a immaginarsi con una carriera, un lavoro nella grande città, lontana dal paese rurale in cui era cresciuta. Aveva rincorso il suo sogno senza pensare a come un uomo si sarebbe potuto diventare parte di quel disegno. Immersa nella pace di quel momento, Elena accettò il fatto che ora voleva Luca, e non solo un futuro con lui, ma la possibilità di creare una famiglia. Sbirciò di nuovo dall'altro lato della chiesa e vide che lui la guardava. Il suo cuore sussultò alla vista dei riccioli e della pelle abbronzata di lui. Quell'uomo era ciò che voleva. Chinò il capo e iniziò a recitare le preghiere con il resto dei fedeli. Sperava che Dio potesse perdonarle quella distrazione.

Capitolo Tredici

Il mattino seguente, Pasquale alzò la testa non appena Elena entrò in ufficio. "Qualcuno ha l'aria allegra. Cos'è che ti rende così felice?"

Elena fece un gran sorriso mentre si sedeva alla scrivania. Era di buon umore, ma non voleva certo entrare nei dettagli dei motivi con il suo capo. "Sono contenta di essere tornata. Una settimana è un tempo lunghissimo, ancor di più quando la trascorri nei campi dall'alba al tramonto. Guarda le mie mani!" Si alzò e andò verso la grande scrivania di Pasquale. C'erano più carte del solito e tutti gli schedari erano spalancati.

"Cosa significa tutto questo? È successo qualcosa?" Prese il fascicolo più vicino, poi notò il sorriso sul volto di Pasquale.

"Santo cielo! Sembri contento. Hai saputo qualcosa?"

"Eh sì", disse lui con un certo compiacimento. "Ho ricevuto una lettera. Il Papa ha approvato il mio progetto e manderà qualcuno ad aiutarci con il trasferimento".

Pasquale sorrise a Elena, che ricambiò il sorriso. Sembrava così felice all'idea che il piano si sarebbe potuto mettere in atto. Ora che la cosa sembrava più probabile, provava una forte apprensione. La spavalderia che aveva provato qualche volta nei giorni precedenti l'aveva abbandonata. I tedeschi non sarebbero certo rimasti a guardare mentre alcuni dei più grandi tesori dell'arte occidentale sparivano sotto i loro occhi. Cosa avrebbero potuto fare se li avessero scoperti?

La paura probabilmente le si leggeva in faccia. Pasquale si alzò di scatto e il suo sorriso raggiante si trasformò in preoccupazione per la giovane assistente. "Elena, non preoccuparti. La nostra è una giusta causa e sono sicuro che la nostra determinazione prevarrà su tutto". Rise forte e si fece indietro per sedersi sulla scrivania, rivolto verso Elena.

"Ma senti come parlo, sembro uno dei cavalieri medievali dei nostri dipinti. Insomma, credo che valga la pena fare quello che stiamo per fare e penso che tutto andrà per il meglio. Forza, non preoccupiamoci troppo, almeno per il momento. Abbiamo qualche settimana per prepararci. Puoi aiutarmi a stilare una lista delle opere a cui dare la priorità e poi andremo insieme a elemosinare, rubare o prendere in prestito qualche mezzo di trasporto".

Elena si sentì rassicurata. Il suo capo aveva ragione: avevano tempo, ma anche tanto lavoro da fare. Potevano farcela, un passo alla volta. Si era sempre vantata di essere in grado di dare il meglio in qualsiasi circostanza. Pasquale sarebbe stato orgoglioso di lei, a prescindere dal risultato.

***

Più tardi quella sera, Elena era al fienile, sdraiata sulla paglia tra le braccia di Luca. Avevano concordato di incontrarsi ogni sera, senza accordi prestabiliti. Se per qualsiasi motivo Luca non ce l'avesse fatta, ci avrebbero riprovato la sera successiva. Gli eventi delle ultime settimane li avevano convinti che la vita andasse vissuta un giorno per volta e che avrebbero dovuto sfruttare al massimo ogni occasione per stare insieme. Elena lo aggiornò su quanto era successo in ufficio. Luca fece un fischio.

"Il tuo capo è un bel tipo, devo ammetterlo. È andato dritto dal Papa e ha ricevuto la sua benedizione. Che coraggio. Quindi ora che succede?"

Elena esitò per qualche secondo. Sapeva come avrebbe reagito a quello che stava per dire. "Ci servono i mezzi di trasporto. Speriamo che da Roma ci possano inviare un convoglio, ma dobbiamo capire cosa riusciamo a procurarci da soli. L'ideale sarebbero dei camion, ma va bene qualsiasi cosa".

Luca si tirò su e la guardò. Scosse la testa. "Ma siete pazzi? Come diavolo pensate di riuscirci? Volete rubare i mezzi ai tedeschi? All'esercito italiano?"

"Beh, no. Speriamo che qualcuno ci presti qualcosa". Elena riconobbe che, ora che l'aveva detta ad alta voce, l'idea suonava poco convincente.

Luca rise sardonicamente. "Buona fortuna. Non c'è abbastanza carburante nemmeno per noi. Nessuno vi darà un camion per andare a Roma. In questo momento sarebbe un viaggio lungo e pericoloso, vi servirebbe tantissimo carburante. E chi vi dice che i tedeschi ve lo lasceranno fare?"

Elena annuì, avvilita. Luca le aveva detto quello che lei aveva sempre pensato. Sembrava impossibile, certo, ma aveva promesso a Pasquale che ci avrebbe provato. E lei non era tipa da arrendersi facilmente.

"Non c'è motivo di essere così sprezzanti. Lo so che sembra una stupidaggine, ma è una cosa importante. O almeno, lo è per me. Devo dimostrare a Pasquale che ho la stoffa per diventare una curatrice d'arte". Si girò dall'altra parte, così da non far vedere a Luca che stava piangendo. Lui le posò una mano sul viso e lo girò delicatamente verso di sé, poi lo prese tra entrambe le mani.

"Elena, tesoro. Scusami. Sono solo un contadino, che ne so io di arte? Ma se è importante per te, lo è anche per me. Lascia che ti aiuti, ti prego. Ma devo dire che sono preoccupato per te. È una missione pericolosa".

Elena lo guardò: sul suo volto vide amore e timore.

"Grazie Luca. È una cosa importante, non solo per me. Non possiamo permettere che i tedeschi se ne vadano con i nostri dipinti, le nostre statue, i nostri manoscritti. Non possiamo. So che potrebbe essere rischioso, ma anche vivere qui è rischioso in questo momento. Sia mio fratello che il tuo sono da qualche parte nei boschi e sappiamo che ogni giorno rischiano la vita per quello che fanno. Non potrei mai fare quello che fanno loro, ma posso fare questo. Stiamo tutti salvando il nostro Paese, ciascuno a modo suo".

Elena guardò Luca, sperando disperatamente che la capisse. "Sto lottando per ciò che accadrà dopo. Voglio fare un lavoro che amo. Voglio te. Ma, se posso, voglio anche contribuire a salvare le Madonne, i concerti, le statue di marmo, le reliquie sacre che sono parte dell'anima più profonda del nostro Paese. Chi saremmo, davvero, se perdessimo tutto questo?"

Gli occhi di Elena ardevano di fervore. Luca sorrise e la tirò verso di sé. "Va bene, mia piccola combattente. Ho capito. Mi arrendo. Ti aiuterò a salvare le Madonne, se è quello che vuoi".

Capitolo Quattordici

orenzo e Alessandro se ne stavano raggomitolati nei boschi vicino a Casa del Lupo. Era buio pesto, l'unica debole luce visibile era quella proveniente dalla casa. Una leggera brezza scompigliava di tanto in tanto le foglie sopra le loro teste, cosa che li rendeva sempre più nervosi, terrorizzati che qualcuno si stesse avvicinando al loro nascondiglio. Lorenzo era agitato.

"Dai, Sandro, diamoci una mossa. È già tardi, se non facciamo attenzione tuo padre se ne andrà a letto".

Alessandro si guardò intorno un'ultima volta. Non si vedevano luci lungo la strada, e sapeva che era improbabile che a quell'ora arrivasse qualcuno. Eppure, esitò ancora. Dietro quel nervosismo non c'era solo la paura di essere catturato dal nemico. Aveva paura di come suo padre lo avrebbe accolto. Alessandro non lo vedeva da due mesi. Non aveva idea di cosa pensasse di quella partenza improvvisa per unirsi ai partigiani. Era tornato a Casa del Lupo un paio di volte, nel cuore della notte, per cercare cose che potessero essergli utili. Era grato per le conserve di frutta e le pagnotte che aveva trovato sulla panchina nel fienile. Aveva immaginato che fossero per lui, ma non sapeva chi le aveva messe lì. Sua madre? Uno dei suoi fratelli? Rimase accucciato a terra, soffiandosi nelle mani per cercare di riscaldarsi.

"Andiamo", gli sussurrò Lorenzo, questa volta con più enfasi. "Dobbiamo chiederglielo. E se ci va male, possiamo provare ad andare da mio padre".

Lorenzo sembrava forte, ma non si sentiva molto più coraggioso del suo amico. Suo padre era il tipo da ponderare a fondo le cose, non agiva mai d'impulso. Nonostante il carattere del signor Marchetti fosse noto a tutti, Lorenzo confidava nel suo aiuto, così da non dover essere costretto a presentarsi a casa propria e implorare i genitori.

I due si misero in piedi e si avviarono con molta cautela lungo i campi in direzione della fattoria. Man mano che si avvicinavano, la luce proveniente dalla cucina si faceva sempre più intensa. Un gatto sbucò dall'ombra e attraversò il cortile, spaventandoli a morte. Si guardarono intorno un'ultima volta, poi Alessandro si fece coraggio e bussò alla grande porta di legno.

"Babbo!" strillò più forte che poté. "Sono io, Sandro".

Udirono movimenti provenire dall'interno, poi la spessa porta si aprì di colpo. Si trovarono davanti il padre di Alessandro, che li gelò con lo sguardo.

"Venite subito dentro", sibilò. "Potrebbe esserci qualcuno che ci spia". Prese il figlio per un braccio e lo tirò dentro. Lorenzo si infilò dentro subito dopo. Il fuoco ardeva ancora nel focolare e, rispetto alla temperatura gelida del bosco, quel calore fu molto gradito. Il signor Marchetti si girò e li guardò bene, poi afferrò il figlio e lo strinse in un abbraccio. I due rimasero così per un minuto, senza dire niente. Francesco Marchetti teneva gli occhi chiusi, il viso affondato nella spalla del figlio, come a cercare di assorbirne l'odore. Si fece leggermente indietro, tenendolo ancora per le spalle e lo guardò.

"Finalmente ti è cresciuta la barba, eh?"

Alessandro rise, sentiva che la tensione era svanita. "È dura radersi quando ti dai alla macchia".

Il padre annuì. "Allora, che succede? A cosa devo questa visita inaspettata? Pensavo che ve ne sareste stati buoni per un po'. Andrei a svegliare tua madre, ma ho la sensazione che non sarebbe molto felice di sentire quello che hai da dire".

I tre uomini entrarono in cucina e si accomodarono al tavolo. Francesco offrì loro una tisana al tarassaco, che i ragazzi accettarono volentieri. Alessandro fece un respiro profondo.

"Bene, il punto è questo. Abbiamo bisogno di aiuto. Di qualcosa di grande. Anche se io sono venuto qui un paio di volte e ho trovato delle cose nel fienile. Non sapevo se..." Guardò suo padre, che annuì. Sollevato, Alessandro proseguì. "Non fraintendermi. Ti ringrazio per quello che ci avete dato. E tutto il vicinato ci sta aiutando tanto. Cibo, acqua, munizioni..." Si fermò. Non sapeva come proseguire.

Intervenne Lorenzo. "Signor Marchetti, dobbiamo intensificare le nostre azioni. Abbiamo delle informazioni sui movimenti dei tedeschi e della milizia italiana. Pensiamo di poterli colpire duramente se riusciamo a spostarci velocemente da un luogo all'altro, ma per farlo ci servono mezzi di trasporto affidabili. Ci servono più veicoli".

Nella stanza calò un silenzio pesante. Francesco si alzò da tavola e si andò a posizionare davanti al fuoco, che andava spegnendosi. Lorenzo lanciò un'occhiata all'amico, che sollevò le sopracciglia con aria interrogativa.

Francesco parlò a bassa voce, senza voltarsi. "Mi sembrava di aver capito che eravate riusciti a rubare le camionette. Durante le imboscate?"

"Un paio, sì. Ma spesso vengono danneggiate durante gli scontri, quindi poi dobbiamo ripararle. E questo ci rallenta molto".

Francesco si allontanò dal fuoco. Il suo volto era buio. "Ragazzi, io voglio aiutarvi. Davvero. Ma abbiamo un solo camioncino. Lo sapete. Se lo do a voi, non so come portare il raccolto o gli animali al mercato di Pesaro. A Urbino o Sassocorvaro posso andare con il carretto, ma se devo andare più distante, diventa un problema".

Si fermò, preoccupato. "Lorenzo, sei andato a Ca'Boschetto? Cosa dice tuo padre?"

"Non ancora. Abbiamo pensato di passare prima qui".

"Facciamo così. Domani vado io a parlare con Paolo, va bene? E con Leonardo, ovviamente. Forse riusciamo a trovare una specie di accordo di condivisione. Così avremo tutti un mezzo per andare ai mercati più lontani, continuando a sostenere la resistenza".

Lorenzo era scioccato. Non si aspettava una risposta positiva. Era un piano sensato. Il padre avrebbe dato ascolto al suo vecchio amico, una persona che teneva in grande considerazione. I due erano diversi, ma Lorenzo sapeva quanto fossero importanti l'uno per l'altro. Suo padre aveva sempre detto che Francesco Marchetti era il miglior contadino che conoscesse, che sapeva istintivamente quando il tempo sarebbe cambiato e quando era il momento giusto per piantare e per raccogliere. A Paolo Rossi la vita da contadino non piaceva, così come non era mai piaciuta a suo padre, a suo nonno e al suo bisnonno. Per sua fortuna, Leonardo era un contadino nato e, insieme, i due formavano una bella squadra. Diverse volte lo zio Leonardo gli aveva detto che era un peccato che il fratello maggiore fosse solo un contadino, perché, quanto a intelligenza, non era secondo a nessuno, inclusi i professori dell'Università di Urbino. Lorenzo aveva sempre pensato che tra il padre, lo zio e il signor Marchetti, sarebbero stati in grado di risolvere qualsiasi problema.

Fece un sorriso a Francesco. "Signor Marchetti, questa è un'ottima idea, grazie. Almeno mio padre a lei darà ascolto. Speriamo che possiate trovare una soluzione vantaggiosa per tutti".

"Questo è il piano, allora. Tornate qui domani sera a quest'ora e vi dirò com'è andata. Ma non vi fate illusioni. Si tratta comunque di un impegno enorme".

Strinse la mano ai ragazzi. "Dovrò dirlo a tua madre, Alessandro. Sarà la prima ad accorgersi che manca il camioncino. E di sicuro si arrabbierà perché stasera non l'ho svegliata. Quindi domani aspettatevi di dovervi trattenere per un pasto decente".

Francesco si avvicinò a uno dei ganci appesi alle travi e staccò un paio di salami. "Ecco. Questi sono per voi. Sono sicuro che i vostri compagni apprezzeranno. Adesso andate".

Sorrisero e salutarono. Finalmente delle buone notizie da riferire agli altri e, in più, un paio di salami. Meglio non nominare la buona cena che li aspettava la sera dopo. Non era il caso di far ingelosire gli altri.

Capitolo Quindici

Il pomeriggio seguente, al ritorno dal lavoro Elena fu accolta dalla voce allegra della madre. Entrò in cucina e vide che l'attività ferveva. La sorella stava sistemando una pagnotta, del formaggio e dei peperoni grigliati in una grande cesta di vimini sul tavolo, mentre la madre stava mescolando qualcosa sul fuoco. I gattini le si muovevano freneticamente tra i piedi, sperando di rimediare qualche pezzettino di cibo.

Sua madre le sorrise. "Andiamo a Ca'Boschetto, tuo padre vuole discutere di qualcosa con Paolo e Leonardo. In tarda serata potrebbero arrivare due ospiti!". Fece cenno a Elena di avvicinarsi e le sussurrò qualcosa all'orecchio. "Tuo padre dice che verranno Alessandro e Lorenzo, per parlare di faccende dei partigiani. Ma è un segreto, ovviamente non possiamo dirlo a nessuno".

Elena sorrise. "Ma è meraviglioso, mamma! Non vedo l'ora. Ma, come mai babbo va a Ca'Boschetto così all'improvviso?"

"Ah, non lo so. Questi uomini cercano sempre una scusa per parlare di qualcosa. Io ne approfitto per andare a trovare Antonella e Maria. Andiamo tutti: è da tanto che non ci si vede. Vuoi venire con noi?"

Elena si sentì avvampare. Cercò di fare l'indifferente. "Perché no? Dammi cinque minuti per cambiarmi".

Venti minuti dopo, erano davanti a Ca'Boschetto, accolti da diversi cani e da Marco e Gianni che correvano dietro alle galline. Il resto del clan Rossi uscì per andargli incontro. Luca porse la mano alla madre di Elena per aiutarla a scendere dalla seduta del carretto. Elena saltò giù prima che potesse fare lo stesso con lei. Gli sorrise.

"Benvenuti!", disse Paolo. "È sempre un piacere vedervi tutti". Strinse la mano a Francesco, che gli si avvicinò per sussurrargli qualcosa all'orecchio. Vide avvicinarsi Leonardo, il fratello di Paolo, e gli fece cenno di unirsi a loro. I tre vecchi amici, stretti l'uno all'altro, si avviarono lungo il cortile. Si avvicinò in tutta fretta Antonella, che iniziò a parlare a macchinetta come suo solito.

"Ma insomma, questi uomini. Hanno sempre qualcosa di serio di cui discutere. Vieni su, Elisa, ci sediamo e ci facciamo due chiacchiere. Nonna è dentro, ti stava aspettando. Elena e Giulia, che belle che siete. Andrea, ti dispiace aiutare i ragazzi a radunare le galline? Temo che stiano solo giocando, invece di rendersi veramente utili. Quando hai fatto, potete salire in cima alla collina a dire ai gemelli di finire quello che stanno facendo e di unirsi a noi? Forza, signore, andiamo a mangiare. Non aspetterò di certo gli uomini".

Senza nemmeno prendere fiato, prese Elisa sotto braccio. La cognata di Antonella, Maria, la prese per l'altro braccio e le tre si diressero spedite verso la casa, già impegnate in una fitta conversazione. Dietro di loro, Elena e Giulia, con Giovanna che gli saltellava allegramente intorno. Luca rimase immobile per un attimo, indeciso se seguire gli uomini o le donne. Gli sembrava che il padre stesse discutendo di cose molto importanti, ma nessuno degli uomini dava l'impressione di volere che si unisse a loro. E di certo non voleva correre dietro alle galline con i ragazzi. Così seguì le donne all'interno.

Quando raggiunse la sala principale, Giovanna e Giulia erano già sparite in camera da letto, probabilmente a parlare di vestiti, scarpe o qualcosa del genere. Giovanna pensava che Giulia fosse la ragazza meglio vestita del circondario e per questo cercava sempre di emularla. La nonna era seduta sulla sua poltrona preferita. Elena si era accomodata sul divano più vicino e si era sporta verso l'anziana donna, che stava parlando della sua recente festa di compleanno. Luca sorrise: la nonna non avrebbe parlato d'altro per settimane. Elena stava già versando nei bicchierini l'amaro fatto in casa che avevano portato. Le altre donne erano indaffarate a sistemare nei piatti da portata il formaggio, le fette di salame e i peperoni. Elena passò un bicchiere a Luca.

"Salute!"

Antonella esortò tutti a sedersi. "Dai! Sediamoci e mangiamo. Voglio sapere tutte le novità".

La conversazione era ancora nel vivo quando rientrarono gli uomini, mezz'ora dopo. Luca vide il padre guardarsi intorno prima di rivolgersi verso il fratello e l'amico. Fecero un cenno di assenso. Francesco si schiarì la voce. "I ragazzi sono ancora fuori? Vogliamo dirvi una cosa, ma non se ci sono i bambini in giro".

"Sì, ci siamo solo noi", rispose sua moglie. "Che succede?"

"Abbiamo deciso di aiutare i partigiani. Ma nessuno al di fuori delle nostre famiglie deve saperlo".

Elena alzò le sopracciglia guardando in direzione di Luca, che fece spallucce.

"Lasceremo che Lorenzo e Alessandro prendano uno dei nostri camioncini. Ne abbiamo uno a Casa del Lupo e le famiglie Rossi ne hanno un altro. Pensiamo di poterli condividere tra le tre famiglie. Noi non lo usiamo così spesso. E comunque abbiamo quasi finito il carburante, perciò è forse la cosa migliore da fare. A quello dovranno pensarci i partigiani".

Si fermò per sondare la reazione degli altri. Elena era sbalordita. Non immaginava nemmeno che la cosa potesse essere oggetto di discussione. Era anche arrabbiata con sé stessa per non aver chiesto prima il camioncino al padre. Si schiarì la voce.

"Immagino che ieri sera in qualche modo abbiate parlato con Lorenzo o Alessandro. Come fate, altrimenti, a sapere che hanno bisogno di un camioncino?"

L'interruzione irritò il padre, che raccontò agli altri quello che era accaduto la sera prima. Antonella era infastidita dal fatto che il figlio avesse scelto di andare dai Marchetti, piuttosto che da loro, negandole così la possibilità di vederlo. Elisa le strinse la mano cercando di non sorridere, visto che sapeva che più tardi l'amica avrebbe rivisto il figlio.

Elena era consapevole che a quel punto avrebbe dovuto tacere, ma invece continuò a parlare. "So che sembra una follia, ma anche io stavo per chiedervi in prestito un camioncino".

Il gruppo la guardò con stupore. Suo padre passò dall'imbarazzo alla furia, da un lato perché la figlia aveva parlato e lo aveva di nuovo interrotto, dall'altro per il fatto che avesse avuto l'ardore di chiedere una cosa simile. Le quattro donne erano perplesse: cosa doveva farsene una ragazza di un camioncino? Inizialmente Luca rimase sbigottito, poi si ricordò il motivo per cui Elena aveva fatto quella richiesta. Paolo le venne in aiuto.

"Elena, cara, perché questa richiesta? Cos'è successo?"

Con esitazione iniziale ma con sempre più coraggio man mano che andava avanti, Elena spiegò il piano di Pasquale. Quando finì, rimasero tutti in silenzio.

La prima a parlare fu sua madre. "Lo sapevo, ho sbagliato a lasciarti andare a Milano. E questa, poi? In che guaio ti sei andata a cacciare? Cos'è saltato in mente a quell'uomo?" Aveva la voce spezzata dall'emozione. Ora toccava ad Antonella consolare lei: con un gesto istintivo, le passò un braccio intorno alla spalle.

"Più che altro", disse il padre di Elena, "da quando in qua un paio di dipinti sono diventati così importanti, eh? Davvero, Elena. Sei impazzita?"

Era paonazzo in viso, le vene della fronte gli pulsavano. Elena fissava le proprie scarpe. Non aveva il coraggio di guardare Luca, anche se sapeva che era dalla sua parte.

"Non traiamo conclusioni affrettate", disse Paolo con fare conciliante. Si girò e guardò la sala. "Lo so che è una sorpresa per tutti, ma personalmente non biasimo Elena per questa richiesta. Il piano del signor Rotondi è certamente audace, ma riflettiamo un attimo. Quello che ha fatto in questi anni è encomiabile, o almeno, così la vedo io. Tutti sappiamo cosa sta succedendo. È il segreto di Pulcinella".

Lanciò una breve occhiata al fratello e all'amico. Sapeva che non la pensavano come lui riguardo ai convogli segreti che trasportavano le opere d'arte. Era una delle poche volte in cui Leonardo concordava con il signor Bruni, che aveva espresso la sua opinione in modo piuttosto netto. Ma Paolo e tanti altri vicini avevano donato il loro tempo, nonché i loro animali e veicoli, per aiutare nelle fasi finali del trasporto.

"Sappiamo tutti che, da quando sono arrivati, i tedeschi vanno in giro a saccheggiare. Hanno preso il nostro bestiame e i nostri raccolti. È una cosa esasperante. Ricordi il giorno del tuo compleanno, mamma? Che nervi quando quel figlio di puttana - chiedo scusa alle signore - ha preso uno dei nostri maialini".

Tutti annuirono in segno di assenso. Era una cosa su cui erano tutti d'accordo.

"Ci siamo sentiti violati, non è vero? Non li vogliamo qui. Non vogliamo gli scagnozzi di Mussolini qui. Vogliamo che i partigiani ci aiutino a combattere. Sto dicendo la verità, no? Ed è vero che aiutare Lorenzo, Alessandro e gli altri, in ogni modo possibile, è la cosa giusta da fare. Ma anche Elena non ha tutti i torti". Paolo fece una pausa. Francesco era un po' agitato, ma era riuscito comunque a rimanere in silenzio.

"Non voglio che i tedeschi rubino nulla. Né i nostri maiali, né il nostro vino, né i nostri ragazzi. E di certo non il nostro patrimonio. Rotondi ha nascosto questi capolavori per mesi. Li ha tenuti al sicuro. Queste opere sono inestimabili. Appartengono al popolo italiano. O meglio, a tutto il mondo. Appartengono ai miei figli e ai figli dei miei figli. Io coltiverò più grano e la mia scrofa avrà altri cuccioli, ma non potremo mai rimpiazzare quei dipinti se verranno rubati. Per quanto mi riguarda, non voglio che quel pazzo a Berlino rubi quel che è nostro. E voi?"

Luca guardò il padre con ammirazione. Sapeva che era una persona intelligente, che leggeva libri e amava andare al museo nei rari momenti che poteva dedicare a sé stesso. Aveva otto anni quando il padre lo aveva portato per la prima volta a Palazzo Ducale a vedere le opere d'arte. Ricordava di essere rimasto incantato davanti alle meravigliose sale, affascinato dalle pareti trompe-l'œil dell'Appartamento del Duca. Ma per il piccolo Luca le cose più belle erano stati i dipinti. Le Madonne, i santi, i cacciatori, i paesaggi, anche la rappresentazione di una città ideale: Luca non aveva mai visto niente di simile. La casa rustica in cui abitava aveva spessi muri di pietra e pochissimi mobili che non avessero uno scopo ben preciso.

Per ogni singolo dipinto di fronte al quale si erano fermati, il padre gli aveva parlato delle pennellate, della luce, della rappresentazione del mondo naturale e del modo in cui erano state caratterizzate le persone. Gli aveva parlato di Federico, Duca di Urbino, la cui corte nel quindicesimo secolo era considerata il centro del mondo civilizzato, con i suoi artisti, filosofi, architetti e pensatori, e di come il Duca era diventato il mecenate di alcuni dei più importanti pittori italiani.

A quel tempo non aveva compreso tutto di quello che gli aveva detto suo padre, ma quando il professor Martini aveva iniziato a portare regolarmente la classe al museo, Luca si era sentito orgoglioso del passato della sua città e del ruolo che aveva giocato nella storia culturale del Paese. Nel sentirlo pronunciare quel discorso così accorato, Luca si rese conto di quanto fosse importante quella faccenda per il padre. Provò anche un po' di imbarazzo per la scarsa considerazione mostrata quando Elena gli aveva confessato di credere fermamente nell'idea di Pasquale. Avrebbe voluto incrociare il suo sguardo, anche solo per farle un sorriso di incoraggiamento, ma Elena era letteralmente rapita da Paolo.

Francesco si schiarì la voce. "Gran bel discorso, Paolo. Sei sempre stato il secchione del gruppo, non c'è dubbio. Io sono quello che lavora la terra, lo sai bene".

Paolo sorrise con affetto al vecchio amico. Era una conversazione familiare, l'avevano affrontata varie volte nel corso degli anni.

"E non sono contrario a salvare le opere d'arte, ovvio. Però credo che al momento ci siano questioni più urgenti. Dobbiamo cacciare gli invasori dalle nostre terre. Credo che sarebbe meglio utilizzare il camioncino per aiutare a uccidere i nazisti, piuttosto che per un pericoloso viaggio verso il Vaticano. Parliamo di Roma, diamine! Cosa dice il direttore del museo, quanto ci vorrà?" Francesco si guardò attorno, in cerca di consenso.

"E per quanto mi sforzi, non capisco perché mia figlia dovrebbe essere coinvolta". Guardò Elena con aria sprezzante. "C'è tanto da fare alla fattoria, te l'ho già detto. Eppure, non so perché, continui a far finta che la tua attività 'artistica' sia un vero lavoro. Prima ti facciamo sposare, meglio è".

Senza aspettare la reazione di Elena, si rivolse a Paolo. "Più tardi i ragazzi verranno da me. Cosa vuoi che dica a tuo figlio, eh? Che non possono avere il camioncino perché mia figlia vuole portare delle statue e delle cornici dal Papa? Fa ridere solo a dirlo". Francesco se ne stava a braccia incrociate, furioso. Luca vide che sua madre si mordeva il labbro, cosa che faceva sempre quando era arrabbiata. Sapeva che odiava le discussioni. Provò a fare un piccolo passo avanti, tossendo nervosamente.

"I vostri punti di vista sembrano tutti validi. Lei ovviamente ha ragione, signor Marchetti. C'è da contribuire alla resistenza in tutti i modi possibili e io, nello specifico, voglio aiutare mio fratello". Ciò che non disse fu che si sentiva in colpa per non essere andato con lui, un sentimento mitigato dalla rabbia per essersi dovuto fare carico di più lavoro alla fattoria.

"Babbo, anche tu hai ragione. Elena e il signor Rotondi stanno facendo un lavoro inestimabile, con la loro voglia di proteggere le opere d'arte dai tedeschi. Sono la nostra storia, il nostro patrimonio, e abbiamo donato tanto splendore al mondo. Ne sono orgoglioso e non voglio che venga tutto distrutto o rubato". Fece una pausa e guardò gli altri. "Abbiamo solo due camioncini per tre famiglie, ed è un bel rompicapo. Visto che stasera Lorenzo e Alessandro torneranno per avere una risposta, penso che dovremmo dare il camioncino a loro".

Elena lasciò scappare un gridolino e si portò la mano alla bocca.

Luca proseguì. "Voglio anche aiutare Elena a procurarsi un camion per i suoi dipinti. E voglio portare io le opere d'arte a Roma".

Questa volta fu sua madre a trasalire. "Luca! Ci ha già pensato uno dei miei figli a spezzarmi il cuore. Credi che mi farebbe piacere mandarne un altro allo sbaraglio, per un'altra missione?"

"Mamma, non so nemmeno se riusciremo a trovarlo quest'altro camion. Ma ci voglio provare. Sono d'accordo con Babbo ed Elena: è importante per l'Italia e per il tipo di società che diventeremo una volta finita la guerra, quindi è importante anche per me".

Elena lo guardò con gratitudine. Luca vide il padre reprimere un sorriso. Si sentì euforico, ma anche spaventato al pensiero di quello in cui si stava cacciando.

"Soluzione eccellente, figlio mio", disse Paolo. "Il diplomatico di sempre! Prima abbiamo concordato che Francesco avrebbe dato il suo camioncino a Lorenzo e Alessandro, visto che è lì che i ragazzi andranno stasera. Io gli donerò del preziosissimo carburante, così che possano almeno portare via il mezzo e nasconderlo da qualche parte. Domani, invece, io e te ci mettiamo a riflettere ed elaboriamo un piano per aiutare Elena. Adesso vado a cercare la bottiglia di nocino che avevo nascosto per fare un brindisi a questi negoziati pacifici. Il governo avrebbe qualcosa da imparare da noi". Ridacchiò e andò alla ricerca del liquore alle noci che avevano fatto in casa.

I tre piccoli di casa scelsero proprio quel momento per irrompere dalla porta ridendo e spintonandosi l'un l'altro, seguiti dai gemelli. Questo spezzò la tensione nella sala e le varie conversazioni tra i presenti ripartirono. Elena si avvicinò a Luca. Gli sfiorò delicatamente la mano.

"Ti amo, Luca Rossi" sussurrò.

Capitolo Sedici

Poco più tardi, il gruppo si sciolse. La madre di Elena voleva correre a casa per finire di cucinare la cena per Alessandro e Lorenzo. Paolo aveva preso una tanica con il carburante nel fienile e l'aveva data a Francesco. La famiglia Marchetti salì sul carretto per il breve viaggio di ritorno a casa. Elena notò che il suggerimento di Luca aveva leggermente placato il padre, ma intuì anche che sarebbe stato meglio tenersi alla larga da lui per un po'. Sapeva che il padre le voleva un gran bene, ma la sua cocciutaggine l'aveva messa nei guai per anni. Era anche ben conscia che purtroppo quella sera Luca non sarebbe andato al fienile, per paura di incrociare il fratello e l'amico che portavano a termine la loro missione segreta. Elena sospirò mentre il carretto sobbalzava lungo la strada. Il discorso di Luca le aveva scaldato il cuore e si era sentita ancora più vicina a lui. Che fortuna aveva avuto a incontrare quell'uomo, che la capiva e la sosteneva. Chiuse gli occhi, immaginando di sfiorarlo e, a sua volta, di essere sfiorata. Dovette fare appello a tutte le sue forze per non lasciarsi scappare un gemito ad alta voce. Sarebbe stata una lunga serata.

Quando arrivarono a casa, si era fatto già buio e la temperatura era scesa. Francesco corse velocemente verso il camioncino con la tanica.

Elisa prese la figlia per un braccio. "Vieni qui, forza. Ci perderà le ore con quel camioncino. Vorrà assicurarsi che possa circolare. Quando rientrerà, gli sarà passata".

Elena sorrise alla madre, riconoscente. "Prepariamo questa cena, che dici?"

La famiglia trascorse le ore seguenti a tagliare verdure, lavare pentole e padelle e apparecchiare la tavola. Elisa aveva spiegato a Giulia e Andrea che in tarda serata il fratello sarebbe venuto a cena con Lorenzo e aveva insistito sulla necessità che non lo dicessero a nessuno. "Ai vostri amici non dovete dire nulla, è chiaro?"

"Abbiamo capito, mamma. Ormai non siamo più dei bambini". Giulia alzò gli occhi al cielo.

Invece di lamentarsi come faceva di solito quando era costretto a fare lavori da donna, Andrea questa volta sorrideva mentre la madre gli dava indicazioni su come spazzare il pavimento della cucina. Elena sapeva che gli mancava il fratello, anche se non ne parlava mai. Valeva la pena di non vedere Luca per una sera se in cambio aveva la possibilità di vedere la famiglia riunita.

———

Alle undici, Andrea sbadigliava e la madre di Elena si lamentava perché le verdure erano troppo cotte.

"Mamma, per i ragazzi sarà la cena più buona degli ultimi mesi", disse Elena dandole un abbraccio. "Fidati".

Proprio in quel momento, qualcuno bussò timidamente alla porta: trasalirono, anche se erano in attesa da ore. Francesco aprì di fretta la porta e Alessandro e Lorenzo si precipitarono nella stanza. Dopo cinque minuti di abbracci e grida, Elisa fece accomodare tutti e iniziò a servire lo stufato. Francesco spiegò ai due ragazzi quello che era stato concordato. I loro volti si illuminarono.

"Babbo, è una notizia incredibile. Grazie di tutto", disse Alessandro.

Lorenzo era altrettanto entusiasta. "Signor Marchetti, è incredibile. È riuscito a convincere mio padre e mio zio, sono davvero colpito".

"No, ringrazia questa qui". Francesco indicò Elena. "Per poco la sua idea strampalata non faceva saltare tutto".

Lorenzo e Alessandro si voltarono verso Elena con aria interrogativa.

Elena sentì il volto andarle a fuoco. Ancora una volta l'istinto le diceva che era il caso di non dire nulla, ma non riuscì a tacere. "Beh, mi aiuteranno il signor Rossi e Luca, quindi alla fine tutto si è risolto".

Elisa intervenne prima che il marito potesse rispondere. "Lasciate che vi spieghi cosa è successo, ragazzi". Riassunse i fatti del pomeriggio: la richiesta di Elena, il discorso di Paolo, il piano di Luca. I due erano sbalorditi.

"Sorella, ma che cavolo ti è venuto in mente?" disse Alessandro. "Va bene che a volte hai la testa fra le nuvole, ma questa storia è ridicola".

Lorenzo non disse nulla. Era scioccato, ma per un motivo diverso. Aveva sempre pensato che, tra lui e Luca, il più coraggioso fosse lui. Il fratello maggiore era un gran lavoratore e una persona leale, ma anche abitudinario. Da piccoli, era Lorenzo che dava il via alle loro avventure. Immancabilmente, era Luca a doverlo salvare da qualche incidente di percorso, come quando era caduto in un torrente che, all'indomani di una tempesta invernale, scorreva veloce e rischiava di travolgerlo. Gli riusciva difficile immaginare Luca che intraprendeva di sua spontanea volontà un simile viaggio, in un momento in cui i tedeschi erano a caccia di attività illecite. Lorenzo provò un'improvvisa ondata di orgoglio.

"Beh, sembra che entrambi i giovani Rossi faranno la loro parte per l'Italia. Direi che è una cosa positiva, no?"

Il commento inaspettato ruppe la tensione. Elena sorrise a Lorenzo e mimò un grazie con le labbra.

Alessandro abbracciò la madre e le diede un bacio sulla guancia. "Mamma, ho sognato la tua cucina per giorni. Ma stasera ti sei superata".

Elisa lo spinse via delicatamente, liquidando quelle lodi eccessive, ma la sua espressione lasciava intendere quanto fosse felice.

Si misero tutti a parlare e l'atmosfera divenne quasi festosa. Mezz'ora più tardi, a malincuore, la festa finì.

"Vediamo di farvi partire", disse Francesco con fermezza. "È tardi abbastanza per guidare, ma prendete comunque le strade bianche ogni volta che potete. Fossi in voi, non userei i fari. Se andate piano, non dovreste avere problemi".

Elena vide la tristezza negli occhi della madre, per cui si alzò e disse ai fratelli minori di sparecchiare. Francesco diede ai ragazzi alcuni consigli dell'ultimo minuto su come gestire il veicolo, che faceva un po' di capricci. Ci fu uno scambio di abbracci, poi Francesco e i due ragazzi si avviarono verso la porta.

Lorenzo si avvicinò a Elena. "L'ho sempre saputo che eri diversa da noi. Ma cavolo... questa idea è di un altro livello. E riuscire a coinvolgere Luca... devi proprio averlo persuaso con dolcezza".

Elena rise nervosamente. Lorenzo ricambiò il sorriso affettuosamente, poi si bloccò. L'espressione sul suo viso cambiò e aggrottò la fronte. La fissò stupito. "Oddio", sussurrò. "Ora ho capito. È innamorato di te".

Elena provò a negare, ma lui proseguì. "Al ballo eravate insieme, no? Come ho fatto a non accorgermene? Ha accettato questa sfida folle per te. Chi l'avrebbe mai detto?"

Elena si avvicinò. "Tieni la bocca chiusa, Lorenzo", lo implorò. "Ti prego, non dire nulla, soprattutto a mio fratello. È una cosa recente e..."

Lorenzo rise. "Non ti preoccupare. Con me il tuo segreto è al sicuro. Ma sono stupito da mio fratello. Elena Marchetti... hai capito! Punta in alto il ragazzo".

"Chi punta chi?", chiese Andrea dalla porta.

"Nessuno, pagliaccio. Forza, Sandro, dobbiamo andare". Lorenzo fece l'occhiolino a Elena e ringraziò ancora una volta Elisa per la cena. Tempo un paio di minuti e i due erano spariti.

Capitolo Diciassette

Luca era sempre più scoraggiato. Erano passate due settimane da quando aveva preso le difese di Elena durante la discussione, ma non era ancora riuscito a trovarle un mezzo di trasporto. Era andato presso tutte le fattorie del vicinato, a eccezione di quella del signor Bruni, per capire se c'era possibilità di prendere in prestito un veicolo. Non era rimasto sorpreso nel constatare che nessuno voleva rinunciare al proprio autocarro o alla propria automobile. Anche chi non aveva carburante da mesi si aggrappava alla speranza di potersene procurare un po' in qualche modo. Non era di aiuto il fatto che ben pochi ritenessero che la causa del Sovrintendente fosse una priorità, viste le questioni più immediate con le quali dovevano fare i conti.

"Ho sei figli da sfamare, due mucche malate, uno steccato da riparare e tanti altri problemi", si era lamentato il signor Conti quando Luca si era fermato a parlare con lui dopo averlo visto alle prese con il filo spinato ai margini di uno dei suoi campi. "Te lo dico subito, spostare quadri qua e là non è in cima alla lista delle mie priorità. Dubito che da queste parti troverai qualcuno disposto ad aiutarti, figliolo". Il signor Conti gli rivolse uno sguardo gentile. "Non sto dicendo che voglio che se li prendano i tedeschi, non fraintendermi". Si lasciò andare a una serie di imprecazioni, giusto per sottolineare quanto odiasse gli occupanti. "Penso che dovremmo concentrarci sulle cose che possiamo controllare, piuttosto che su quelle che non possiamo controllare".

Luca annuì e gli augurò buona fortuna. Non poteva biasimare i suoi vicini per avergli detto di no. Avrebbe fatto lo stesso se fosse arrivato un pazzo a supplicarlo. Sospirò. Iniziava a pentirsi di essere stato tanto desideroso di fare quella promessa a Elena. Aveva il tremendo presentimento di aver semplicemente voluto che lei lo vedesse come un eroe ma, in realtà, l'avrebbe solo delusa.

Girò il cavallo in direzione di Ca'Boschetto. Suo padre aveva acconsentito che aiutassero Elena, ma non sapeva per quanto ancora sarebbe stato così tollerante, considerando che Luca continuava a sparire ogni pomeriggio, abbandonando il lavoro alla fattoria. Ma al solo pensiero di Elena gli veniva una gran voglia di passare del tempo con lei. Ormai era talmente vicino a Sassocorvaro, pensò, che tanto valeva tirare dritto e farle una sorpresa all'uscita dal lavoro. Se qualcuno l'avesse visto in città e gli avesse chiesto perché non era alla fattoria, avrebbe detto che era lì per fare delle commissioni per la madre. Luca sorrise tra sé e sé e prese la strada per la città.

"Beh, questa è una bella sorpresa", disse Elena ammiccando quando lo vide avvicinarsi con le redini in mano. "Cosa ti porta a Sassocorvaro nel bel mezzo della settimana?"

Luca si guardò intorno per vedere se qualcuno lo stesse osservando. "Il pensiero di te, bellissima creatura. Vieni a bere qualcosa con me al bar. Se to lo chiedono, sto facendo delle commissioni per mia madre".

Elena rise. Qualcosa sembrava essere cambiato in Luca nelle ultime settimane. Non era più quel ragazzo reticente che aveva ritrovato al compleanno di sua nonna l'ottobre precedente. Si erano dichiarati amore reciproco e quasi tutte le sere trascorrevano ore nel fienile, conoscendosi intimamente a vicenda. Elena desiderava che la guerra finisse, così da poterlo dire alle rispettive famiglie e stare ufficialmente insieme: non le sembrava giusto essere così felice quando Alessandro e Lorenzo erano ancora in pericolo.

Si avviarono verso il bar. Le loro braccia si sfioravano, ma senza indugiare troppo. Elena disse a Pietro di lasciare la bicicletta dov'era, perché lei e il signor Rossi si erano incontrati per caso e avrebbero preso un aperitivo insieme, prima di andare ognuno per la propria strada.

Pietro sorrise. "Prendo io il cavallo, Luca. E vi porto anche da bere. Cosa prendete?"

Nel giro di qualche minuto, sul tavolo c'erano due bicchieri e un piattino di olive con qualche pezzetto di casciotta. Luca ed Elena se ne stavano seduti al tavolino rannicchiati nei loro cappotti, ridendo nonostante il freddo. Era già buio, ma non avevano alcuna intenzione di entrare nel bar, dove qualcuno avrebbe potuto sentire la loro conversazione. Luca le diede gli ultimi, sconfortanti aggiornamenti sulla fallimentare ricerca del camion, ma Elena si rifiutò di lasciarsi abbattere. Voleva godersi quei pochi momenti di normalità, seduta in piazza con un bicchiere di vino e l'uomo che la amava. Per il momento, potevano far finta che la guerra non ci fosse.

Dopo un po', seppur a malincuore, Luca si alzò. "Devo proprio andare a casa. Babbo si è dimostrato comprensivo, ma lo sarà fino a un certo punto. E quando mamma inizia a chiamarci per dirci che è pronta la cena..."

Anche Elena si alzò. "Se ritardo di mezz'ora, mia madre va nel panico. Meglio che prenda la bicicletta".

Fece un cenno a Pietro, che gironzolava vicino alla porta. Luca gli diede dei soldi, che coprivano anche quello che Elena gli doveva per aver tenuto la bicicletta. Lei sembrò quasi mortificata per quel gesto.

Luca sorrise. "Mi pagherai da bere un'altra volta. Sono assolutamente favorevole alle donne che lavorano, credimi. Forza, Pietro, fammi vedere dove hai nascosto la bicicletta della signora e il mio cavallo".

I tre girarono intorno all'edificio e raggiunsero la vecchia stalla sul retro. A giudicare dalle pareti fatiscenti e dalle travi cadute, era chiaro che in quella stalla non entravano cavalli da anni. Lungo le pareti interne erano allineate botti di vino, assieme a pile di brocche, bottiglie, pezzi di metallo e vecchi mobili rotti.

"Santo cielo, giovanotto, qui c'è un tesoro", disse Luca. "Mio padre andrebbe a nozze con..." Si fermò di colpo, fece qualche passo avanti e poi iniziò a tirare in modo febbrile un telone che copriva qualcosa sul fondo della stalla. Pietro alzò la lanterna, confuso. Luca si voltò, con aria trionfante. Dietro di lui, nella penombra, Elena vide la sagoma di un vecchio camioncino coperto di ragnatele e polvere. I fari erano danneggiati e il parabrezza aveva una grossa crepa. Le ruote erano sgonfie. Era chiaro che non veniva usato da anni.

"Pietro! Cosa ci fa qui questo gioiellino?" chiese Luca. Sorrideva al ragazzino, che continuava a guardarlo con aria perplessa.

"Credo che fosse di mio nonno", rispose Pietro balbettando. "Non lo so, in realtà. Non ho mai visto mio padre guidarlo. Che io ricordi, è sempre stato qui".

Luca si fece scappare un grido di giubilo e corse ad abbracciarlo, stritolandolo tra le sue forti braccia. Guardò Elena e incluse anche lei nell'abbraccio. I tre si stringevano, ballavano e ridevano in modo incontrollato. Pietro, pur non avendo capito cosa ci fosse di tanto divertente, era felice di stare al gioco.

Quindici minuti più tardi, Luca ed Elena si allontanarono dal bar, più ottimisti che mai. Inizialmente il padre di Pietro si era dimostrato restio ad aiutarli, dicendo a Luca che il camioncino probabilmente era irrecuperabile. Ma Luca sapeva essere molto insistente e alla fine i due raggiunsero un accordo. Quel fine settimana Luca avrebbe portato i suoi attrezzi dalla fattoria e, se fosse riuscito a convincerlo, avrebbe portato anche suo padre, per scoprire se il camioncino poteva essere riportato in vita. Il padre di Pietro rifiutò qualsiasi offerta di denaro, dicendogli che sarebbe stata una benedizione se fossero riusciti a ripararlo.

"Sai, Luca, non ne so molto di meccanica", gli disse il signor Vitali. Si pulì le mani su uno straccio che portava appeso alla grossa cintura. "Posso fare i dolci e il pane, posso versare da bere. Ma se c'è qualcosa di tecnico da sistemare... non sono io la persona giusta. Provaci e vedi cosa riesci a fare. Ti sarei davvero grato se riuscissi a ripararlo, in tutta sincerità. Avevo completamente dimenticato che fosse nella stalla". Si strinsero la mano. Luca disse che sarebbe tornato quel sabato.

Ora Elena scuoteva la testa, ridendo. "Sei stato incredibile! Spero tu sappia quel che fai. Se tu e tuo padre riuscite a farlo funzionare, Pasquale sarà l'uomo più felice delle Marche. E mi farà fare bella figura davanti al mio capo". Lo guardò stupita. "E pensare che ce l'abbiamo avuto sotto il naso per tutto questo tempo. Proprio dall'altro lato della piazza. La situazione perfetta".

Montò sulla bici e si voltò a guardarlo. Luca si sporse e la baciò sulla guancia. "L'unica cosa che voglio fare è renderti felice, tesoro", le disse a bassa voce. "E più tardi cercherò renderti ancora più felice". Sorrise e montò a cavallo.

"Forza, facciamo insieme la strada fino alla tua fattoria. Ho bisogno che arrivi a casa sana e salva".

Capitolo Diciotto

Quando, la mattina seguente, Elena era arrivata alla Rocca e, entusiasta, gli aveva dato la bella notizia, Pasquale ne fu contentissimo. Vista la fortuna che avevano avuto, sperava che il camioncino non fosse del tutto inutilizzabile e che Luca e Paolo Rossi fossero in grado di aggiustarlo.

"Se ci riescono, sarà un buon inizio. Ho chiesto anche all'arcivescovo di Urbino di aiutarci. Si è detto entusiasta all'idea di trasferire le opere religiose, come le pale d'altare, da Carpegna ai nostri nascondigli a Palazzo Ducale. Se ci riusciremo, sarà un altro passo avanti verso il trasferimento in Vaticano. Ma ci serve una copertura".

Sembrava accigliato, così Elena prese una sedia e si sedette di fronte a lui, trepidante.

Pasquale prese una lettera dalla pila di carte che aveva sulla scrivania e la sventolò. "È una seccatura, ma i miei colleghi al Ministero pensano che, per avere tutti i trasporti di cui abbiamo bisogno e arrivare a Roma senza problemi, dovremo dire qualcosa ai tedeschi".

Elena era basita. "Davvero? Ti sembra una cosa sensata? Voglio dire, pensavo che lo scopo fosse di evitare che rubassero tutto".

"Certo! Ma forse, e sottolineo forse, potremmo trovare un tedesco disposto ad aiutarci. Lascia che prima ti faccia una breve lezione di storia".

Pasquale le spiegò che, durante la Prima Guerra Mondiale, le truppe tedesche avevano distrutto la biblioteca di Lovanio, in Belgio, un edificio storico pieno di manoscritti di valore inestimabile. Vista la condanna unanime del gesto, anche da parte di alcuni degli uomini tedeschi più influenti, si decise di creare il *Kunstschutz*, una sorta di unità "per la tutela dell'arte", per proteggere i tesori culturali in tempo di guerra e disordini. Era paradossale, aggiunse Pasquale sardonicamente, che l'unità fosse ancora in piedi mentre era in corso una guerra durante la quale i tedeschi avevano compiuto innumerevoli atti di distruzione e saccheggio dei patrimoni nazionali.

"Eppure", disse sospirando, "per noi la cosa potrebbe rivelarsi utile. I miei colleghi di Roma hanno parlato con la sede cittadina della Kunstschutz e credono di poterli convincere a fornirci una sorta di copertura per la nostra piccola spedizione. Stanno cercando di procurarsi camion e carburante a Roma, cosa difficile da ottenere senza coinvolgere i tedeschi".

Pasquale rise davanti all'espressione scettica di Elena. "La tua faccia dice tutto, mia cara Elena. Ammetto che anche io nutro forti dubbi, ma se riuscissimo a ottenere un documento ufficiale, il nostro viaggio sarebbe certamente più agevole. Tranquilla, non gli diremo tutto. Sui documenti si parlerebbe solo della restituzione di opere religiose al Vaticano per fini di tutela, non di tutto il resto. Ma sarebbe la copertura che ci serve. Nessuno si insospettirebbe davanti a un trasferimento di oggetti religiosi in Vaticano, vista l'incertezza generale della situazione. Nel frattempo, vediamo cosa riescono a fare Luca e suo padre con il camioncino del signor Vitali. Io resto in attesa di sapere dall'arcivescovo se è riuscito a trovare qualche mezzo di trasporto. Quell'uomo riesce a far credere ai fedeli che, se aiutano lui, in qualche modo stanno aiutando anche Dio".

Come promesso, la domenica successiva Luca e il padre si avviarono di buon mattino alla stalla del signor Vitale con la cassetta degli attrezzi. Elena aveva detto ai genitori che sarebbe andata alla Rocca per finire del lavoro per il suo capo e così, dopo aver pranzato presto, si era diretta in città in bicicletta, per vedere come se la cavavano i Rossi.

Il mercato del sabato era appena finito e i vari venditori ambulanti e agricoltori stavano impacchettando la merce invenduta. La gente gironzolava per la piazza chiacchierando a bassa voce con i vicini, lanciando occhiate furtive a un paio di soldati tedeschi che se ne stavano annoiati da una parte a fumare una sigaretta seduti su un muretto. Mentre si dirigeva verso il bar spingendo la bicicletta, Elena osservò attentamente la piazza. I soldati non sembravano particolarmente all'erta e dalla stalla non provenivano rumori che potessero attirare l'attenzione. Il signor Bruni era seduto al solito tavolino, intento a leggere il giornale. Non alzò nemmeno lo sguardo. Non c'erano altri clienti seduti all'esterno. Nessuno sembrò accorgersi di lei mentre scivolava lungo uno dei lati del bar, avviandosi verso la porta della stalla.

I pezzi del motore erano sparsi per terra, ma Paolo la rassicurò che erano in buone condizioni. Era seduto su una vecchia sedia da cucina a mangiare un panino preparato, immaginò Elena, dal signor Vitali.

Luca le sorrise, con il succo di pomodoro che gli colava dal mento. "Valeva la pena fare tutto il lavoro solo per gustarsi questo fantastico panino", disse sventolando la metà che gli era rimasta.

Ne offrì un boccone a Elena, ma lei rifiutò ridacchiando. "Mangialo tu, a me ha già pensato mia madre".

I due uomini tentarono di spiegarle cosa stavano facendo, ma Elena alzò la mano per bloccarli. "Sembrano questioni molto tecniche, signor Rossi, e la cosa mi colpisce molto. Ciò detto, il camioncino ripartirà?"

Paolo le sorrise. "Vai dritta al punto, eh? Antonella me lo dice sempre. Beh, credo che potremo riuscirci. Ora che abbiamo smontato tutto, non mi sembra che ci siano grandi danni. C'è della ruggine, c'è da cambiare l'olio, c'è da pensare al parabrezza, ma in..."

La voce di qualcuno che abbaiava ordini e le urla della folla esagitata li interruppero. I rumori si fecero sempre più forti. Si guardarono l'un l'altro, senza parlare. Se fosse arrivato un tedesco ficcanaso, sarebbe stato un bel problema.

"Voglio andare a vedere cosa succede", disse Elena a bassa voce. Corse fuori dalla stalla prima che i due potessero fermarla.

Avvicinandosi alla piazza, vide un gruppo di soldati tedeschi che circondava un ragazzino mentre, intorno, i presenti urlavano la loro rabbia. Due soldati lo tenevano fermo per le braccia. Uno gli diede uno schiaffo. Il ragazzino strillò. Elena sentì come un pugno allo stomaco: era Pietro, il viso pallido rigato dalle lacrime, le gambe sporche, con una scarpa sola. Due uomini trattenevano il padre che gridava contro il Maggiore Heinrich, che se ne stava in piedi da un lato.

Il Maggiore alzò la mano destra per far tacere la folla. "Qualche minuto fa, questo ragazzino è stato sorpreso a rubare carburante dai magazzini militari. Perché credete che lo abbia fatto?" Si guardò intorno, cogliendo la rabbia e la paura degli uomini, delle donne e dei bambini che aveva di fronte.

"LO LASCI STARE!", urlò il signor Vitali, il volto deformato dalla rabbia. "Bastardo, è solo un bambino".

Il Maggiore Heinrich sorrise. "Un bambino? Un bambino che ruba all'esercito tedesco, vorrà dire". Con una mano prese il mento di Pietro, girandogli la testa per poterlo guardare dritto negli occhi. Stava singhiozzando e, seppur da lontano, Elena vide una chiazza di umido sul davanti dei suoi pantaloncini che si faceva sempre più larga.

"Chi ti ha detto di rubare il carburante, ragazzo? Tuo padre?"

Pietro sembrava paralizzato, non riusciva a parlare. Provò a fare no con la testa, ma la morsa del Maggiore era troppo stretta.

"Non credo che al proprietario di un bar, che non si allontana mai dalla città, serva tanto carburante. Io credo che siano stati i cosiddetti partigiani nascosti nelle colline a chiederti di aiutarli. Non è vero?"

A qualche metro di distanza, Elena vide Pietro che cercava di pensare alla risposta migliore da dare. Il corpo scosso dai singhiozzi, non disse nulla. Sembrava che si reggesse in piedi solo perché i due soldati tedeschi lo tenevano per le braccia. Il Maggiore mollò la presa sul mento, spingendogli la testa all'indietro.

"Grazie al cielo qualcuno ha pensato bene di informarci che c'erano delle attività criminali in corso. Sembra che qui io abbia l'appoggio di almeno un patriota. Dopo gli ultimi avvenimenti, cominciavo a chiedermi da che parte stesse questo posto".

I presenti iniziarono a parlottare tra loro. Uno di loro aveva tradito il ragazzino. Il padre supplicò il Maggiore ancora una volta.

"I bambini fanno sempre giochi stupidi. Sono sicuro che era una cosa da niente". Aveva la voce spezzata. Elena percepiva il suo panico.

"Per entrare nell'edificio, ha strisciato sotto il filo spinato ed è passato per una finestrella, signore", disse il Maggiore Heinrich con voce ferma, guardandolo fisso negli occhi. "Queste cose le fa un criminale, non un bambino che vuole divertirsi". Si girò verso Pietro: con un movimento rapido, estrasse la pistola dalla cintura e gliela puntò alla fronte. Poi premette il grilletto.

Capitolo Diciannove

Per qualche secondo sulla piazza calò un silenzio assoluto, interrotto dai singhiozzi gutturali delle donne che avevano assistito alla scena. Il signor Vitali si accasciò sulle ginocchia: non crollò sul selciato di pietra solo perché due uomini lo sorreggevano. Come in una sorta di macabro specchio, anche il corpo di suo figlio veniva sorretto da due soldati tedeschi che, con il volto pietrificato per lo shock, sembravano paralizzati da quello che era appena accaduto. Sul loro volto, schizzi di materia grigia e rossa.

Elena sentì il vomito salirle in gola e si piegò in avanti, spargendo sul selciato tutto quello che aveva nello stomaco. Sentì due forti braccia che la prendevano per la vita e la voce di Luca che le sussurrava qualcosa all'orecchio. "Sono qui, sono qui, ti reggo io".

Gli abitanti del paese erano disposti a semicerchio, alcuni singhiozzavano forte, altri erano paralizzati. Nessuno osava farsi avanti.

Il Maggiore, impassibile, guardò la folla. "Vi avevo detto cosa avrei fatto ai traditori, ai ladri e agli antifascisti. Ha avuto quel che si meritava. Dite ai vostri amici che si nascondono in collina, da codardi che sono, che è tutta colpa loro. Siete fortunati che abbia ucciso solo il ragazzino. La prossima volta, ucciderò dieci di voi".

Elena sentì del trambusto alle sue spalle. Stava arrivando la madre di

Pietro. Qualcuno provò a trattenerla, ma fu spinto via. Corse dal figlio, cercando maldestramente di prenderlo tra le braccia. I soldati allentarono la presa sul corpo, scossi dalla furia e dal dolore della donna.

"Pietro, Pietro, bambino mio!" Le sue spalle erano scosse dalla violenza dei singhiozzi. Cercando maldestramente di reggere il corpo di suo figlio, si girò verso il Maggiore Heinrich, con le lacrime che le scendevano sul viso. Lo fissò, poi fece un respiro profondo.

"Lei... lei lo ha ucciso", disse incredula. "Ha ucciso mio figlio". Il Maggiore la guardò, impassibile. Non disse nulla.

"Siamo gente semplice che gestisce un bar in una cittadina", disse a fatica, con la voce incrinata ma forte. Le sue parole risuonarono per la piazza. "Perché ha ucciso mio figlio?" Guardò i suoi concittadini, come se cercasse una risposta. "È un bambino. Un bambino!" Anna iniziò a urlare: per tutta la piazza risuonò un grido animale. Elena non riusciva a respirare.

Le grida di Anna si fecero sempre più roche. Il suo sguardo vagava all'impazzata su tutti i presenti, come alla ricerca di sostegno. Nessuno osava muoversi.

"Non l'abbiamo voluta noi questa guerra!" Anna alzò la voce, il viso ormai contorto dalla rabbia. Guardò i tedeschi, uno a uno. "Avete ammazzato mio figlio", disse lentamente. La voce si fece man mano più forte mentre si rivolgeva ai soldati. "Il mio unico figlio. Il bambino che prendeva il latte dal mio seno, il bambino a cui baciavo la fronte ogni sera. Me lo avete portato via".

Anna si voltò verso i suoi concittadini, che fissavano quella donna minuta. "Se pensano", gridò sprezzante, "che diventerò una fascista accondiscendente perché mio figlio è stato ucciso, allora sono tanto stupidi quanto disumani".

Uno dei soldati si fece avanti per prenderla per un braccio, ma lei lo cacciò via.

"Non mi devi toccare, bastardo. NON MI DEVI TOCCARE". Gli sputò in faccia. L'uomo sbatté le palpebre, ma non reagì.

Anna iniziò a gridare di nuovo, grida animali, come se la rabbia e il dolore l'avessero privata della parola. Elena si fece avanti, aveva paura che potesse svenire. Luca la tenne forte.

Barcollando, impacciata dal peso morto del corpo di Pietro, Anna si diresse lentamente verso il marito. Il signor Vitali, rilasciato dalla presa dei vicini, corse verso di loro. Ora erano al centro della piazza, stretti in un abbraccio, il corpo del figlio avvolto da quelli dei genitori.

Il Maggiore li guardò con aria assente. Fece un cenno ai suoi uomini, che si misero in formazione, si voltarono tutti insieme e si allontanarono dalla piazza marciando. I presenti li guardarono allontanarsi, alcuni trovarono il coraggio di urlare parolacce all'indirizzo dei soldati. Mentre Anna e il marito portavano il corpo di Pietro verso il bar, un gruppo di donne si affrettò a raggiungerli. Elena scorse Don Antonio avvicinarsi dal punto ai margini della piazza dove era rimasto tutto il tempo. Di sicuro, voleva offrire parole di conforto alla coppia, ma Elena dubitava che ci fosse qualcosa che avrebbe potuto alleviare il loro dolore, preghiere incluse.

Mentre guardava il prete dirigersi verso il bar, Elena vide il signor Bruni che, inorridito, si alzava e si allontanava rapidamente. Gli fissò la schiena. E se fosse lui l'informatore? No, nemmeno un tipo come il signor Bruni farebbe una cosa del genere a un bambino. Scosse la testa, cercando di dare un senso a quello che era successo. Si voltò verso Luca e suo padre, che gli era accanto.

"Avete visto? Avete visto cosa ha fatto quel mostro?" Si sentiva impotente, spaventata e arrabbiata. La guerra aveva bussato alle loro porte e sentiva che qualcosa dentro di lei era cambiato.

Luca scosse la testa. "Quando sei andata, abbiamo aspettato un paio di minuti. Ma poi abbiamo sentito le grida sempre più forti, più aggressive. Ero preoccupato per te e allora..." Si fermò, la voce strozzata in gola. "Mentre ci avvicinavamo al bar abbiamo sentito lo sparo. Per un attimo ho pensato che ti..." Si bloccò di nuovo. Sembrava sconvolto. Elena viveva una lotta interiore tra il provare sollievo perché non le era successo nulla e sconcerto perché a quel ragazzino a cui volevano così bene era toccato quel destino crudele.

"Torna nella stalla", le disse Paolo. "Sei sotto shock, hai bisogno di bere qualcosa".

Elena li seguì remissiva, piangendo, con la testa in subbuglio. Che diavolo le era venuto in mente, sprecare tutto quel tempo e quella fatica per salvare dei quadri e delle statue? Era arrabbiata. Avrebbe dovuto seguire suo fratello e unirsi ai partigiani. Le ragazze e le donne facevano da infermiere e da cuoche. Anche da messaggere. Alcune addirittura avevano delle pistole e partecipavano agli assalti con gli uomini. Sapeva come usare una pistola: fin da piccoli, suo padre aveva insegnato ai figli come scacciare i lupi e gli altri predatori che attaccavano i loro animali. Che ci faceva tutto il giorno chiusa in un ufficio, alla ricerca di un mezzo per trasportare i dipinti di Raffaello, quando avrebbe potuto aiutare a liberare il Paese dagli invasori? E ora, grazie alla sua stupidità, un bambino era stato ucciso. Sapeva bene perché Pietro aveva rubato il carburante. Voleva fare colpo su di loro, portandogli qualcosa di cui avevano bisogno.

Luca avrebbe voluto cancellare il dolore di Elena. Le si sedette vicino sul pavimento della stalla, passandole un braccio intorno alle spalle, mentre il padre andava alla ricerca di qualcosa da bere, possibilmente qualcosa di alcolico. Prese il fazzoletto e glielo passò. Elena si soffiò forte il naso.

"Perché quell'uomo è così malvagio? Perché Dio ha permesso che accadesse una cosa del genere? Pietro non meritava di morire". Pronunciare quel nome a voce alta la fece scoppiare a piangere di nuovo.

Luca la strinse forte. Si sentiva inutile.

"Non posso più farlo, Luca. Dirò a Pasquale che ho chiuso. Niente di tutto questo ha più importanza".

Luca la fissò. "Che significa? Non puoi fermarti adesso. Tutto questo *ha* importanza, invece. Lo hai detto tu stessa, ricordi? Se perdiamo l'arte, perdiamo un pezzo della nostra umanità".

Era così sconvolto che, pur pervasa dal dolore, Elena non poté fare a meno di sorridergli. "Adesso sei tu che cerchi di convincere me? Vedo che hai cambiato idea, Luca".

Gli accarezzò la guancia. "Amore mio, non sarebbe meglio fare qualcosa di più importante? Forse, dopo tutto, i nostri fratelli hanno avuto l'idea giusta. Forse nulla avrà più importanza se resteremo sotto il giogo dei fascisti. Forse dovremmo dedicarci tutti a un'unica causa, piuttosto che suddividere così le risorse".

Fece un gesto con il braccio in direzione del camioncino sventrato accanto a loro. "Se riuscirete a ripararlo, non credi che sarebbe meglio darlo a Lorenzo e Alessandro?"

"Ci sono tanti modi di vincere una guerra". Paolo era tornato con una bottiglia impolverata e tre bicchierini. Se ne stava fermo sull'uscio e, chiaramente, aveva sentito quelle ultime frasi.

Luca tolse il braccio dalle spalle di Elena, ma il padre scosse la testa. "Basta fingere, ragazzo. Almeno davanti a me. Si vede che tieni a Elena e che lei tiene a te. Dimentichi che suo padre è il mio più caro amico e che conosco Elena da quando è nata: io e tua madre la consideriamo già parte della famiglia".

Paolo le sorrise. "Ora, signorina, parliamo di quanto è appena successo. Pietro è la vittima innocente di un regime oppressivo e crudele. Il Maggiore era alla ricerca di qualcuno da usare come monito per tutti noi e quel povero bambino si è trovato nel posto sbagliato al momento sbagliato. Per i suoi genitori la vita non sarà più la stessa e con la sua morte perdiamo tutti qualcosa. Però..."

Paolo posò la bottiglia e i bicchieri sul tavolino che avevano usato come banco da lavoro. Riempì i tre bicchieri con quel liquido contenuto nella bottiglia e ne passò uno a entrambi. "La morte di Pietro sarà vendicata. Puoi starne certa. La notizia si sarà già diffusa oltre i confini della città e qualcuno starà già organizzando qualcosa. A Sassocorvaro ci sarà chi non dormirà sonni tranquilli stasera, dopo aver visto le conseguenze del male che ha scatenato. Gli informatori non vengono certo trattati coi guanti. Questo non significa che non possiamo portare avanti il nostro piccolo progetto".

Paolo sollevò il bicchiere. "A Pietro, un bravo figlio e un'anima dolce. Che ora possa essere a fianco del Signore".

I tre alzarono i bicchieri e bevvero un sorso. Elena tossì quando il liquido ardente le scese giù per la gola.

"Te l'ho detto e te lo ripeto. Non fatti distrarre. Quello che tu e Rotondi state facendo è importante. L'arte ci aiuta a comunicare, a ricordare, ci induce a pensare al là delle nostre piccole vite. Insomma, io sono solo un contadino che fa la stessa vita dei suoi antenati. Vorrei fosse una vita migliore, ma tant'è". Fece una pausa, per un attimo perso nei suoi pensieri.

Poi guardò Elena e Luca. "Ma ogni volta che riesco a evadere, anche solo per pochissimo tempo, vado alla ricerca di qualcosa più grande di me. La grande arte mi dà un barlume di altre vite. Mi permette di essere da un'altra parte. Senza arte, saremmo solo animali che lottano ogni giorno per sopravvivere. Senza le pale d'altare che riflettono la gloria di Dio, le chiese sarebbero dei semplici edifici. Dobbiamo farci ispirare. Senza l'arte, senza la musica, siamo destinati a essere dei bruti, al pari di quel mostro che ha compiuto questo terribile atto. Personalmente, ritengo che dovremmo essere migliori di lui".

Il viso di Paolo si adombrò. Luca era commosso dall'eloquenza e dalla passione di suo padre.

"Elena, Luca, aiuteremo il signor Rotondi con la sua improbabile missione. Rimetteremo su strada questo camioncino e aiuteremo a trasportare quanti più pezzi possibili in Vaticano. Come ho detto, ci sono tanti modi di vincere una guerra".

Capitolo Venti

La piazza di Sassocorvaro era ancora ghiacciata quando quel lunedì, a metà mattina, Pasquale arrivò per recarsi da Elena. Si fermò al bar a prendere un caffè d'orzo. I clienti erano più numerosi del solito. Un gruppo di donne circondava Anna, seduta a un tavolino in un angolo con espressione impassibile, un piccolo peluche logoro tra le mani. Non sembrava accorgersi del rumore attorno a lei; con la mano destra accarezzava quel coniglietto dall'aspetto malconcio. Suo marito era dietro al bancone, con gli occhi arrossati e le spalle curve, si teneva occupato preparando da bere.

Pasquale gli fece le condoglianze per la morte di Pietro. Il signor Vitali annuì. Pasquale buttò giù il caffè e lasciò qualche lira in più sul bancone. Fece una smorfia, pensando ai suoi figli. Non riuscendo a pensare a nulla di utile da dire, si limitò a fare un cenno con il capo per ringraziare, prima di lasciare quel locale soffocante.

Quando entrò in ufficio, Elena alzò lo sguardo dalla macchina da scrivere. Pasquale notò il suo viso pallido e gli occhi pieni di lacrime. La brutale esecuzione di quel ragazzino aveva colpito tutti.

Esitò per un attimo. "Come stai, Elena? È un momento buio per questa città, non c'è che dire".

Poteva leggerle la devastazione sul volto. "Ero in piazza, Pasquale. Ero lì quando è successo".

"Mio Dio, poverina. Non lo sapevo. È stato il signor Montagna a raccontarmi il fatto ieri. Era venuto a casa mia per aiutarmi a sistemare un muro in giardino".

Elena gli raccontò cos'era successo sabato: l'euforia di sapere che probabilmente il camioncino si poteva recuperare, l'atrocità avvenuta qualche minuto dopo, la scoperta che Pietro stava rubando il carburante per loro. Scoppiò di nuovo a piangere. Pasquale si avvicinò e le passò un braccio intorno alle spalle, prima di porgerle il suo fazzoletto. Era la seconda volta in pochi giorni che un uomo le offriva il proprio fazzoletto per asciugarsi le lacrime, pensò Elena. Al pensiero, si sentì debole e inutile.

Pasquale si schiarì la voce. "Deve essere stato uno shock terribile. E so quanto fossi affezionata a quel ragazzino. Beh, lo eravamo tutti. Quei tedeschi sono dei selvaggi, né più né meno".

Si fermò, non sapendo che altro dire. "Se non hai ripensamenti..."
Elena sollevò la testa e lo guardò.

"Riguardo alla spedizione, intendo. Se non te la senti più di essere coinvolta, per paura di essere in pericolo".

"No, affatto. Anzi", disse Elena risoluta. "Beh, sabato ho avuto un tentennamento, ma non mi fraintendere. Ero spaventata, pensavo che fossimo responsabili per quello che era successo. A dirla tutta, sono ancora terrorizzata. Qualcuno ha informato i tedeschi che Pietro aveva rubato il carburante. Forse quella stessa persona potrebbe stare spiando anche noi, ma non posso starmene qui con le mani in mano. Stanno cercando di intimidirci, no? Nel grande schema delle cose, questo sembra un piccolo atto di disobbedienza e io voglio fare la mia parte".

Pasquale poteva vedere quanto fosse tesa, seduta rigidamente sulla sedia, rossa in volto. Chinò il capo come a supplicarla. "Mia cara Elena, sono felice di sentirtelo dire, per ovvie ragioni. Ma non voglio che tu ti senta obbligata a proseguire con questo piano folle solo perché lavori per me. Se dovessi avere dei ripensamenti, fammelo sapere subito. Lo capirò".

Elena annuì e si soffiò il naso nel fazzoletto di Pasquale. Lo sollevò come per restituirglielo, poi sorrise. "Questo oggi lo tengo io, se non è un problema. Potrebbe servirmi di nuovo. Ma non ti preoccupare, mi assicurerò di lavarlo questo fine settimana".

"Non c'è fretta". Pasquale le sorrise con affetto. "Allora, il programma di oggi. L'arcivescovo ha trovato un camion a Urbino, da un certo Ceccarelli. Qualche mese fa questo signore ha tolto i pezzi principali dal mezzo e li ha nascosti in posti diversi, così che i tedeschi non lo requisissero. Ma l'arcivescovo è riuscito a convincere il signor Ceccarelli che, se ci avesse aiutato, la cosa gli avrebbe giovato nell'aldilà. Non so come, ma è anche riuscito a procurarsi del carburante. Di certo, non mi metterò a fargli domande. Il mio autista, il signor Pretelli, lo sta portando qui proprio ora. Siamo diretti a Carpegna".

Pasquale aveva intenzione di portare via quanto più possibile dal palazzo di Carpegna e riportare tutto alla Rocca, per poi trasferire ogni cosa a Urbino. Le casse che aveva nascosto a Palazzo Ducale non occupavano molto spazio negli enormi sotterranei e pensava che sarebbe stato più semplice nascondere tutto in un unico posto. Una volta ottenuti i rinforzi da Roma e tutta la documentazione necessaria, sarebbe stato molto più sicuro tenere le opere in un solo luogo.

A Elena questo piano piaceva, ma per un motivo diverso. Una volta che le opere fossero state spostate dalla Rocca, sarebbe stata meno in pericolo che se fossero rimaste sotto la sua sorveglianza a Sassocorvaro.

"Il camioncino del bar ti serve ancora?" gli chiese. "Luca dice che lui e il padre lo rimonteranno in settimana".

"Assolutamente sì. Abbiamo ancora bisogno di tutti i mezzi di trasporto possibili. Non ho idea di cosa arriverà da Roma, né se arriverà effettivamente qualcuno o qualcosa. Mi auguro che avremo aiuti a sufficienza".

Furono interrotti da un colpo alla porta. Pasquale aprì e si trovò davanti il muratore dal viso rubicondo, il signor Montagna, che se ne stava in piedi in corridoio con il cappello in mano.

"Siamo pronti a buttare giù qualcosa, signor Rotondi?"

L'omone sorrise a Elena. Era chiaro che quell'operazione clandestina aveva aggiunto un po' di pepe a una vita lavorativa altrimenti monotona: non capitava tutti giorni che a un muratore di campagna venisse chiesto di partecipare a un piano per nascondere opere d'arte di valore inestimabile da uno spietato invasore.

Pasquale sorrise. "Pretelli è già qui fuori con il camion? Ma soprattutto, mentre arrivavi hai notato tedeschi che si aggiravano nei dintorni?"

"No a entrambe le domande", rispose il signor Montagna. "Ma cominciamo a fare qualche buco nei muri finti, così quando arriva Pretelli possiamo muoverci rapidamente".

Qualche giorno dopo, una volta nascoste temporaneamente le casse appena arrivate da Carpegna, diedero inizio alla fase successiva del progetto. Buttarono giù tutti i muri finti costruiti qualche settimana prima, rimossero le casse nascoste al loro interno e ricontrollarono l'inventario principale. Quando Pretelli arrivò con il camion da Urbino, Pasquale mandò Elena al bar a comprare dei panini per il pranzo, ma in realtà il suo vero compito era controllare che non ci fossero pattuglie tedesche. Tornò dopo venti minuti, portando una borsa di cose da mangiare ma anche la bella notizia che i tedeschi sembravano essere spariti dalla città. Probabilmente, pensò Pasquale, il Maggiore Heinrich aveva ritenuto che l'orribile esecuzione di sabato fosse stata sufficiente per soggiogare la popolazione e che, quindi, per il momento le sue unità sarebbero state più utili altrove.

"Buono a sapersi. Portiamo fuori questa roba il più velocemente possibile". Il piccolo gruppo iniziò a spostare il prezioso carico lungo la rampa lentamente, fino al camion che li attendeva fuori. Dopo un paio di viaggi, alcuni uomini che stavano fumando nella piazza si avvicinarono e, senza dire una parola, si misero ad aiutarli a spostare le casse. Pasquale iniziò a dire qualcosa per ringraziarli, ma il più anziano tra loro, che Pasquale riconobbe come un portantino dell'ospedale locale, scosse la testa.

"Ha custodito queste opere per mesi interi, signore. È il segreto di Pulcinella. Se pensa che sia arrivato il momento di spostarle, allora deve avere le sue buone ragioni. Non voglio sapere altro".

Arrivati alla sesta cassa, la catena umana contava ormai venti uomini, mentre alcune donne, divise in piccoli gruppi, si accalcavano per osservarli. Elena ebbe l'impressione che, per la prima volta dopo i terribili eventi del sabato, la gente avesse qualcosa di positivo su cui concentrarsi. Forse non capivano appieno quello che stava succedendo, ma l'istinto gli diceva di dare una mano.

Dal nulla, si udì la voce di una ragazza che cantava, inizialmente con fare incerto poi sempre più deciso. Stupita, Elena si voltò a guardarla. Le sembrava familiare. Aveva più o meno la stessa età di sua sorella Giulia.

Elena conosceva quel motivetto struggente che canticchiava. Mentre le note si facevano sempre più alte e il suo respiro formava nuvolette nell'aria gelida, la ragazza, occhi ben chiusi, sembrava convogliare tutto il dolore che Elena aveva faticosamente cercato di soffocare. Sobbalzò al ricordo dell'emozione provata la prima volta che aveva visto l'opera alla Scala di Milano con una delle sue amiche. Elena non aveva mai visto o sentito nulla di più bello: i lampadari scintillanti, le poltrone di velluto, i diamanti e le pellicce delle milanesi più abbienti sedute nei loro palchetti.

Ma quello che ricordava di più era la musica: l'*Otello* di Rossini e l'aria iniziale del terzo atto, che Desdemona canta con tanta tristezza. Ricordava l'orgoglio con cui aveva detto alla sua amica che Rossini era nato non molto lontano da casa sua, nella città costiera di Pesaro. Al termine della serata, aveva dilapidato un po' di quei pochi soldi che aveva a disposizione per comprare il disco dell'opera e, ogni volta che il padrone di casa e la sua famiglia erano fuori, lo aveva ascoltato al giradischi nel piccolo soggiorno, incessantemente. E ora, come per miracolo, ecco di nuovo quell'aria, cantata da una ragazza in una cittadina di campagna a chilometri di distanza da Milano.

> *Assisa a' piè d'un salice,*
> *immersa nel dolore,*
> *gemea traffita Isaura*
> *dal più crudele amore.*

Elena si mise da una parte e iniziò a prendere appunti sulla sua cartellina, cercando di evitare che le lacrime cadessero sui fogli e macchiassero tutto. Quella ragazza aveva trovato il modo perfetto per accompagnarli mentre lavoravano, lenendo il dolore collettivo che provavano. Elena era commossa dal tacito sostegno del popolo di Sassocorvaro. Avevano visto l'orrore, eppure non avevano chinato il capo. Sapevano dei tesori che si nascondevano in mezzo a loro e ora erano decisi ad aiutare il giovane Sovrintendente.

Quando il camion fu completamente carico, Pretelli saltò al posto del guidatore con Pasquale seduto accanto e accese il motore.

Pasquale chiamò Elena. "Faremo il prima possibile. Cerca di preparare le altre casse. Saremo di ritorno tra un paio d'ore. Tieni gli occhi aperti. Se noti un qualsiasi segnale che i bastardi sono tornati, fermati subito. Capito?"

Elena annuì e, assieme ai presenti, li osservò con riverenza mentre uscivano con cautela dalla piazza e si dirigevano verso Urbino. Mentre il camion spariva all'orizzonte, il gruppo tornò alla Rocca e, senza dire una parola, continuò a rimuovere le casse dai nascondigli.

A inizio serata avevano finito. Il camion era tornato vuoto ed era ripartito di nuovo, carico di casse. Il signor Montagna iniziò a riparare i muri all'interno della Rocca per riportarli allo stato originale, nel caso i tedeschi decidessero di fare una visita inaspettata. Fuori era buio, un freddo pungente nell'aria. Gli abitanti del paese si erano avviati verso le proprie case. Elena entrò nella stalla dietro al bar per prendere la bicicletta. Si sentiva ancora male al pensiero del piccolo Pietro. Le mancavano la sua aria impertinente e le chiacchiere che scambiavano ogni giorno. Non riusciva a immaginare che grande vuoto avesse lasciato nei genitori.

Pensò a suo padre e a sua madre, che non avevano mai ammesso apertamente le loro paure, ma che erano costantemente preoccupati all'idea di quello che poteva accadere ad Alessandro. Gli ultimi giorni erano stati surreali, un incubo dal quale voleva svegliarsi. Ma gli eventi del pomeriggio avevano leggermente allentato quelle fasce di ferro che le stringevano il cuore. Si avvolse la sciarpa intorno alla testa e iniziò il freddo viaggio verso casa.

Capitolo Ventuno

Quella sera, quando Elena sgattaiolò fuori dalla camera da letto, stava cadendo una neve leggera. Rabbrividì mentre attraversava il pavimento di pietra della cucina in punta di piedi verso la porta di casa, per prendere il cappotto appeso nell'ingresso. *Non è certo il più romantico degli abbigliamenti,* pensò tra sé e sé mentre si passava una sciarpa di lana sulla testa e si infilava gli stivali di gomma e i guanti. Nella stalla avrebbe fatto ancora più freddo. Tirò delicatamente i chiavistelli e aprì la porta. A terra si era già depositata una sottile coltre di neve e, mentre chiudeva piano la porta di legno dietro di sé, si rese conto che le impronte l'avrebbero immediatamente tradita se uno dei suoi genitori si fosse svegliato.

Luca era già nel fienile quando arrivò. Elena si tolse a fatica il primo strato di vestiti, formando delle nuvolette di vapore acqueo mentre respirava con difficoltà per lo sforzo.

"Mamma mia, che freddo", sussurrò.

Luca le sorrise. "Almeno qui dentro ci sono gli animali a scaldare un po' l'ambiente. Forza, ho ammassato del fieno per creare un piccolo giaciglio".

Elena aveva troppo freddo per togliersi altro oltre al cappotto. Lo posò sulla paglia e si sdraiò, tirando a sé Luca. Fu felice di potersi rannicchiare tra le sue braccia. Le loro lanterne facevano una luce fioca, illuminando gli zigomi di Luca e i riccioli scuri che gli ricadevano sulla fronte. Elena si lasciò andare.

Luca si schiarì la voce. "Ho delle novità. Non so come la prenderai".

Elena si girò per guardarlo.

"Ieri sera Lorenzo è venuto a casa nostra. Voleva più munizioni. Ci ha detto che stanno pensando di vendicare l'esecuzione di Pietro".

Elena fece un respiro profondo. Non era certo una sorpresa, ma era comunque nervosa per quello che poteva significare. "Cosa pensano di fare?"

"Lorenzo non ce l'ha voluto dire. Ha detto che era meglio sapessimo il meno possibile, nel caso in cui, beh, sai..."

Nel caso in cui i tedeschi ci interrogassero. Elena annuì, nauseata. "Ti ha detto dove avrebbero attaccato?"

"No, non ci ha detto nulla. Qualunque sia il loro piano, immagino che vogliano che i tedeschi soffrano. Ma sono furbi, vogliono creare problemi anche alle attività future dei tedeschi o dei fascisti".

Elena annuì di nuovo.

"Ah, pensano di sapere chi è l'informatore. Anche qui, non mi ha detto altro, ma si vedeva che era furioso. Non vorrei essere nei panni di quella persona. Sai bene cosa gli faranno i partigiani. O le faranno".

Elena era scioccata. Sabato non aveva accennato né a Luca né a Paolo di quello che sospettava. Non poteva essere stato il signor Bruni. Non era una persona particolarmente amichevole, ma era difficile pensare che avrebbe potuto fare una cosa simile a un bambino. Non disse nulla, sperando di sbagliarsi.

"Beh, anch'io ho delle novità". Raccontò a Luca quello che era successo quel pomeriggio alla Rocca, come il canto di quella ragazza le avesse dato un po' di pace. "È un sollievo che siamo riusciti a svuotare la fortezza e che non si sia visto nemmeno un tedesco. Quindi, se i partigiani attaccassero a Sassocorvaro e i tedeschi perquisissero la Rocca, non troverebbero nulla".

Luca era felice che alla Rocca non ci fossero più opere d'arte: voleva che Elena fosse il più possibile al sicuro. "Mio padre dice che mercoledì sera possiamo andare alla stalla e finire il lavoro sul camioncino. Spero che i partigiani aspettino ancora qualche giorno. Rotondi ne ha ancora bisogno?"

Elena gli riferì quello che le aveva detto Pasquale. Iniziava a pensare che quell'idea folle potesse essere effettivamente messa in pratica. Il pensiero che Luca volesse comunque partecipare all'avventuroso viaggio verso Roma, anche solo per far colpo su di lei, la rendeva nervosa. "Ho la sensazione che il Vaticano ci verrà in soccorso. Hanno detto che avrebbero inviato un funzionario con la documentazione e il mezzo di trasporto. Potrebbe accadere prima di quanto pensiamo".

Invece di risponderle, Luca le diede un bacio sulla guancia e poi, più appassionatamente, sulle labbra. Le infilò la mano sotto i vestiti per accarezzarle il seno. Le sue dita erano fredde. Elena inarcò la schiena. Sentì una vampata di calore tra le gambe.

"Mio Dio, ti voglio, ma qui si gela" disse Luca.

Elena rise. "Anche io ho freddo. E farà ancora più freddo nei prossimi mesi. Forse dovremo trovare un posto più caldo dove incontrarci. Non credo di riuscire ad aspettare la primavera per averti di nuovo dentro di me".

Elena si spinse più vicino a Luca, i loro corpi premevano con forza l'uno contro l'altro. Lei strofinò la mano sul davanti dei suoi pantaloni, poi gli infilò le dita all'interno dei vestiti. Luca gemette.

Le porte della stalla si aprirono e all'entrata apparve una luce. Sotto shock, i due si tirarono su goffamente e cercarono di capire chi stesse tenendo la lanterna. Il cuore di Elena batteva così forte che pensava potesse uscirle dal petto.

"Ma che diavolo... Diamine, mi hai spaventato". Il fratello di Elena si avvicinò a grandi passi, evidentemente furioso. Alzò la lanterna, cercando di illuminare meglio la scena. Elena scattò in piedi, cercando di rimettersi il cappotto.

"Sandro, cosa ci fai qui?" Lei e Luca scesero giù per la scala.

"Beh, a me sembra chiaro cos'è che voi due state facendo qui", disse Alessandro.

Tirò un'occhiataccia a Luca. "Dimmi che te la sposerai, bastardo. È mia sorella quella che ti stai scopando".

Elena trasalì per quell'espressione così volgare. Le guance le bruciavano per la vergogna.

"Non è come pensi, Sandro" si affrettò a dire Luca. "Sono innamorato di lei. Vogliamo stare insieme".

La strinse ancora più forte. I due uomini si guardarono.

Fu Alessandro ad allentare la tensione. Si sedette di colpo su una balla di fieno e fece un gran sorriso. "Sai cosa, Luca? Se avessi dovuto scegliere qualcuno per mia sorella, saresti stato in cima alla lista. Va bene, avete il mio beneplacito". Tese la mano a Luca, per una stretta.

Elena sbuffò. "Scusate, io sarei qui! Non sono una scrofa da accoppiare. Posso decidere da sola, grazie".

Il terrore iniziale aveva lasciato posto alla rabbia. Al diavolo quella società patriarcale. Chi si credeva di essere suo fratello? Avrebbe sposato chi voleva.

Alessandro le sorrise. "Calmati, Elena. Ti capisco. E non lo dirò a nessuno, va bene? Comunque, sono venuto a prendere delle cose. Babbo lascia sempre qualcosa per me".

Si alzò e si diresse al banco da lavoro in fondo al fienile. Luca ed Elena lo seguirono. Luca rimase vicino ad Alessandro mentre infilava in un sacco i formaggi, gli affettati e una scatola di proiettili che il padre gli aveva lasciato.

Luca gli disse di aver visto Lorenzo impegnato in una missione simile a casa loro. Alessandro si fece cupo quando gli descrisse gli incontri che si erano svolti da quando il gruppo aveva saputo di Pietro.

"Ci vendicheremo, ma non so ancora quando. Erivo ha informazioni su chi ha detto ai tedeschi che il ladro era Pietro, quindi quella questione è stata risolta. Questa era la parte più semplice. Ma quello che vogliamo è un grande obiettivo, dobbiamo infliggere dolore a quei bastardi ma limitare anche le conseguenze per i civili. Sarà a dir poco complicato".

Elena e Luca non sapevano cosa dire. I tedeschi avrebbero risposto a qualsiasi attacco dei partigiani e altri civili erano destinati a morire.

"Capisco la tua rabbia, Sandro. Ero in piazza quando quel bastardo ha ucciso Pietro. Non dimenticherò mai quello che ho visto". Elena rabbrividì, non tanto per il freddo quando per quel ricordo. "Voglio il loro sangue. Voglio che le loro madri piangano come sta piangendo Anna ora".

Alessandro fece a entrambi un cenno col capo, poi si mise il sacco sulla spalla destra. "Meglio che vada. State attenti voi due. Sorella, sei fortunata che sia arrivato io e non babbo".

Elena si precipitò ad abbracciarlo. "Cerca di non correre rischi" gli sussurrò all'orecchio. "Ti voglio bene. Te ne vogliamo tutti".

Il fratello fece un sorriso e si girò per andarsene. Alzò il pugno chiuso. "*Fischia il vento!*"

Elena conosceva quelle parole. Era il primo verso di una nota canzone partigiana, ma quelle parole non avevano mai significato tanto per lei come in quel momento. Alzò il pugno chiuso e cantò il secondo verso. "*Infuria la bufera*, caro fratello. Infuria la bufera".

Capitolo Ventidue

Il mattino seguente, poco prima dell'alba, due braccianti trovarono il signor Bruni impiccato a un albero nella sua fattoria, di fronte alla casa. Lasciarono cadere le biciclette e corsero a mettere in terra il cadavere, al cui collo era appeso un cartello con un messaggio. I due non sapevano leggere quindi, una volta tirato giù il corpo, lo rimossero. Uno di loro trovò una chiave nascosta sotto una roccia, vicino alla porta d'ingresso. Entrò in casa e telefonò alla figlia dell'agricoltore, poi avvertì le autorità. Mentre uno dei braccianti aspettava che arrivasse qualcuno a liberarlo da quel terribile fardello, l'altro prese la bicicletta e si recò a Ca'Boschetto portando con sé il cartello, nella speranza di trovare Paolo per chiedergli di leggerlo. Lo trovò nel cortile assieme al fratello e al figlio, pronti a iniziare la giornata di lavoro.

Dopo lo shock iniziale per la notizia, Paolo prese il cartello e lo lesse ad alta voce: "*Quest'uomo ha le mani sporche del sangue di un bambino. Tutti i traditori verranno puniti*". Chinò il capo. "Bruni era un uomo difficile, ma meritava di morire? Possiamo dire di essere dalla parte del giusto se giustifichiamo un omicidio?"

Luca lanciò un'occhiata al padre. "Hanno fatto quello che dovevano fare. Non li condanno per questo. Siamo tutti più al sicuro, ora che Bruni è morto". Pensava a Elena e alla sua missione: se fosse dipeso da lui, i partigiani avrebbero potuto ucciderli tutti gli informatori. A lui interessava solo che lei non fosse in pericolo.

Il bracciante si riprese il cartello, ringraziando Pietro per l'aiuto. Non vedeva l'ora di correre in città e diffondere la notizia. La prima tappa sarebbe stata il bar.

Nelle due settimane successive, il tempo peggiorò. Una sera, Luca e il padre riuscirono ad andare a Sassocorvaro per lavorare sul camioncino. Non si parlava d'altro che dell'esecuzione del signor Bruni. L'opinione comune era che il vecchio si era meritato quella fine. Pietro era il figlio di tutti e ora che la persona che aveva dato il via a quella terribile catena di eventi era stata eliminata, tra la gente si era diffuso un senso di giustizia. La figlia lo aveva sepolto rapidamente e senza funerale, e non aveva alcuna voglia di soffermarsi sull'argomento.

Paolo e Luca avevano passato la serata a rimontare tutti i pezzi rimessi a nuovo nel motore del camioncino. Avevano deciso di lasciare i fari senza i vetri e avevano rattoppato al meglio la crepa nel parabrezza. Il motore era ripartito dopo vari tentativi, ma non avevano ancora avuto la possibilità di provare il mezzo su strada.

Il giorno seguente rimasero bloccati a Ca'Boschetto: la neve era caduta copiosa, cancellando i piccoli sentieri che i contadini utilizzavano per spostarsi da un campo all'altro. Elena non era più in grado di andare a Sassocorvaro in bicicletta tutti i giorni. Era riuscita a inviare un messaggio a Pasquale, che si trovava nel Palazzo Ducale di Urbino, consegnando una lettera a uno dei colleghi del padre che era passato alla fattoria per prendere in prestito degli attrezzi. La lettera doveva aver raggiunto il destinatario, anche se per vie traverse, visto che cinque giorni dopo lo stesso uomo era tornato con la risposta di Pasquale. Il Sovrintendente diceva a Elena di non preoccuparsi: a Sassocorvaro e Carpegna era tutto sotto controllo. Stava solamente aspettando notizie dal Vaticano sulla prossima mossa da fare.

La madre era ben felice di avere Elena a casa tutto il giorno e di farle mungere le vacche, preparare le conserve e cucinare con la sorella. A Elena faceva piacere passare del tempo con la sua famiglia, ma in un certo senso si sentiva distante da loro. Continuava a pensare a quanto detto da Alessandro a proposito di un imminente attacco. Avrebbero saputo qualcosa quando fosse accaduto? La nevicata stava sicuramente rallentando le attività su entrambi i fronti. Forse i partigiani avrebbero aspettato che il clima invernale si attenuasse un po'.

A Elena mancavano anche gli incontri serali con Luca. La neve rendeva estremamente difficile muoversi per le strade di campagna e la temperatura della stalla non favoriva di certo il romanticismo. Le mancavano soprattutto le loro conversazioni. Luca stava diventando l'unica persona a cui confidava ogni segreto o sogno strano o paura profonda, senza timore di essere giudicata. Voleva proprio questo nel suo futuro marito: il migliore amico che la trattasse come un suo pari. Passava il tempo a guardare fuori dalla finestra, sognando la fine della guerra e la possibilità di stare ufficialmente con lui.

***

Anche Pasquale, all'interno di Palazzo Ducale, passava molto tempo a guardare fuori dalla finestra, principalmente per la frustrazione dovuta alla neve. Riceveva richieste di aiuto dai musei di tutto il nord Italia, poiché i curatori cercavano di scegliere dove nascondere le opere d'arte più preziose. Da quando i tedeschi avevano invaso il Paese, la situazione nel nord si era fatta più precaria. La lettera che stava aspettando non era arrivata. Presto sarebbe stato Natale, come continuavano a ricordargli le figlie, e lui era sempre più preoccupato di non ricevere il via libera dalle autorità.

I suoi pensieri furono interrotti da un colpo alla porta.

"Guarda cosa abbiamo qui!" Nella stanzetta entrò il suo collega, il signor Renon, sventolando un foglio di carta. "Un telegramma da Roma!" Sorrise mentre lo passava a Pasquale e rimase in attesa, mentre questi lo apriva e lo leggeva.

"Sì! Finalmente!" disse Pasquale. Si avvicinò al collega e lo abbracciò. Renon sorrise: non era da lui essere così platealmente affettuoso.

"Forza, dimmi! Abbiamo il permesso?"

"Lo abbiamo, amico caro, lo abbiamo".

Pasquale prese in mano il telegramma per leggerlo. "Non ci danno molte informazioni. '*Attenda il signor Emilio Lavagnino, ispettore centrale della Direzione per le Antichità e le Belle arti*'". Guardò Renon. "Conosco Lavagnino, è una brava persona. Da quello che mi hanno detto, credo che abbia qualche mezzo di trasporto e i documenti ufficiali in cui si dichiara che i beni sono artefatti religiosi che vengono restituiti al Vaticano per fini di tutela. Questo dovrebbe tenere a bada i tedeschi, nel caso dovessero insospettirsi. Dio mio, Renon, sta per accadere. Questo piano audace potrebbe funzionare".

I due uomini sorrisero. Pasquale sentì allentarsi parte della tensione dei mesi precedenti. Qualcuno che contava pensava che la sua folle idea potesse realizzarsi. Non vedeva l'ora di tornare a casa e dare la buona notizia a Zea. E doveva informare anche Elena. Gli serviva l'elenco generale di Sassocorvaro e, possibilmente, il camioncino che i Rossi avevano riparato. All'improvviso, sembrò esserci molta più speranza. Ora avevano solo bisogno che le nevicate si attenuassero.

La fortuna girò nel corso di una notte: il mattino seguente si svegliarono sotto un cielo azzurro scaldato dal sole. La neve era cessata e la temperatura era decisamente più alta di quanto non fosse stata ultimamente. In campagna, i contadini avevano tolto quanta più neve possibile dai sentieri e dalle strade bianche che, dalla valle e dalle colline, portavano alla strada principale asfaltata. Gli spazzini facevano lo stesso a Urbino e nelle cittadine circostanti. Le donne si affrettarono a uscire di casa con le tessere annonarie, per comprare i beni essenziali di cui erano rimaste sprovviste durante quell'attesa forzata.

Il giorno dopo, Elena fu sorpresa di sentire una macchina che risaliva il sentiero verso Casa del Lupo, recentemente liberato dalla neve. Suo padre e suo fratello erano nei campi, ma sua madre e sua sorella erano lì con lei nel cortile e cercavano di capire chi potesse essere il visitatore inaspettato. Nessuna parlò, ma Elena sapeva che, come lei, anche loro speravano che non si trattasse di soldati tedeschi.

Tirò un sospiro di sollievo quando riconobbe la macchina di Pasquale. Il Sovrintendente si presentò alla madre e alla sorella.

"È da tanto che volevo conoscerla, signora Marchetti. Sua figlia è stata un'eccellente assistente, voglio ringraziarla per averle permesso di lavorare con me. Non so cosa avrei fatto senza Elena".

La madre respinse gli elogi, ma l'espressione sul suo viso tradiva il suo compiacimento.

Pasquale si rivolse a Elena. "Signorina Marchetti".

Elena provò a non sorridere per il tono formale di Pasquale, ma si rese conto che stava cercando di essere educato davanti a sua madre.

"Le farà piacere sapere che abbiamo ricevuto le indicazioni che stavamo aspettando. Mi chiedevo se fosse disposta a venire in ufficio a Urbino con me, per aiutarmi a completare la fase successiva. Ovviamente, le darò un passaggio e la riporterò a casa in tempo per cena".

Elena annuì. "A proposito, ho la lista di cui aveva bisogno. L'ho portata a casa con me ogni sera, per essere sicura che fosse in buone mani".

Pasquale avrebbe voluto darle un bacio, ma si trattenne. "Ottima idea, signorina Marchetti. Non vogliamo certo che occhi indiscreti interferiscano con gli affari dello Stato, vero? Se le occorre qualche minuto..."

Cinque minuti dopo, i due erano per la strada.

"Dimmi tutto, Pasquale! Non posso credere che stia per accadere".

Pasquale le spiegò cos'era successo. Si girò a guardarla. "Luca e suo padre sono riusciti a riparare il camioncino?"

"Beh, lo hanno messo in moto, ma non sono ancora riusciti a portarlo fuori. Vogliamo fare una piccola deviazione per chiederglielo?"

Elena si sentì davvero importante mentre passavano per il cortile di Ca'Boschetto. Antonella insistette per farli accomodare a mangiare qualche pasticcino e spedì il giovane Marco su per la collina a chiamare Luca e il padre. Elena sentiva le farfalle nello stomaco mentre aspettavano il ritorno degli uomini.

Pasquale era restio a parlare in presenza di Antonella e di sua cognata, ma Paolo lo rassicurò. "È tutto a posto, Rotondi. Conoscono il piano. Elena ne ha parlato a tutti qualche settimana fa, quando voleva prendere il nostro camioncino". Rise, così come il resto della famiglia.

Elena fece un timido sorriso a Pasquale. "È una lunga storia..."

Paolo la interruppe. "Ormai non ha più importanza. Il camioncino è pronto. Domani vado con Luca e poi uno di noi può portarlo a Urbino e lasciarlo a Palazzo Ducale. Sono sicuro che andrà tutto bene. Il signor Vitali ha detto..."

Si bloccò, con aria cupa. Avevano tutti l'espressione affranta al pensiero di quel padre in lutto.

Paolo si schiarì la voce. "Il signor Vitali ha detto che ci darà il carburante che aveva nascosto. Dice che di arte non ne capisce molto, ma che farà di tutto per andare contro i tedeschi".

Il gruppo si chiuse di nuovo in un profondo silenzio.

"Mi sembra un ottimo piano, signor Rossi" disse infine Pasquale. "Nei prossimi giorni io ed Elena prepareremo tutto, sperando che nel frattempo arrivi Lavagnino, l'emissario del Vaticano. Per me, sapere di aver portato al sicuro parte di quei dipinti sarebbe il miglior regalo di Natale".

Capitolo Ventitré

Il giorno seguente, Elena e Pasquale erano rintanati in ufficio a Palazzo Ducale a rivedere la lista principale per decidere a quali pezzi dare la priorità nel caso in cui i mezzi di trasporto non fossero stati sufficienti. Pasquale voleva assicurarsi di spostare prima alcune delle pale d'altare, per due motivi. Era sicuro che il Vaticano avrebbe voluto che il giovane Sovrintendente prestasse particolare attenzione ai pezzi che appartenevano alla Chiesa, rispetto ai Raffaello e ai Tiziano che lui, personalmente, apprezzava di più. Ma Pasquale temeva anche che i tedeschi avrebbero bloccato il trasporto. Avere un paio di grandi pale d'altare in ogni camion avrebbe reso la loro storia più credibile.

Stavano cercando di capire quante casse sarebbero entrate in un camioncino di medie dimensioni, quando entrò Renon a dargli la buona notizia che Luca era arrivato. Pasquale notò che Elena era arrossita ed ebbe il sospetto, ancora una volta, che i due fossero più che semplici buoni amici. Si affrettarono a uscire con Renon per vedere il camioncino.

"Che spettacolo, Luca" disse Pasquale mentre girava intorno al veicolo. "Immagino che, visto che sei qui, il motore funzioni".

"Beh, sì. È come nuovo. Quando stamattina il motore si è acceso, mio padre era emozionatissimo, ma ovviamente si è comportato come se non avesse mai avuto il minimo dubbio".

I due uomini si scambiarono un sorriso.

"Tu e tuo padre meritate tutti i ringraziamenti di questo mondo. Il camioncino ci sarà di grandissimo aiuto". Pasquale si portò verso la parte posteriore per verificarne la capacità di carico.

Luca se ne stava in piedi, spostando il peso da un piede all'altro. "Speravo... pensavo potesse essere utile...".

Elena lo guardò nervosa.

"Signor Rotondi, vorrei portare io il camioncino a Roma" si affrettò a dire. "Credo di potervi essere di grande aiuto".

Pasquale e Renon lo guardarono. Sembravano senza parole.

"È molto generoso da parte tua, Luca" disse infine Pasquale. "Ma non sono sicuro che sia l'idea migliore. E se i tedeschi fermassero il convoglio? O gli uomini di Mussolini? Ti farebbero pressioni per spiegare come mai ti è stata affidata una missione per il Vaticano".

Luca non sapeva cosa dire. Voleva guadagnarsi la stima di Elena per essersi offerto volontario, ma non aveva valutato bene tutti gli aspetti. Rimase lì a guardarsi i piedi.

"Non è ancora il momento delle decisioni definitive" si affrettò a dire Pasquale. "Quindi grazie per l'offerta, Luca. Il camioncino è già più che sufficiente, davvero. Vediamo chi e cosa arriverà da Roma. Speriamo di avere abbastanza manodopera e mezzi da rendere superflua la tua gentile offerta".

Per tenere il camioncino al riparo da occhi indiscreti, decisero di portarlo all'interno dei cancelli di Palazzo Ducale e nasconderlo nel cortile. Forse non era il posto più sicuro, ma nessuno di loro voleva lasciarlo fuori nella piazza. Una volta messo al sicuro il camioncino, Luca chiese goffamente a Pasquale se poteva rimanere per il resto della giornata ed essere poi riportato a casa assieme a Elena.

Pasquale rise. "Ma certo! Non mi aspettavo certo che tornassi a casa a piedi. Ci metteresti delle ore".

Luca trascorse uno dei migliori pomeriggi da quando era iniziata la guerra. Seguì Pasquale, Renon ed Elena nei sotterranei di Palazzo Ducale, infilandosi nelle stanze segrete che avevano costruito per nascondere le casse. Mentre aprivano una cassa dopo l'altra e discutevano di come far funzionare il piano, Luca se ne stava da una parte e ammirava la bellezza che aveva davanti. Si ricordò di quanto l'arte l'avesse sempre colpito quando era un bambino e della magia di quelle visite a Palazzo Ducale. A un certo punto, immersi nel buio, Elena gli prese la mano e la strinse forte.

"Non è straordinario?" gli sussurrò all'orecchio. "Per me è un sogno. Tutta questa bellezza. Tutta questa gloriosa bellezza!"

Luca annuì e le strinse la mano a sua volta. Sentiva il pizzicore delle lacrime negli occhi, stupito per l'emozione che provava. Se mai avesse avuto dubbi su quello che Elena stava cercando di fare, in quel momento si erano sicuramente dissipati. Ne sarebbe valsa la pena. Ne sarebbe valsa davvero la pena. Suo fratello poteva crederlo pazzo, ma all'improvviso tutto aveva senso. Aveva bisogno che tutta quell'arte venisse salvata. Ne aveva bisogno l'Italia. Diavolo, ne aveva bisogno tutto il mondo. Era felice di aver dato il suo piccolo contributo affinché avvenisse.

Capitolo Ventiquattro

Lorenzo si sfregò le mani screpolate, nel vano tentativo di riscaldarsi. Era felice che finalmente avesse smesso di nevicare, ma il cielo azzurro e il sole non potevano nulla contro le rigide temperature all'interno di quel granaio pieno di spifferi nel quale dormivano. Si appoggiò alla pala e tirò fuori dalla tasca un pacchetto di sigarette spiegazzato. Alessandro allungò il braccio oltre la fossa che stavano scavando e gli passò un accendino.

I due rimasero in silenzio, fumando le loro sigarette e approfittando del momento di calma per ripensare alle ultime settimane. Erano state brutali, senza dubbio. Un paio di giorni prima era morto uno dei loro compagni, rimasto ferito durante un'imboscata tesa alle camicie nere. Nelle prime ore della mattinata le sue grida di dolore si erano fatte via via più deboli. Era come se tutta l'unità fosse rimasta sveglia ad ascoltarne il respiro che si faceva sempre più affannoso, fino a quando era poi cessato. Il corpo era rimasto sulla paglia per un giorno, in quanto la neve rendeva impossibile spostarlo.

Presto quella mattina, il comandante Erivo aveva chiesto a due amici del soldato deceduto di portare il corpo a cavallo fino alla casa dei genitori, così che potessero dargli una degna sepoltura. Era pericoloso, ma

Erivo aveva la sensazione che il nemico avesse altre questioni ben più urgenti di cui occuparsi, visto il cattivo tempo. Quando umanamente possibile, dovevano cercare di onorare i morti. Alessandro e Lorenzo erano rimasti a guardare i due amici avvolgere silenziosamente il corpo del soldato nel lenzuolo e adagiarlo sul dorso di un cavallo. Poteva sembrare una pratica medievale, ma non c'era un modo migliore di portare a termine quel macabro compito.

Si sentirono quasi sollevati quando Erivo gli disse che era il momento di scavare una nuova fossa per le latrine. Il compito non piaceva a nessuno dei due, ma almeno potevano stare all'aperto alla luce del sole, piuttosto che all'interno della stalla con la sua aria fetida e l'odore di sangue e morte.

Qualche ora dopo, scavata un buca di dimensioni decenti, riportarono le pale all'interno. Si stava facendo buio. Non vedevano l'ora di mangiare qualunque zuppa fosse stata preparata per cena. Entrati nel fienile, videro gli altri seduti in cerchio che parlottavano tra loro.

"Rossi, Marchetti. Venite qui. Ci sono delle novità". Erivo gli fece cenno di sedersi. Aspettò un paio di minuti che tutti si fossero accomodati, poi si schiarì la voce. Fece un cenno ai due ragazzi che avevano portato a casa il corpo del loro amico.

"Innanzitutto, un ringraziamento a voi, che avete riportato il compagno D'Angelo alla sua famiglia. So che non è stato un compito facile, ma i genitori meritavano di riavere il figlio. È morto per la patria e per una giusta causa, lo ricorderemo per sempre".

Tutti chinarono il capo, come fossero in chiesa. Per un minuto regnò il silenzio.

"Mentre si trovavano in città, i compagni ne hanno approfittato per chiedere ragguagli ai nostri contatti. Sembra ci siano notizie interessanti dal quartier generale tedesco". Gli uomini si guardarono, chi spaventato, chi entusiasta.

"Uno dei nostri contatti, una donna che porta il cibo ai comandanti tedeschi, ha sentito parlare di un imminente arrivo da Roma. È nata in Alto Adige e quindi parla la lingua, cosa che per noi è molto utile. Avevano appena ricevuto un telegramma, ora alcuni ufficiali si stanno dirigendo a Urbino. Non è rimasta abbastanza a lungo nella stanza per saperne di più, ma ai nostri colleghi ha detto che sembrava una situazione fuori dal comune. Il Maggiore urlava ordini ai subordinati e sembrava si stessero preparando per qualcosa".

Erivo guardò gli uomini riuniti, con aria accigliata. "Ovviamente non abbiamo molte informazioni su cui basarci, ma dobbiamo comunque stare all'erta nel caso notassimo qualcosa di insolito. Dobbiamo saperne di più. Chi sta arrivando? Perché? È una nuova offensiva? Recluteranno dei civili? A sud è successo qualcosa? Gli Alleati stanno facendo progressi? Come sapete, dopo quello che è successo a Sassocorvaro vogliamo contrattaccare e forse è arrivata l'occasione che stavamo aspettando".

"Finalmente!" urlò qualcuno dal fondo del fienile. "Dobbiamo vendicarci di quei bastardi".

"E lo faremo" disse Erivo enfaticamente. "Ma non dobbiamo essere impulsivi. Dobbiamo usare le nostre poche risorse in modo saggio ed efficace. Ho spedito Esposito e Romano a Urbino, cercheranno di scoprire qualcosa d'altro e si aggireranno per i bar. Ci servono solo un paio di nazisti chiacchieroni ubriachi: Esposito conosce il tedesco abbastanza da capirli. Una volta che avremo un quadro più chiaro, potremo agire. Chiunque siano questi visitatori, arriveranno nel giro di un paio di giorni, quindi dobbiamo muoverci rapidamente. Per ora cominciamo a organizzarci, cerchiamo di dormire e prepariamoci a partire domani, se fosse necessario".

Alessandro si voltò verso Lorenzo, con il volto illuminato. "Ci siamo. Finalmente un po' di azione. Meno male. Mi stavo stufando di tutti questi compiti noiosi".

Lorenzo gli fece un debole sorriso. "Eh sì, era ora che combattessimo un po'".

Intorno a loro l'atmosfera si era fatta quasi festosa, il gruppo parlava di quello che forse stava per accadere.

Lorenzo non era così spavaldo. Nelle ultime settimane, assistere alla morte lenta e straziante di tanti giovani aveva indebolito la sua voglia di combattere. Credeva ancora nella causa e non aveva mai incontrato nessuno carismatico come Erivo Ferri. Odiava i tedeschi con ogni cellula del proprio corpo. La morte di Pietro lo aveva colpito in modo particolare: continuava a pensare a suo fratello Marco, che a scuola frequentava lo stesso anno di Pietro. Non osava nemmeno pensare a cosa volesse dire perdere qualcuno che si ama tanto per colpa di un proiettile sparato da un invasore.

Ma vivere all'addiaccio per un paio di mesi gli era pesato più di quanto avrebbe immaginato. Non c'era mai abbastanza da mangiare e Lorenzo sentiva il freddo entrargli nelle ossa. Da troppo tempo dormiva sui pavimenti duri dei fienili. Non riusciva a pensare ad altro che al letto che condivideva con Luca e alle conversazioni che avevano fino a tarda notte. Forse sarebbe dovuto rimanere alla fattoria a fare il contadino, invece di far finta di essere un soldato.

I suoi compagni si erano divisi in piccoli gruppi, alcuni stavano pulendo i fucili con pezzi di stoffa usurati. Si sentiva così distante da loro: voleva colpire gli invasori che seminavano il terrore nei paraggi, ma allo stesso tempo iniziava a dubitare che avrebbe avuto il coraggio di agire quando sarebbe arrivato il momento. Erivo interruppe i suoi pensieri.

"Rossi," gli disse a bassa voce, "ho notato che tu e Marchetti siete riusciti a procurarci tante merci necessarie, specialmente quel camioncino. Pensate di potervi occupare di un'altra faccenda per noi?" Fece un cenno ad Alessandro, che si affrettò a raggiungerli.

"Sentiamo cosa riesce a scoprire Esposito stasera a Urbino. Se avremo qualcosa di concreto, ho bisogno che domani sera vi rechiate alle vostre fattorie per avere altro carburante e munizioni, se possibile. Manderò fuori altri uomini, ma le vostre famiglie ci sono state particolarmente d'aiuto. Ringraziatele da parte nostra".

Lorenzo e Alessandro annuirono.

"Perfetto. Aspettiamo stasera e vediamo cosa salterà fuori. I prossimi giorni saranno a dir poco interessanti". Erivo diede una pacca sulle spalle ai due ragazzi e si diresse verso un altro gruppetto.

Alessandro guardò Lorenzo con aria gioiosa. "Vedi, amico mio? Siamo importanti, stiamo facendo la differenza. Quei bastardi dei tedeschi non capiranno nemmeno cosa li ha colpiti". Prese sottobraccio l'amico e lo tirò verso il fuoco, sul quale bolliva una grande pentola di zuppa. "Stasera sembrerà buona persino questa sbobba".

Quando Alessandro si versò un mestolo di zuppa nella tazza, Lorenzo seguì l'esempio dell'amico, anche se una sensazione di disagio gli attanagliava lo stomaco. Pregava in silenzio quel Dio in cui quasi non credeva più che, alla fine di quell'incubo, entrambi fossero ancora vivi.

Capitolo Venticinque

Mentre Pasquale si dirigeva spedito dal bar alle porte di Palazzo Ducale, il vento creava piccoli mulinelli di foglie in tutta la piazza. Rabbrividì nonostante il pesante cappotto invernale. Dopo la tregua del giorno precedente, il cielo plumbeo preannunciava l'arrivo di altra neve, e Pasquale era preoccupato. Fece un breve cenno alla guardia all'entrata e attraversò in fretta il cortile per raggiungere il suo ufficio. Era seduto da meno di cinque minuti quando Renon entrò di corsa con un foglio in mano.

"Stanno arrivando! Oddio, stanno arrivando. Ho appena ricevuto un altro telegramma. Si sono fermati a Perugia per prendere accordi sulle opere custodite in città, ma è successo un po' di tempo fa".

Pasquale prese il foglio e lesse il breve messaggio. Finalmente Lavagnino era in viaggio. Il telegramma era stringato e non parlava di risorse, quindi per scoprire qual era effettivamente la situazione avrebbero dovuto pazientare. Ma era finalmente arrivato il giorno in cui avrebbe scoperto se il suo audace piano poteva funzionare.

Per le ore successive, gli risultò difficile concentrarsi sui banali compiti amministrativi da umile burocrate. Pasquale faceva ripetute pause e vagava per le sale di Palazzo Ducale, visitando alcuni dei suoi angoli preferiti. Si soffermò nell'Appartamento del Duca, contemplando gli spettacolari dettagli dei pannelli lignei trompe-l'œil. Il Duca Federico avrebbe sicuramente approvato il suo piano per salvare alcune delle più grandi opere d'arte rinascimentale che il mondo avesse mai visto. Quell'uomo era stato un visionario, un umanista e il mecenate di alcuni di quei pittori. Pasquale lesse l'iscrizione latina sul muro che si diceva fosse il motto di Federico: "virtutibus itur ad astra". *Per le virtù si giunge al cielo*, rifletté Pasquale. Il Duca Federico avrebbe ritenuto il suo piano virtuoso, ne era sicuro. Si diresse alla piccola loggia e si fermò a guardare fuori dalla finestra, verso le colline e le montagne innevate. Nella valle aleggiavano ancora dei ciuffetti di nebbia. Il sole non era riuscito a far breccia tra le fitte nuvole: non era certo il tempo ideale per dare inizio a un viaggio così pericoloso.

Delle grida in lontananza interruppero i suoi pensieri: riconobbe la voce del suo curatore. Dovevano essere arrivati i visitatori. Pasquale si aggiustò la cravatta e lasciò la stanza. Mentre si precipitava giù per le scale incrociò Renon, che stava salendo a cercarlo. Non ebbero bisogno di dire nulla. Si preparavano a quel momento da settimane.

In cortile c'era un gruppo di uomini che fissavano le iscrizioni incise nella pietra sopra agli archi, su tutti e quattro i lati. Avvicinandosi, Pasquale si rese conto che uno di loro indossava un'uniforme tedesca. Il gruppo si voltò a osservare il giovane Sovrintendente che si dirigeva verso il centro del cortile. Il tedesco gli fece un piccolo saluto, tenendo sempre la testa ben alta. Un altro uomo si fece avanti e strinse la mano a Pasquale.

"Il signor Rotondi, presumo. Lasci che mi presenti: sono Italo Vannutelli, dal Ministero".

Pasquale si guardò intorno. "Lavagnino è qui?"

"No, giunti a sud della città abbiamo deciso di dividerci. Lavagnino è andato con i camion a Carpegna, dove credo che troverà delle casse da ritirare. Noi siamo venuti direttamente qui. Ho i documenti del Vaticano, quindi credo che non ci vorrà molto".

Vannutelli abbassò leggermente la voce. "Il gentiluomo che è con noi è il Tenente Scheibert della Kunstschutz. È la nostra protezione, se così si può dire". Sbatté rapidamente le palpebre.

Pasquale esitò per un istante, non sapendo cosa dire. "Benvenuto a Urbino, Vannutelli. Mi duole doverle dire che Lavagnino ha fatto un viaggio a vuoto. È già tutto qui al Palazzo Ducale. Avevamo pensato di facilitarvi le cose".

Vannutelli lo guardò, sorpreso. Renon e Pasquale si scambiarono un rapido sguardo, poi il curatore prese la parola.

"Signor Vannutelli, sono il signor Renon, uno dei curatori. Posso accompagnarla a Carpegna per incontrare Lavagnino e il convoglio, e poi riportare tutti qui a Palazzo Ducale. Cosa ne dice?"

"Speravamo di poter risolvere tutto rapidamente" disse Vannutelli. "Sembra che dovremo fermarci almeno una notte".

"Nessun problema" si affrettò a dire Pasquale. "Troverò delle stanze per tutti nell'albergo qui vicino. Come potete immaginare, non ci sono molti ospiti in questo periodo. Saranno ben lieti di accogliervi. Inoltre, organizzerò una cena per tutti. Cerchiamo almeno di renderla un'occasione di festa".

Pasquale sorrise imbarazzato. Per quanto cercasse di mantenere un'espressione il più distaccata possibile, la sua mente era in subbuglio. *Santo cielo, un ufficiale tedesco.* Era una sorpresa inaspettata e spiacevole, che avrebbe reso tutto più rischioso. Il funzionario avrebbe sicuramente prestato molta attenzione a ciò che veniva caricato sui camion. Iniziava a balenargli in testa un'idea folle, ma prima doveva parlare con un paio di persone fidate.

I pensieri di Pasquale furono interrotti dal tedesco, che si stava avvicinando a loro. L'uomo fece un inchino. "Tenente Scheibert della Kunstschutz. È un piacere conoscerla". Il suo italiano era buono, notò Pasquale.

"Benvenuto, Tenente. Come dicevo a Vannutelli, sembra ci sia stato un malinteso. Le casse destinate al Vaticano sono già qui. Il mio collega Renon accompagnerà il signor Vannutelli a Carpegna per incontrare Lavagnino e spiegargli tutto. Nel frattempo, ha bisogno di qualcosa?"

Il Tenente guardò alcuni fogli che aveva in mano. "Dovrei incontrare un certo Maggiore Heinrich. È stato avvertito del mio arrivo e, a quanto pare, oggi dovrebbe essere a Urbino".

Pasquale fece appello a tutta la propria forza mentale per non reagire platealmente. Le cose andavano di male in peggio. Pensò in fretta. "Nessun problema, Tenente. Le darò indicazioni per raggiungere il quartier generale tedesco. Hanno occupato uno degli edifici comunali".

Non c'era ombra di giudizio nella sua voce: cercava di sembrare il più neutrale possibile.

L'ufficiale gli fece un piccolo, rigido inchino. "Va bene, signore. Procediamo".

Dieci minuti più tardi, Renon e Vannutelli erano in viaggio verso Carpegna e il tedesco era andato a incontrare il Maggiore.

Pasquale tornò rapidamente in ufficio e telefonò subito a casa. "Zea, ho bisogno di te".

La moglie lo ascoltò pazientemente mentre le spiegava cos'era successo. Fece un fischio. "Beh, questo è un colpo di scena. Penso che Scheibert lo possiamo gestire. Almeno la sua presenza rende tutto ufficiale. Mi preoccupa il ruolo del Maggiore in tutto questo. Sappiamo di cosa è capace".

"Sì, hai ragione" disse Pasquale malinconicamente. "Ascolta... io avrei un'idea. E prima che lo dica tu, sì, è un'altra idea folle. Ho proposto di vederci per cena questa sera. Se te la senti di partecipare e riesco a convincere anche Elena a venire, magari riusciremo a distrarre questo ufficiale. È nella Kunstschutz. Il suo compito è tutelare l'arte, deve saperne per forza qualcosa. Tra me, te ed Elena, potremmo andare avanti per ore parlare di questo argomento. Per tenerlo, come dire, a bada, potremmo recuperare alcune bottiglie del rosso conero che avevamo messo da parte e fare una festa. Intanto posso chiedere a Renon e agli altri di cominciare a caricare i camion. Dirò che è per risparmiare tempo, così che domattina possano partire presto. Se siamo fortunati, il tedesco si divertirà così tanto che presterà meno attenzione a quello che accade intorno a lui".

All'altro capo del telefono c'era silenzio. Per un attimo Pasquale pensò che fosse caduta la linea. Poi sentì la risata della moglie.

"Pasquale, non smetti mai di sorprendermi. Sì, è un'idea folle. Ma sarò felice di farti da esca. Stai attento, però, a come esporrai questa trovata alla famiglia di Elena, perché non sono sicura che suo padre lo riterrà un buon piano".

Sollevato dalla disponibilità di Zea, Pasquale le disse che sarebbe andato a casa di Elena per convincerla a unirsi a loro e poi sarebbe passato a prenderla. Si attivò rapidamente per far bloccare le stanze in albergo e per chiedere alla proprietaria di pensare a cosa si potesse mettere in tavola con così poco preavviso.

"Digli che il museo coprirà tutti i costi" disse avventatamente. Si sarebbe preoccupato del denaro una volta conclusa quell'avventura.

Un'ora più tardi, i genitori di Elena erano stati rassicurati che Pasquale e sua moglie si sarebbero presi cura della loro figlia durante quella cena improvvisata e avevano acconsentito che partecipasse. Elena si era rapidamente cambiata ed era partita con il capo per andare a prendere Zea. Appena varcata la soglia della fattoria, Pasquale le rivelò il vero piano.

"Pensi che Luca potrebbe darci una mano stasera?" chiese lei. Era orgogliosa che Pasquale volesse coinvolgerla, ma anche spaventata all'idea che alla cena ci sarebbe stato il Maggiore Heinrich. Avere vicino Luca le avrebbe dato un po' di coraggio.

"È un'ottima idea. Ci serve tutto l'aiuto possibile per caricare rapidamente i camion. Passiamo dai Rossi e chiediamoglielo".

Per la seconda volta in due giorni, Elena e Pasquale entrarono nel cortile di Ca'Boschetto. Cominciava a fare buio e l'aria era più fresca: Elena era contenta di essersi ricordata di prendere il suo caldo cappotto invernale. Paolo, Leonardo, Luca e i gemelli stavano tornando dalle colline. Viste le poche ore di luce, in inverno le giornate di lavoro erano più corte. I cinque uomini salutarono i nuovi arrivati e Luca cercò di non fissare troppo Elena, che aveva le guance arrossate per il freddo ma gli occhi nocciola che le brillavano. Sentiva un'ondata di gioia ogni volta che

posava gli occhi su di lei.

Per la terza volta, Pasquale spiegò il suo piano per quella sera, ma questa volta fu più esplicito di quanto non fosse stato a casa di Elena. Sapeva che Paolo avrebbe capito che era l'unico modo per tenere in piedi il piano.

"Vai pure, Luca" disse subito il padre. "A tua madre ci penso io. Siamo arrivati fin qui, tanto vale cercare di finire il lavoro. Buona fortuna a tutti. Ricordati che il bicchiere sempre pieno deve essere quello del bastardo, Pasquale, non il tuo".

Pasquale rise. "Beh, non ci possiamo certo permettere di ubriacarci.

Dobbiamo rimanere lucidi. Grazie, Paolo. Sembra che io sia di nuovo in debito con te".

I due uomini si strinsero la mano. Luca entrò in macchina. Era felice di avere un'altra occasione di stare con Elena, ma era anche nervoso. Era rimasto sconcertato dalla notizia che il Maggiore potesse essere in qualche modo coinvolto. Quell'uomo aveva dimostrato quanto potesse essere crudele e dispotico. Luca sperava che il tedesco non decidesse di trattenersi troppo a lungo quella sera: la serata che li attendeva era già abbastanza stressante, senza doversi anche preoccupare che il Maggiore Heinrich potesse scoprire il loro stratagemma.

Capitolo Ventisei

Mentre entravano nella piazza di Palazzo Ducale, gli occupanti dell'auto notarono che c'erano sei camion già parcheggiati, sorvegliati da un paio di soldati tedeschi. Pasquale imprecò sottovoce alla vista di quegli uomini. La moglie si chinò in avanti e gli accarezzò la mano.

"Mio caro, respira. Ce la faremo".

I quattro uscirono dalla macchina ed entrarono a Palazzo Ducale. Nel cortile c'erano altri uomini che conversavano tra di loro, mentre il Maggiore Heinrich e il Tenente Scheibert se ne stavano da una parte e parlottavano a bassa voce. Renon vide i nuovi arrivati e fece loro un cenno, con un sorriso sul volto che tradiva il suo sollievo. Un uomo che Elena e Luca non conoscevano si avvicinò.

"Signor Rotondi, ci incontriamo di nuovo. Beh, questa impresa si fa sempre più interessante". Si tolse il cappello e fece un inchino a Zea ed Elena. "Signor Lavagnino, per servirvi. E chi sono queste belle signore?"

Pasquale gli strinse la mano e fece le presentazioni. Fu ben attento a far passare Luca come uno dei suoi assistenti: sapeva che era meglio che tenesse un profilo basso. Prima che potesse dire altro, il Maggiore Heinrich si unì a loro. Indugiò su Elena per qualche secondo.

"Signorina Marchetti, dobbiamo smetterla di incontrarci così.

Sembra che lei sia ovunque. Allora, Rotondi, ho letto la documentazione. Sembra tutto a posto. Se il Papa vuole i suoi beni, chi sono io per fermarlo, giusto?"

Il Maggiore sorrise al gruppo. "Dove si trovano ora i pezzi? Qual è il piano?"

Lavagnino prese la parola. "Confido che il buon Sovrintendente abbia la situazione sotto controllo. È senz'altro più semplice ora che sappiamo che è tutto qui a Palazzo Ducale".

Seguì un silenzio imbarazzato, interrotto da Zea. "Sono sicura che il Tenente Scheibert vorrà sapere dove dormirà questa notte, vero?"

Fece uno dei suoi sorrisi smaglianti al Tenente, che sembrava confuso. "Lasci che l'accompagni in albergo, così che possa riposare un po' prima di cena. Io ed Elena ci occuperemo degli ultimi dettagli della cena. Sono sicura che, dopo tutte queste ore in strada, vogliate mangiare qualcosa di decente".

Si rivolse al Maggiore. "Vuole unirsi a noi per cena, Maggiore? Non so cosa siamo riusciti a trovare con così poco preavviso, ma ho delle bottiglie di vino locale che tenevamo da parte per un'occasione speciale. E l'occasione potrebbe essere proprio questa. Sono fuori, in macchina. Andiamo?"

Spiazzato, il Maggiore fece un cenno di assenso.

"È fatta, allora. Ora andiamo in albergo e lasciamo che gli esperti definiscano i dettagli delle pratiche burocratiche".

Zea prese Elena sottobraccio e si avviò verso le porte di Palazzo Ducale. Come ipnotizzati, il Maggiore e il Tenente le seguirono.

Lavagnino li guardò allontanarsi, poi emise un breve fischio. "Buon Dio, Rotondi, sua moglie è un bel tipo, eh? Questa è la mossa migliore che potesse fare. Forza, mi faccia vedere cosa avete nascosto qui, così possiamo decidere come procedere".

Si avviarono verso l'arco su un lato del cortile, che si apriva su un ripido pendio che conduceva ai sotterranei di Palazzo Ducale. Luca li seguì, allarmato per quanto accaduto. Odiava il fatto che Elena si fosse allontanata con quel mostro. Ora sembrava che avrebbero trascorso diverse ore insieme: immaginò dovesse essere alquanto nervosa. Il proprio compito gli sembrò improvvisamente semplice.

Il gruppo scese fino al piano inferiore. Lavagnino fissò gli enormi soffitti a volta e le stanze cavernose. "Mi avevano detto che questo palazzo era una meraviglia architettonica ma, diamine, è splendido".

Pasquale gli spiegò che il Duca si era assicurato che il progetto del palazzo prevedesse la presenza di tutte le comodità moderne. "O almeno, quelle che erano considerate comodità moderne nel 1445". Questo significava enormi stalle per i cavalli con accesso facile alla strada, lavanderie, magazzini, grandi cucine per preparare da mangiare e anche un sistema sotterraneo di riscaldamento dell'acqua, che consentisse al Duca e alla Duchessa di godersi dei bagni caldi.

Lavagnino fece un fischio. "Quell'uomo era un genio. È un posto fantastico dove venire a lavorare ogni giorno, Rotondi".

Pasquale annuì. "Mi considero fortunato. E, ovviamente, questo posto sotterraneo ci ha permesso di avere spazio a disposizione per nascondere le nostre casse. L'esercito italiano nasconde gli armamenti nel sistema idrico sotterraneo da quando è iniziata la guerra. Hanno pensato che così le armi sarebbero state al sicuro, anche se gli Alleati avessero bombardato Palazzo Ducale, cosa che, a proposito, hanno concordato di non fare, vista la sua importanza storica. Quindi abbiamo evitato il sistema idrico e abbiamo guardato altrove".

Portò il ministro in una delle stanze in cui lui e il signor Montagna avevano costruito i muri finti. Il giorno prima aveva chiesto al muratore di passare e rimuovere parte dell'intonaco, così da poter avere accesso alle casse.

Lavagnino ispezionò il lavoro e sorrise a Pasquale. "Anche lei, amico mio, è un genio. Tutto questo è incredibile. Di quante opere stiamo parlando?"

"Circa diecimila, credo" disse Pasquale.

"Santo cielo. Beh, meglio mettersi al lavoro. Come ci organizziamo?"

Pasquale gli espose il suo piano. Lavagnino convenne che la cena era un buon espediente che avrebbe tenuto i tedeschi occupati per buona parte della serata. Pasquale spiegò che avevano intenzione di far entrare i camion a Palazzo Ducale passando per le stesse porte utilizzate secoli prima dai cavalli. In questo modo, non avrebbero dovuto fare troppa strada per caricarli, avrebbero potuto lavorare molto più velocemente e sarebbero stati al riparo da occhi indiscreti.

Fatti due conti e scarabocchiato qualcosa su un pezzo di carta, calcolarono che con il primo viaggio avrebbero potuto trasportare poco più di cento casse. Pasquale si allarmò, ma subito Lavagnino lo rassicurò che sarebbe tornato all'inizio del nuovo anno. "Se riusciamo nel nostro intento, il Vaticano vorrà ricevere anche il resto del carico. E la prossima volta non avremo problemi".

Pasquale capiva la logica del ragionamento, ma era comunque nervoso. Non gli piaceva per niente l'idea di dover custodire il resto dei tesori per qualche altra settimana. Chi poteva sapere cosa sarebbe potuto succedere nel frattempo?

Lavagnino notò il suo disagio e gli mise una mano sulla spalla per rassicurarlo. "Ce la faremo, mi creda. Lei e la sua squadra avete già fatto l'impossibile. Quando si è sparsa la voce, a Roma nessuno credeva che ce l'avreste fatta. Ci siete riusciti, proprio sotto il naso dei tedeschi e dei fascisti. Questa serata sarà stressante, lo so. E lo saranno anche i prossimi giorni. Ma sono fiducioso che riuscirò a portare a Roma queste opere d'arte e queste partiture musicali e presto avremo motivo di festeggiare".

Pasquale lo ascoltava: quell'uomo era estremamente sicuro che tutto sarebbe andato per il meglio. Si girò verso Luca. "Lavagnino, questo bravo ragazzo ci ha aiutato a procurarci un camioncino in più. Si è detto disponibile a unirsi al convoglio che si dirigerà a Roma, se dovesse avere bisogno di aiuto".

Lavagnino guardò Luca, penetrandolo con lo sguardo come a cercare di studiarlo. "Se posso permettermi, è un'offerta piuttosto avventata. Il viaggio verso Roma sarà duro, con le buche, il brutto tempo e il rischio costante di un bombardamento degli Alleati o di un posto di blocco. Poi dovresti tornare da solo a Urbino. E questo potrebbe essere ancora più pericoloso: un giovane in età militare che va in giro da solo per l'Italia centrale. Immagino che gli uomini di Mussolini ti costringerebbero a unirti alla loro causa".

Luca guardava a terra, cercando di raccogliere i pensieri. Aveva bisogno che quell'uomo così importante venuto da Roma capisse le sue motivazioni. "Penso solo che ci siano più modi di vincere questa guerra, signore. Mio padre e..."

Dopo un attimo di pausa, riprese a parlare: le parole incespicavano le une sulle altre. "Mio padre e la donna che amo pensano che queste opere debbano essere salvate, e sono le persone più sagge che conosco. Non sono uno studioso, signor Lavagnino, e non ne capisco molto di arte. Ma so che sentire un colombaccio che canta alla sua compagna di buon mattino mi rende felice. E vedere il sole tingere di rosso e arancio le nuvole, mentre tramonta dietro le colline della nostra valle, mi fa dimenticare per qualche minuto il dolore alle spalle, perso come sono a contemplare la sua bellezza. Da bambino vedevo i dipinti sulle pareti di questo palazzo e suscitavano in me emozioni simili. Un giorno voglio poter portare qui mio figlio e mostrargli quegli stessi dipinti".

Gli altri lo guardarono con rinnovato interesse. Pasquale si rese conto di non aver mai sentito Luca parlare così tanto in un volta sola.

Lavagnino gli tese la mano. "Ragazzo, questa è la motivazione migliore che abbia sentito finora. Sarebbe un onore averti nella mia squadra".

Colto di sorpresa, Luca gli strinse la mano. "Grazie, signore. Cercherò di essere di aiuto". Provò un turbinio di emozioni: paura per il viaggio che stava per intraprendere, imbarazzo per essersi messo a nudo con uno sconosciuto, orgoglio per il fatto che quell'uomo avesse trovato convincenti le sue parole. Non vedeva l'ora di parlarne con Elena.

"Beh, cosa stiamo aspettando?" disse Pasquale. "Portiamo dentro i camion e iniziamo a caricare. Abbiamo un'ora prima di cena, Lavagnino, perciò possiamo già iniziare a fare qualcosa. Lascerò il comando a Renon mentre siamo a cena. Conosce questa lista quanto me". Per la prima volta negli ultimi mesi, Pasquale si sentiva fiducioso. Se fossero sopravvissuti a quella serata senza che i tedeschi scoprissero che stavano caricando tanta merce in più, allora avrebbero avuto ottime probabilità di successo. Poi, una volta partito, il destino del convoglio era nelle mani degli dèi.

Capitolo Ventisette

Erivo alzò lo sguardo mentre Esposito e Romano entravano frettolosamente nel fienile. Per tutta la mattina aveva cercato di tenersi occupato mentre aspettava, non sempre pazientemente, il loro ritorno da Urbino. Sapendo quanto fossero precisi i due ragazzi quando erano in missione, si aspettava che tornassero solo una volta sondata ogni possibile fonte di informazione, ma era stata dura essere all'oscuro di cosa accadeva in città per così tante ore. Temeva che qualcuno li avesse denunciati alle autorità o che uno di loro avesse fatto un errore di valutazione che li aveva messi nei guai. Ora erano davanti a lui, emozionati e desiderosi di condividere le notizie. Ben conscio che gli uomini e le donne che erano lì si erano girati verso i compagni e che erano in trepidante attesa, Erivo fece loro cenno di seguirlo fuori.

Si posizionarono a diversi metri dall'ingresso del fienile. Faceva freddo e il cielo coperto minacciava neve.

"Sembra che stiate per scoppiare, compagni. Forza, ditemi cosa avete scoperto".

Prima di parlare, Esposito guardò il suo amico in cerca di rassicurazioni. "Abbiamo saputo molte cose. Proprio come previsto, dopo un paio di birre sono tutti pronti ad aprire la bocca se pensano che nessuno di importante sentirà quello che dicono".

Confermò che i tedeschi attendevano l'arrivo di visitatori importanti. Il Maggiore era arrivato al quartier generale il giorno precedente. Ma nessuno dei presenti al bar aveva idea di chi stesse per arrivare o del motivo per cui stessero venendo a Urbino.

"Quindi abbiamo deciso di passare la notte da mio cugino" disse Romano continuando il racconto. "Abbiamo pensato che se la mattina dopo fossimo stati ancora in città, avremmo potuto scoprire altro. Quindi siamo andati in un paio di vecchi luoghi di ritrovo, come il bar a Piazza della Repubblica o la macelleria di mio zio, ma nessuno sapeva nulla. Poi Carlo ha avuto la brillante idea di andare a trovare una vecchia fiamma". Romano diede una gomitata all'amico, che arrossì.

"Fa la cameriera all'albergo. Insomma, quando siamo arrivati all'ingresso posteriore ci siamo accorti che all'interno l'attività ferveva. Siamo rimasti in cortile a fumare, poi quando non siamo riusciti a sentire più nulla ci siamo spostati all'interno. Sembra che qualcuno stesse chiedendo alcune stanze per la notte, per un gruppo appena arrivato da Roma. E con questa persona c'erano dei soldati tedeschi".

I due guardarono Erivo, alla ricerca di una reazione a questa notizia bomba. Ma lui rimase impassibile, così Romano si sbrigò a proseguire. "L'amica di Carlo ha detto che la proprietaria dell'albergo gli aveva chiesto dove fossero i loro veicoli e si era sentito rispondere che avevano dei camion e che erano parcheggiati a Palazzo Ducale".

"E non è tutto" disse Esposito. "Stasera all'albergo ci sarà una cena. Uno degli ospiti è il Maggiore Heinrich, non so chi siano gli altri. Comunque, la mia amica ha detto che chiunque siano queste persone, hanno fretta. Dovrebbero ripartire domani mattina. Le cameriere si lamentavano perché avrebbero dovuto pulire le stanze e lavare di nuovo le lenzuola dopo appena una notte".

Erivo era colpito. Erano tutte informazioni utili. Non sapevano ancora quale fosse lo scopo di quel viaggio, ma doveva essere qualcosa di importante se era coinvolto addirittura il Maggiore. Riflettè su quegli aggiornamenti per qualche minuto. Poteva essere l'occasione che stavano aspettando. Qualunque cosa stesse accadendo, i tedeschi erano coinvolti: era un dato di fatto. Se il gruppo avesse creato scompiglio, avrebbe mandato a monte qualunque complotto fosse in atto.

Emilio diede una pacca sulla spalla ai due giovani. "Bel lavoro, ragazzi. Aspettare fino a stamattina è stata una grande idea: abbiamo molte più informazioni. Sembra sia giunto il momento di organizzare una piccola sorpresa per i visitatori. Va bene, datemi il tempo di rifletterci. Non dite ancora nulla agli altri. Entrate e prendete qualcosa da mangiare... anche se immagino che la tua 'amica' ti avrà dato un pasticcino o due".

I due risero e Romano diede un'altra gomitata nel costato all'amico. Tornarono al fienile, lasciando Erivo a escogitare la prossima mossa.

Trenta minuti dopo, Erivo tornò dentro e richiamò tutti all'ordine. Si fermò su una cassa rovesciata, studiando i volti che lo guardavano trepidanti. Si era affezionato a quel gruppo male assortito: ingenui adolescenti appena usciti dall'infanzia; comunisti più anziani e cinici, che avevano predicato per anni contro lo Stato fascista e avevano finalmente trovato il loro riscatto; donne temprate dalla vita e con corpi possenti, che volevano fare la loro parte invece di rimanere passivamente a casa. Erano tutti esausti, sporchi e malnutriti, ma comunque determinati. Ogni volta che il gruppo perdeva un compagno, come era successo diverse volte nelle ultime due settimane, Erivo ne era particolarmente colpito: si sentiva responsabile di ogni singola vita, sapendo che le sue decisioni mettevano tutti in pericolo. Eppure, stava per farlo di nuovo.

"Va bene, ascoltate. Ci sono tante notizie da condividere. Ieri sera Esposito e Romano hanno saputo che i tedeschi erano in attesa di ospiti importanti. Si parlava di un gruppo di persone in arrivo da Roma e il Maggiore Heinrich era in città per accoglierle. Questa mattina hanno avuto conferma che questi ospiti sconosciuti sono effettivamente arrivati e trascorreranno la notte in città. Ma, e questa è la cosa più importante, ripartiranno domani mattina".

Erivo fece una pausa e si guardò intorno. Voleva essere sicuro di avere ancora l'attenzione di tutti.

"Cos'è venuto a fare questo gruppo? Possiamo fare un'ipotesi. Sono arrivati con dei camion, non con delle macchine: è un dettaglio importante. Sappiamo che ci sono armamenti custoditi nell'antico sistema idrico sotterraneo: le nostre forze armate hanno utilizzato quei cunicoli prima che arrivassero i tedeschi e da allora gli invasori hanno continuato a immagazzinare armi e munizioni. Quei tunnel hanno resistito per secoli e sono molto al di sotto del suolo, per cui la cosa ha senso. Le bombe aeree non possono raggiungerli".

Tutti gli occhi erano puntati su di lui. Erano tutti rapiti. Erivo alzò leggermente la voce. "Sono convinto che il convoglio sia venuto per portare parte di queste armi a sud. Forse in prima linea sono a corto. Gli Alleati si stanno muovendo rapidamente verso nord, quindi avrebbe senso, chi lo sa? Ma qualunque sia il motivo che li porta qui, questo convoglio sarà il nostro obiettivo principale se decideremo di agire. E se hanno in programma di andarsene domani, dobbiamo muoverci rapidamente. Come sapete, c'è un'unica strada principale che porta da Urbino verso sud, con molte curve a gomito. Abbiamo diverse opzioni per organizzare un'imboscata, ma solo per i primi chilometri. Dopo la strada diventa dritta e aperta, fino a poco prima di Fossombrone. Arrivati lì si può girare a destra e attraversare le montagne per andare verso Roma, oppure girare a sinistra per andare verso la costa e il porto di Ancona. Non abbiamo idea di quale strada prenderà il convoglio, perciò dobbiamo colpirli appena fuori dalla città".

La stanza si era riempita di energia. Erivo percepì il sottile cambiamento: erano rimasti fermi troppo tempo e questo piano prospettava un po' di azione. Tutti iniziarono a parlottare tra di loro e nel fienile si creò un brusio di sottofondo.

Erivo alzò la mano per chiedere silenzio. "Come dicevo, se pensano di muoversi domani, dobbiamo agire in fretta. Vi dividerete in piccoli gruppi. Alcuni andranno subito a Urbino alla ricerca di informazioni più precise sul numero di persone e di veicoli coinvolti. Io guiderò un piccolo gruppo di ricognizione e ci recheremo in periferia per individuare il punto giusto per attaccarli. Guardando le mappe, vorrei concentrarmi sul tratto di strada prima della stazione. Ci dovrebbero essere un paio di punti che potrebbero fare al caso nostro. Una volta scelto il luogo, torneremo verso uno dei nostri rifugi appena fuori dalla città. Ho già parlato con un paio di voi riguardo al procurarsi altre munizioni: ci serviranno scorte appena possibile, quindi anche questo gruppetto dovrà uscire questa sera. Dopo mezzanotte portate al rifugio concordato tutto ciò che riuscite a reperire, poi ci riuniremo di nuovo. Dobbiamo partire di buon'ora ed essere sul posto prima che sorga il sole".

Esitò per un attimo. Sapeva di chiedere molto e il tempo era poco. Sarebbe stato un miracolo realizzare il piano. Erivo sapeva anche di dover scegliere attentamente gli uomini chiave del gruppo. Quelli che avrebbero teso l'imboscata dovevano essere soldati esperti. Non poteva permettersi di coinvolgere novizi o qualcuno che potesse crollare nel momento critico. Doveva affrontare un'altra deprimente realtà: le armi, le granate e gli ordigni incendiari che avevano non potevano essere gestiti che da gruppi ridotti al minimo. Doveva essere un attacco mirato.

"Va bene. Datemi dieci minuti per stilare le liste, poi partiremo. Chi non volesse partecipare, me lo faccia sapere. Sarà una missione pericolosa, voglio solo gente con le spalle forti. È già buio, dobbiamo muoverci in fretta".

Erano tutti galvanizzati. I giovani si alzarono subito in piedi e si accalcarono intorno a Erivo, sperando di essere scelti. I più anziani, sicuri che il capo avrebbe scelto i combattenti esperti, iniziarono a prendere i fucili e a parlare a bassa voce tra loro.

Improvvisamente, una voce femminile iniziò a cantare le parole struggenti di uno dei loro inni più noti. Le voci degli altri si unirono, una dopo l'altra, fino a che il gruppo non si ritrovò a cantare all'unisono.

Una mattina mi son svegliato,
o bella, ciao!
bella, ciao!
bella, ciao, ciao, ciao!
Una mattina mi son svegliato,
e ho trovato l'invasor.

E se io muoio da partigiano,
o bella, ciao!
bella, ciao! bella, ciao, ciao, ciao, ciao!
E se io muoio da partigiano,
tu mi devi seppellir.

. . .

Quelle parole tormentate riempirono il fienile. Erivo sentì l'anima in subbuglio. Si asciugò furtivamente una lacrima dall'occhio. Pregò di non dover seppellire nessuno quando tutto questo fosse finito.

Capitolo Ventotto

Elena si fermò davanti al grande camino e fissò le fiamme. Continuava a guardare la porta, sperando che Pasquale arrivasse prima degli ufficiali tedeschi.

"Elena, mi serve aiuto", le disse Zea dall'altro lato della stanza. "Non so dove far accomodare tutti".

A malincuore, Elena si girò e si avviò verso il tavolo. La piccola sala da pranzo dell'albergo era stata trasformata. La luce delle candele proiettava ombre sugli affreschi sbiaditi del soffitto e sulle pareti imbiancate, dando quel tocco di importanza alla stanza. L'argenteria brillava nel contrasto con le tovaglie di lino e sembrava che la proprietaria dell'albergo avesse apparecchiato con i suoi migliori bicchieri di cristallo. Zea scribacchiava su un pezzo di carta.

"Odio farti questo, ma sarebbe un problema se ti mettessi vicino al Tenente? Sono sicura che gli interesserebbe sentire del periodo che hai passato alla Pinacoteca di Brera a Milano. Per essere in quell'unità per la tutela dell'arte deve essere un esperto, non c'è dubbio".

Elena deglutì forte e annuì. Era molto nervosa per la cena, ma sapeva che distrarre i tedeschi era fondamentale per permettere di caricare le casse sui camioncini senza problemi.

Guardò Zea. "Dove farai sedere il Maggiore?" Anche solo a pensare a lui Elena sentiva salire la nausea.

"Mi immolerò io per quel compito" disse Zea con una smorfia. "Non ti preoccupare. Nella mia carriera sono stata seduta vicino a così tanti storici dell'arte o direttori di musei pieni di sé, convinti di essere più intelligenti di me. Non mi spaventa di certo un arrogante ufficiale tedesco. Nemmeno uno che ha dimostrato di non avere umanità".

Elena fece un impercettibile sorriso. Ammirava molto la moglie di Pasquale. Zea era una donna forte e sicura di sé, brillante nel suo lavoro e che sembrava avere il rapporto perfetto con il marito, talentuoso quanto lei. Elena aspirava ad avere un matrimonio come il loro.

Neanche a farlo apposta, la porta si aprì ed entrarono Pasquale e Lavagnino, con i volti arrossati dal freddo e i qualche fiocco di neve tra i capelli.

"Mio Dio, fuori è inverno" disse Pasquale. "Sempre la solita fortuna: ha ricominciato a nevicare. Se continua così, il viaggio di domani sarà durissimo".

Lavagnino annuì, poi si tolse il soprabito e lo scrollò. "Ma finora siamo andati benissimo. La vostra organizzazione e i vostri elenchi mi hanno colpito. Se riusciamo a far andare avanti la cena per un paio d'ore, gli altri avranno tempo di finire di caricare prima di tornare a Palazzo Ducale".

Pasquale diede un bacio sulla guancia alla moglie e sorrise a Elena. "Tutto pronto, signore?"

"Tutto pronto. Ora mancano solo gli ospiti. A proposito, ho studiato bene la disposizione dei posti". Zea fece l'occhiolino ai due uomini.

Lavagnino rise. "Bellissima e intelligente: una combinazione letale. Siamo nelle sue abili mani, signora Rotondi".

I quattro italiani alzarono lo sguardo quando udirono le voci dei tedeschi che si facevano sempre più vicine.

"Ce la faremo" disse Zea e si avviò alla porta con un gran sorriso sulle labbra.

Un'ora dopo, la stanza era piena di fumo di sigarette e di rumori di coltelli e forchette che sfregavano sui piatti di porcellana. Elena sentiva che stava per venirle mal di testa e per questo cercava di bere molto lentamente. Il suo vicino, invece, si versava da bere generosamente e il volume della sua voce aumentava a ogni bicchiere di vino mandato giù.

"Devo dire, signorina Marchetti," disse il Tenente, mettendo la mano sinistra su quella di Elena, che era appoggiata sul tavolo, "quando ho accettato di partecipare a questo viaggio, non pensavo che avrei trascorso una serata in così piacevole compagnia".

Guardò in modo lascivo Elena, che cercava di non fissare le macchie di vino rosso sulla giacca del soldato. Sforzandosi di non rabbrividire, sfilò la mano con la scusa di prendere il coltello per tagliare un altro pezzo di maiale arrosto.

"Il lavoro che fa per la Kunstschutz è certamente affascinante, Tenente. Mi dica, chi è il suo preferito tra tutti gli artisti rinascimentali dei quali sta cercando di proteggere le opere durante questo periodo difficile?"

Era surreale trovarsi a conversare con un cittadino della nazione direttamente responsabile per i pericoli che minacciavano l'arte, ma Elena continuò. "A me piace molto Raffaello, ovviamente, ma a Urbino non troverà nessuno che dica diversamente. È nato qui, per cui dobbiamo molto a lui e al suo genio".

Il Tenente annuì. "Non mi permetto di dissentire. Parliamo di un artista talentuoso, ovviamente. Ma, personalmente, ho un debole per Caravaggio. Mi piace vedere un po' di brutalità quando si tratta di arte. Raffaello è un po' troppo delicato per i miei gusti".

Sorrise a Elena, infilzando un pezzo di carne con la forchetta, come a sottolineare quanto detto. Al pensiero di Luca e degli altri che caricavano le casse sui camion, Elena sentì salire la nausea. Diede un'occhiata agli altri commensali, per capire come andavano le loro conversazioni.

Zea riusciva a sembrare colpita dai lunghi aneddoti del Maggiore sulla sua carriera nell'esercito tedesco. Le stava facendo un resoconto dettagliato della battaglia di inizio anno per la Sicilia, il che, alle orecchie di Elena, suonava come una lunga litania sull'incompetenza dei comandanti italiani durante la campagna.

"Dei palloni gonfiati, tutti quanti" disse il Maggiore con la chiara intenzione di deridere gli italiani. "Nessun senso della strategia. Sono stati fatti fin troppi errori". Bevve un altro sorso di vino, come a volersi togliere un brutto sapore dalla bocca. "Se avessimo avuto noi il comando, non avremmo perso l'isola".

Zea annuì, il volto impassibile. Il Maggiore lo prese come un segnale che poteva proseguire la sua invettiva.

"La mia unità è stata costretta a ritirarsi sotto il fuoco nemico. Siamo stati fortunati a perdere solo una decina di uomini. Non è così che pensavo di chiudere la mia esperienza sul campo di battaglia, glielo assicuro".

"Non ne dubito affatto" disse Zea in tono conciliante. "Urbino è lontana dalla Sicilia. Come mai è finito qui?" Si chinò in avanti, con fare amichevole.

"Non è stata di certo una mia idea, mia cara signora" disse il Maggiore Heinrich. Si accigliò e guardò gli altri commensali. "Non era mia intenzione finire in questo angolo sperduto a tenere in riga dei contadini". Elena si chiese se in quella definizione fossero inclusi gli italiani seduti al tavolo con lui.

"Ma io vado dove c'è bisogno di me. Dobbiamo tenerci stretto il nord, qualunque cosa accada. Ho intenzione di sorvegliare bene la mia zona. Non tollererò insurrezioni. Al minimo accenno, io mi attivo per eliminare il problema".

Immagino parli anche dei bambini di nove anni, pensò Elena amaramente. Fece appello a tutte le proprie forze per non lanciare un'occhiataccia al Maggiore. Non sapeva come Zea riuscisse a mantenere quell'espressione imparziale.

"Ancora un paio di mesi per dimostrare il mio valore, poi chiederò di tornare al sud in prima linea. Hanno bisogno di più uomini come me per prendere le decisioni importanti, altro che quegli italiani inaffidabili".

Elena riconobbe quel tono indignato. Alla Pinacoteca aveva visto come funzionavano le dinamiche interne: giovani uomini ambiziosi lottavano per ottenere le posizioni più proficue e si lamentavano quando venivano ignorati o, peggio ancora, declassati. Il Maggiore pensava di essere destinato a grandi cose e adesso era amareggiato perché la sua grandezza non era stata notata. Nel mondo dell'arte, gli uomini come lui potevano essere visti come delle seccature; ma era tutt'altra cosa quando avevano il potere di giustiziare sommariamente le persone. Al pensiero degli uomini nei sotterranei di Palazzo Ducale, Elena rabbrividì.

Come se le avesse letto nel pensiero, all'altro capo del tavolo il Maggiore fece sentire la propria voce. "La cena è deliziosa, ma prima o poi dovremo andare a controllare i camion. Devo assicurarmi che ci siano tutti i pezzi indicati sulla lista del Vaticano".

Pasquale cercò di non guardare Lavagnino. "Se ne sta occupando il mio curatore principale, Renon. Ha una copia della lista e so quanto è scrupoloso".

"Può darsi, Rotondi, ma io ho ricevuto ordini precisi. Non vorrei che il Papa si lamentasse con i miei superiori perché la sua pala d'altare preferita non è arrivata a Roma".

Il Maggiore Heinrich guardò gli altri commensali con il sorriso sulle labbra, ma Elena percepì il tono tagliente della sua voce.

"Beh, Maggiore, quello che ha più da perdere sono io" disse il Tenente Scheibert. "Dopo tutto, sono io ad aver approvato questo viaggio e ad avere la responsabilità del convoglio fino al ritorno".

Il Maggiore lo gelò con lo sguardo. "Credo che capirà che, finché si trova in questa città, sono io al comando. E si dà il caso che io sia a capo di un gruppo di veri soldati, invece che di un gruppetto di storici dell'arte come lei".

La temperatura della sala sembrava essere scesa di qualche grado. Zea prese una bottiglia di vino e riempì il bicchiere del Maggiore. "Signori, fonti sicure mi dicono che lo chef ha una piccola forma di parmigiano stagionato. E ho visto una bottiglia impolverata di vinsanto, che si abbinerebbe splendidamente".

Il Maggiore alzò il calice e fece un inchino nella sua direzione. "Mi sembra un'idea squisita, signora Rotondi. E se quel vinsanto è buono quanto questo rosso conero, allora sarà la conclusione perfetta per il pasto. In tal caso, sono ben felice di attendere un altro po'".

Elena sentiva che le si sarebbe crepato il viso a furia di sorridere. Era stato il pasto più lungo della sua vita. Zea aveva fatto una delle sue magie per calmare l'atmosfera, ma sperava comunque che la serata proseguisse senza intoppi. Non osava pensare a cosa sarebbe successo se il Maggiore avesse scoperto cosa stava accadendo a Palazzo Ducale.

Su una strada di campagna a diversi chilometri di distanza, Lorenzo e Alessandro sedevano sul camioncino che il padre di quest'ultimo aveva prestato ai partigiani molte settimane prima. Avevano spento i fari per evitare di attirare l'attenzione, ma a intervalli regolari Lorenzo doveva azionare i tergicristalli per pulire il parabrezza dalla neve. I due amici discutevano della prossima mossa.

"Ascolta" disse Alessandro. "Credo che mio padre abbia lasciato delle munizioni nel fienile. Ogni settimana cerca di lasciarmi qualcosa di utile. Se andiamo a Casa del Lupo, non ci sarà bisogno di svegliare nessuno".

Non disse altro, ma non vedeva l'ora di portare a termine quel compito. Voleva partecipare all'azione ed era seccato per essere stato inviato alla fattoria a prendere i rifornimenti, invece di essere spedito in città a fare la ricognizione. Alessandro sperava di poter far parte del gruppo che avrebbe teso l'imboscata. Ma più tempo passavano in campagna, meno probabilità c'erano che ciò accadesse.

"Aspetta, però" ribatté Lorenzo. "A Ca'Boschetto ci sono tante cose che potrebbero tornarci utili. Oltre alle munizioni, c'è un'enorme scorta di dinamite. Qualche anno fa abbiamo dovuto eliminare delle pietre per allargare il torrente e mio zio le ha fatte esplodere. Se spiego la situazione a mio padre e a mio zio, sicuramente ce ne lasceranno prendere un po'. Cerchiamo di impiegare al meglio il nostro tempo".

"Ma perché non fare entrambe le cose? Le nostre case non sono molto distanti tra di loro. Andiamo prima a Casa del Lupo, vediamo cosa c'è nel fienile, poi andiamo a casa tua. Possiamo parlare con tuo padre e magari ci dà qualcosa di utile. Così avremo esplorato tutte le possibilità".

Alessandro aveva freddo e voleva fare presto. Di solito Lorenzo agiva d'impeto, ma ora si stava comportando come il padre Paolo, soppesando ogni opzione. In un momento come quello, era una cosa irritante. Suo padre forse non era intelligente come il signor Rossi, ma era un uomo d'azione.

"Forza, muoviamoci. Ho i piedi congelati".

Lorenzo accese il motore e il camioncino si mosse lento. Alessandro era preoccupato per le condizioni della strada. La neve scendeva abbastanza rapidamente e gli pneumatici non erano nelle migliori condizioni.

Dopo un viaggio lento fino all'agonia, entrarono nel cortile dei Marchetti. Seguirono il sentiero fino al retro della casa principale e si fermarono accanto al fienile. Dopo essere entrato di corsa con una lanterna in mano, Alessandro si recò sul retro, dove il padre nascondeva le provviste. Fu felice di non trovare di nuovo Luca e sua sorella in posizioni compromettenti: forse la sua precedente interruzione li aveva fatti desistere dall'incontrarsi di notte. Alessandro ridacchiò mentre riempiva rapidamente il sacco con gli ortaggi, i barattoli di ciliegie e le scatole di proiettili che erano stati lasciati al solito posto. I proiettili non erano molti, ma era grato di averli trovati tanto quanto lo era per il cibo.

Tornando al camioncino, Alessandro fece un cenno a Lorenzo e gli fece vedere il sacco. Poi si sedette al posto del passeggero. "Andiamo. Poche cose utili per l'imboscata, ma almeno abbiamo delle patate e delle carote. Ah, e un barattolo di ciliegie. Nessuno si è svegliato, per fortuna".

Si avviarono lentamente lungo il sentiero. Nessuno si accorse della luce accesa in una delle finestre della camera da letto. Francesco guardò il suo camioncino che spariva lungo la strada, poi si girò verso la moglie, che lo attendeva trepidante nel letto.

"Erano i ragazzi, non Elena. Hanno preso le provviste nel fienile. Questa cena di lavoro sta durando troppo. Spero che Rotondi ce la riporti presto. Non è sicuro guidare con questo tempo, specialmente in quella sua piccola automobile".

Era irritato, ma cercava di non darlo a vedere. Le ragazze rispettabili non dovrebbero andarsene in giro per la città a un'ora così tarda. *Cos'era venuto in mente a Rotondi?*

Elisa gli fece cenno di tornare a letto al caldo. "Smettila di preoccuparti, Francesco. Tornerà presto. Devi essere felice perché i ragazzi hanno preso il cibo. Sono sicuro che saranno tutti affamati".

A malincuore, il marito tornò a letto e spense la candela. Non disse nulla della scatola di munizioni. Sperava che i partigiani ne facessero buon uso.

Capitolo Ventinove

Era quasi mezzanotte quando la cena si concluse. Il Tenente Scheibert era decisamente quello messo peggio. Continuava a farfugliare e a tentare di passare il braccio attorno alle spalle di Elena. Il Maggiore, che nonostante i tanti bicchieri di vino a Elena sembrava sobrio come quando era arrivato, fissava il proprio connazionale.

Quando gli ospiti si alzarono dalla tavola, Pasquale e Lavagnino si scambiarono un'occhiata. Entrambi volevano tornare a Palazzo Ducale, ma speravano che i tedeschi decidessero di chiudere lì la serata, vista l'ora tarda. Si fermarono alla porta, con indosso i cappotti.

"Grazie per essersi unito a noi" disse Zea al Maggiore. "Spero abbia gradito la cena. Direi che, malgrado gli stenti, sono riusciti a mettere in tavola un bel banchetto, no?"

Il Maggiore fece un cenno di assenso. "È stato delizioso. Grazie per aver organizzato questa serata. Ora, se vuole scusarci..."

Prima che potesse finire la frase, il Maggiore Heinrich fu interrotto da un forte schianto. Il Tenente Scheibert era caduto all'indietro mentre cercava di alzarsi. Era a terra e il suo peso aveva spezzato una delle gambe della sedia.

Prima che qualcun altro si muovesse, il Maggiore si precipitò da lui e lo tirò in piedi in maniera alquanto brusca. "Per l'amor di Dio, si ricomponga!"

Pasquale portò il cappotto del Tenente e, con l'aiuto del Maggiore, riuscì a infilarglielo. Il Maggiore afferrò con forza il gomito del connazionale. "Mi assicurerò che quest'uomo torni alla sua stanza. Grazie ancora dell'ospitalità".

Si girò verso Lavagnino e Pasquale. "L'ispezione può aspettare. Ci vediamo domani mattina alle otto, nel cortile di Palazzo Ducale. Voglio controllare il manifesto di carico prima che il convoglio parta". Fece un inchino in direzione del gruppo e lasciò la stanza, trascinando con sé il Tenente. Elena era quasi dispiaciuta per lui: immaginava che il Maggiore Heinrich avrebbe avuto molto da dirgli una volta che fossero rimasti soli.

"Sia lodato il Signore per quel liquore" disse Lavagnino. "Ci ha salvato. Andiamo a vedere cosa è stato fatto, poi sarà meglio che andiamo a letto anche noi. Sono sicuro vorrete fare qualche ora di sonno prima di rivederci domani".

Pasquale annuì. Aveva appena sentito le campane della chiesa di San Domenico suonare la mezzanotte. Temeva la reazione dei genitori di Elena per il rientro a tarda ora della figlia. Non sarebbero arrivati a Casa del Lupo prima dell'una, e lui e sua moglie sarebbero andati a dormire ancora più tardi.

"Sbrighiamoci, prima che il Maggiore cambi idea. Voglio assicurarmi che gli uomini siano riusciti a imballare tutto".

Una volta ringraziati la proprietaria e il personale per la cena, il gruppo lasciò l'albergo. Zea disse a Pasquale che sarebbe rimasta per aiutare a rassettare: la cuoca le aveva offerto gli avanzi per i suoi figli e voleva ricompensare la sua amica, la proprietaria, per la sedia rotta. Pasquale sorrise: sapeva che Zea voleva approfittarne anche per aggiornarsi sugli ultimi pettegolezzi. Le disse che sarebbero passati a prenderla una volta finito a Palazzo Ducale.

C'erano già due centimetri di neve sul selciato esterno. Elena rabbrividì mentre il vento soffiava sulla piazza, ma era felice di essere riuscita a evitare un terzo grado quella sera. Entrando a Palazzo Ducale attraverso le grandi porte di quercia, vide che il cortile era in piena attività. I camion erano carichi di casse coperte da teloni che, come Elena sapeva bene, contenevano capolavori dell'arte occidentale. All'interno del cortile, senza il vento che ululava, l'aria era meno pungente. Ma la neve continuava a cadere e la temperatura si faceva più fredda man mano che scendevano nei sotterranei. Quando il gruppo arrivò, gli uomini stavano portando l'ultima cassa su per la rampa. Furono sollevati nel vedere che con loro non c'erano tedeschi.

"Tempismo perfetto" disse Vannutelli sventolando la lista. "È tutto impacchettato e pronto a partire. Abbiamo caricato una pala d'altare sul retro di ogni camion, così, se qualcuno decidesse di aprire una cassa, quelle sarebbero le prime cose che vedrebbero".

Mentre Pasquale, Lavagnino, Renon e Vannutelli erano uno vicino all'altro a parlottare della lista, gli altri ne approfittarono per andare a fumarsi una sigaretta. Luca ed Elena si appartarono e lui le prese furtivamente la mano.

"Com'è andata, tesoro? Immagino che il piano abbia funzionato, visto che i tedeschi non sono qui".

Elena gli diede un casto bacetto sulla guancia. "Ci sono stati un paio di momenti difficili ma, Dio mio, Zea è veramente unica. Credo che non abbia paura di niente e di nessuno". Gli riportò i dettagli della serata.

"Beh, almeno hai mangiato in abbondanza. Noi non siamo stati altrettanto fortunati" disse Luca con amarezza. Vide la sorpresa sul viso di Elena e si affrettò a proseguire. "Non ti preoccupare. Giorgio dice che potremo mangiare della pasta che ha a casa".

Indicò un giovane basso e robusto, che fumava appoggiato a uno degli spessi muri di pietra. "Era a scuola con noi, te lo ricordi? Ora lavora qui a Palazzo Ducale, per questo è stato chiamato a caricare i camion. Credo che stanotte dormirò a casa sua. Il tuo capo non avrà tempo di portare a casa anche me e se domani effettivamente partirò per Roma, dovrò essere qui molto presto".

Elena era desolata, ma il piano aveva una sua logica. Già così, sarebbe arrivata a casa con un ritardo terribile. Sperava che i genitori dormissero già, così da poter sgattaiolare silenziosamente dentro casa senza che notassero che ora si era fatta. Era un po' risentita dal fatto che una persona che aveva trascorso un anno fuori casa venisse trattata ancora come una bambina, ma sapeva che non sarebbe cambiato nulla finché non si fosse sposata e non avesse avuto una casa sua. E riteneva che la cosa migliore fosse che succedesse quanto prima.

"Il Maggiore ha detto che verrà alle otto, per cui immagino che per quell'ora saremo qui anche noi. Prima Lavagnino ha detto di voler partire al massimo per le nove. Sei ancora sicuro di volerlo fare, Luca? Se continua a nevicare, le strade saranno pericolose".

Luca annuì deciso. "Se non altro, il tempo rende più facile la mia decisione. So come muovermi sulla strada in queste condizioni metereologiche e so dove sono tutte le buche: chi è venuto da Roma queste cose non le sa. Proporrò di mettermi alla testa del convoglio, almeno per il primo tratto. In questo modo, gli altri seguiranno me e se tutto va per il verso giusto eviteremo contrattempi".

Elena si guardò attorno per vedere se qualcuno li stesse osservando, poi lo abbracciò forte. "Non cercare di fare l'eroe, va bene?" gli sussurrò all'orecchio. "Voglio che torni qui prima di Natale, tutto intero".

Mentre Elena e Luca si preparavano a salutarsi, almeno per quella sera, in campagna Alessandro e Lorenzo stavano per arrivare a Ca'Boschetto. Non vedevano luci accese: c'era da aspettarselo, visto l'orario. Lorenzo stava escogitando il modo migliore per avvisare il padre senza svegliare tutta la casa. Ricordava che, un paio di mesi prima, suo padre e suo zio avevano parlato di nascondere la dinamite nel caso in cui qualcuno fosse venuto a perquisire la fattoria. Ma non aveva idea di dove potessero averla messa. Per quel che ne sapeva, poteva essere sepolta in uno dei campi. Improvvisamente, la sua gli sembrò un'idea stupida.

Rimasero seduti nel camioncino per un paio di minuti a chiedersi se fosse il caso di interrompere la missione. Forse Erivo non sarebbe rimasto impressionato da una misera scatola di proiettili, che era tutto ciò che avevano racimolato fino a quel momento, ma Lorenzo non aveva più lo stesso entusiasmo dimostrato in precedenza all'idea di quella conversazione notturna con il padre. Se la dinamite fosse stata effettivamente sotterrata, sarebbe stato impossibile dissotterrarla a quell'ora, con la neve che già ricopriva il terreno.

Alessandro era infastidito da quel tentennamento. Voleva tornare rapidamente a Urbino, ma non voleva nemmeno presentarsi a mani vuote. "Forza, ormai siamo qui. Magari tuo padre all'inizio si arrabbierà, ma poi gli passerà. Capirà l'importanza della cosa".

"Ma è buio pesto, fa un freddo cane e continua a nevicare. Se la dinamite non è in un posto accessibile, non riusciremo mai a prenderla".

Alessandro era sempre più irritato. Un'ora prima, Lorenzo gli aveva proposto di lasciar perdere Casa del Lupo perché a Ca'Boschetto il bottino sarebbe stato più sostanzioso. E ora era davanti all'entrata di casa che tentennava. In genere era lui a fare la prima mossa, anche se era avventata. Quella sera si stava rivelando uno spreco di tempo.

"Cerchiamo di ragionare. Dammi una lista dei nascondigli più accessibili: possiamo cominciare da quelli, senza dover svegliare nessuno. Se dopo mezz'ora non abbiamo trovato nulla, penseremo a una mossa alternativa".

Lorenzo ci pensò su un momento. Il posto preferito da suo padre per nascondere le cose era il porcile, perché tanti odiavano quel fetore. La baracca di legno dove il padre e lo zio stagionavano la carne era un'altra opzione, in quanto offriva tanti nascondigli. Dopo aver riflettuto, decise che sarebbe stato saggio iniziare dalla baracca, perché era sicuramente quella più pulita tra le due e difficilmente suo padre avrebbe nascosto la dinamite nel piano inferiore della casa.

A malincuore, i due amici lasciarono il relativo calore della cabina del camioncino e si avviarono lentamente verso la baracca, girando intorno alla casa. L'odore che li assalì appena entrati gli fece capire quanto fossero affamati. Lo zio di Lorenzo era noto nel vicinato per la qualità dei suoi salami e ad Alessandro venne l'acquolina in bocca solo a pensarci. Qualcuno avrebbe notato che mancava un salame? Spingendo da una parte i cosciotti di carne, iniziarono a cercare possibili nascondigli. Lorenzo iniziò a battere su alcune delle botti utilizzate per la salamoia.

"Trovata" disse dopo qualche minuto. "Questa fa un suono diverso".

Aprì il coperchio della botte. Alessandro sollevò la lanterna e vide i candelotti di dinamite nascosti nella paglia.

"Grazie al cielo non dobbiamo andare a cercare nel porcile" disse

Lorenzo. "Prendiamo tutta la botte. Alla loro ira penserò la prossima volta che passerò di qui".

I due riuscirono a trasportare faticosamente la botte attraverso il cortile, stando ben attenti a non scivolare sulle piccole lastre di ghiaccio che si stavano formando. Con delicatezza, la incastrarono nella parte posteriore del camioncino, avvolta nelle vecchie coperte che avevano portato nell'evenienza che il mezzo si fosse rotto e loro fossero rimasti bloccati al gelo.

"Andiamo via. E stai attento a guidare su queste strade. La dinamite diventa altamente instabile dopo essere stata conservata a lungo e la nitroglicerina tende a fuoriuscire. Non mi piace l'idea di schiantarmi contro un albero con una potenziale bomba a bordo" disse Alessandro.

Si misero in viaggio verso Urbino, felicissimi per avere finalmente un contributo importante da dare alla missione. Alessandro era convinto che avessero fatto abbastanza per assicurarsi un posto nel gruppo che avrebbe teso l'imboscata e, tutto eccitato, iniziò a parlare della possibilità di prendere parte al combattimento.

Il viaggio verso la città fu tranquillo, eccezion fatta per il momento in cui videro dei fari lungo la strada che si avvicinavano lentamente. Alessandro si accovacciò rapidamente sul sedile del passeggero e Lorenzo abbassò la visiera del cappello per nascondersi. Quando i fari si fecero molto vicini, fu sollevato nel constatare che erano di una piccola automobile. Non riusciva a vedere i passeggeri, accecato dalle luci, ma il veicolo continuava ad avvicinarsi. Dopo averli superati, le luci posteriori dell'automobile scomparvero nell'oscurità in pochi secondi. *Qualcuno del posto e che non è in cerca di guai*, pensò Lorenzo.

Nell'automobile, Pasquale aveva pensato più o meno la stessa cosa.

Capitolo Trenta

Erano anni che non si vedeva tanto fermento nella sagrestia abbandonata nei pressi del monastero. Per tutta l'ora precedente, diverse persone si erano intrufolate nella grande stanza ed erano corse verso il capo per fare rapporto. Le pistole erano state pulite ed erano stati creati piccoli mucchi di munizioni. Sul tavolo era aperta una grande mappa, piena di note e segni misteriosi. Ovunque guardasse, Lorenzo vedeva uomini impegnati in attività necessarie per la riuscita dell'attacco.

Quando lui e Alessandro erano finalmente arrivati, Erivo era rimasto entusiasta per la dinamite ma, come suo solito, aveva mantenuto un atteggiamento calmo. Aveva fatto un cenno al suo vice, un uomo snello e cupo di nome Giuseppe Luzzatto, noto per essere stato un esperto di esplosivi nell'esercito di Mussolini, prima del crollo del regime. Giuseppe non parlava molto, ma si diceva che la sua famiglia fosse di origine ebraica, anche se si era sempre comportata come fosse cattolica. Sua nonna viveva ancora nel vecchio ghetto ebraico, in una casetta vicino alla sinagoga di Urbino.

Giuseppe non aveva mai parlato della guerra o delle storie che erano iniziate a circolare sugli ebrei spariti in tutta Italia, ma si sapeva che aveva lasciato l'esercito ancor prima della firma dell'armistizio con gli Alleati. Il suo vecchio amico Erivo lo aveva cercato quando aveva formato l'unità partigiana: se c'era qualcuno che sapeva come usare al meglio la dinamite, quello era Giuseppe.

Erano le tre di mattina. Alcuni uomini erano accasciati contro le pareti, nel tentativo di dormire un po' prima che la notte finisse. Lorenzo avrebbe voluto fare come loro, ma non voleva essere addormentato proprio quando Erivo avrebbe preso le ultime decisioni.

Come se gli avesse letto nel pensiero, Erivo si schiarì la voce e chiese a tutti di raggiungerlo attorno al tavolo. Lorenzo diede un colpetto ad Alessandro. "Ci siamo. Finalmente".

Guardando quei volti carichi di aspettative, Erivo si sentì insolitamente nervoso. Si vantava di essere un uomo razionale che prendeva decisioni logiche, ma quella sera si stava comportando in modo diverso, o almeno così gli sembrava. Avevano avuto tempo a sufficienza per pianificare adeguatamente quella mossa? Nonostante nelle ultime ore gli fossero arrivati ulteriori brandelli di informazioni, sentiva di non saperne abbastanza. L'unico pezzo palesemente mancante del puzzle era il perché di quel convoglio.

Il recupero degli armamenti custoditi nei sotterranei di Palazzo Ducale sembrava la risposta più ovvia, ma qualcosa non gli tornava. Perché i camion erano arrivati addirittura da Roma? Sicuramente c'erano armi tedesche nascoste in luoghi ben più vicini alla Città Eterna. Il fatto che fossero stati avvistati dei soldati tedeschi e che fosse coinvolto il Maggiore Heinrich dava sicuramente credito alla teoria che fosse una mossa a sostegno dello sforzo bellico tedesco. E se invece la sua ipotesi fosse sbagliata? Guardò la sua unità, un gruppo disordinato di italiani orgogliosi. Non voleva perderne nemmeno uno per via di un errore banale.

"Ora vi illustrerò il piano, così com'è. Alcuni di noi sono andati alla stazione, abbiamo esplorato la strada e abbiamo individuato una buona posizione. È un piccolo boschetto dietro a una curva, sotto la collina dove è posizionato il mausoleo del Duca. Un buon posto per nascondersi e, soprattutto, lontano dalle case. Non voglio che vengano coinvolti per errore dei civili".

Alla parola "civili" Lorenzo si raddrizzò: gli piaceva l'idea di essere un soldato, anche se un genere di soldato molto diverso dagli altri.

"Poi, come sapete, voglio mantenere una scala ridotta. Avete fatto tutti un lavoro eccezionale nelle ultime ventiquattro ore, ma per evitare di essere scoperti, credo che sia meglio ridurre al minimo il nucleo della squadra. Porterò con me una decina di persone o poco più".

I presenti brontolarono: tutti e trentacinque sognavano di essere scelti.

Erivo alzò la mano per chiedere silenzio. "Siete tutti in grado di partecipare all'azione, lo so. Ma, molto semplicemente, alcuni saranno più utili di altri per via della loro esperienza, delle loro abilità o della loro personalità. Ora vi chiamerò uno per uno. Una volta definiti i partecipanti, voglio che gli altri tornino alla stalla. Senza protestare, ci siamo intesi? Se riusciamo nel nostro intento, farsi trovare nei pressi di Urbino sarà pericolosissimo".

Non disse nulla sul rischio che avrebbero invece corso i partecipanti all'imboscata. Anche se tutti fossero sopravvissuti e nessuno fosse stato ferito, sarebbe comunque stata dura scomparire in mezzo a quella carneficina e fuggire. Con morti e feriti, poi, sarebbe stata tutta un'altra storia: trasportare anche un solo ferito avrebbe reso maggiore il pericolo che li aspettava. Erivo voleva evitare che chi non era parte dell'azione si aggirasse per la città.

Iniziò a leggere ad alta voce i nomi segnati sul foglio che aveva in mano. Luzzatto, l'esperto di esplosivi, era il primo della lista, come c'era da aspettarsi. Erivo si fermò dopo i primi otto nomi.

"Questa è la forza d'attacco principale. Io e Giuseppe posizioneremo gli esplosivi. Utilizzeremo un albero abbattuto nel boschetto che abbiamo visto prima, lo porteremo ai margini della strada e vi ci metteremo dentro l'esplosivo. Saremo noi a occuparci della detonazione. Gli altri avranno fucili e granate. Abbiamo saputo che il convoglio è composto da sette camion, per cui avremo un uomo col fucile puntato su ognuno di essi".

Gli uomini prescelti annuirono: tutto ciò che Erivo diceva aveva senso.

Si schiarì la voce e proseguì. "Porteremo poi cinque elementi aggiuntivi, tutti armati. Voglio lasciare uno dei nostri camion a un chilometro e mezzo di distanza, verso la città. Voglio qualcuno attenda nel camion, così da portare via dalla scena gli eventuali feriti. Il resto del gruppo tornerà a piedi. Gli altri quattro faranno da avanguardia e da retroguardia, due saranno più avanti rispetto al luogo dell'imboscata e due poco prima. Avranno il compito di eliminare chiunque si allontani dalla scena principale. Ricordate che accadrà tutto alla luce del giorno. Stasera uno dei soldati tedeschi ha blaterato qualcosa al bar, diceva che sarebbero partiti verso le nove. Abbiamo poco margine di errore e non vogliamo che sopravvivano testimoni".

L'ultima frase rimase sospesa nell'aria, come una nuvola foriera di tempesta. Lorenzo guardò di sbieco Alessandro, che era bianco come un fantasma. Nessuno di loro due aveva mai ucciso un uomo: era forse quello il giorno in cui tutto sarebbe cambiato?

"Leonardo Ferrari. Marco Romano. Bella Mazzi". Si udì un brontolio per la sala e tutti si girarono verso una giovane vestita in tenuta militare che se ne stava nell'ombra.

"Sappiamo tutti che Mazzi ha una mira migliore di molti di noi" disse Erivo con fermezza. "Quindi parteciperà". La ragazza guardò il gruppo con aria di sfida e l'espressione severa.

"Lorenzo Rossi. Alessandro Marchetti". Lorenzo diede una gomitata ad Alessandro: si sentiva euforico e terrorizzato allo stesso tempo. Erano del gruppo.

Cinque minuti più tardi, il piano era stato definito. Alessandro non era molto felice di essere stato designato come autista del camion pronto per la fuga, ma almeno faceva parte del gruppo. Lorenzo avrebbe dovuto coprire la strada con Bella Mazzi e occuparsi dei tedeschi che avessero provato a fuggire verso Urbino. Agli altri due uomini fu detto di andare a sud del luogo dell'imboscata.

"Va bene. Un ultimo compito. Esposito, sei venuto a cavallo, giusto? Voglio che ti posizioni dalle parti di Palazzo Ducale per controllare il convoglio da lontano. Avrai bisogno di una copertura, nel caso in cui qualcuno si insospettisse. Magari vai a far visita alla tua 'amica' in albergo".

Gli uomini risero. Carlo era paonazzo.

"Quando ti sembra che il convoglio sia pronto a partire, corri al luogo dell'imboscata il più velocemente possibile per avvertirci. Un uomo a cavallo è più veloce di un convoglio di camion, soprattutto su una strada innevata. Questo ci permetterà di guadagnare una ventina di minuti. Puoi prendere uno dei piccoli sentieri di campagna per tornare indietro, evitando la strada principale".

Erivo guardò il gruppo riunito. "Chi non è stato chiamato può tornare al fienile finché è buio. La squadra partirà alle cinque. Il sole sorge poco dopo le sette, avremo il tempo di piazzare gli esplosivi prima che faccia giorno. E voglio tutti in posizione prima dell'alba".

Capitolo Trentuno

Era ancora notte quando Elena si svegliò: nella stanza era buio pesto. Sentiva solo il respiro lento di Giulia, che dormiva dall'altro lato del materasso. Aveva dormito pochissimo a causa dell'ansia che la attanagliava in vista dell'imminente ispezione del Maggiore e del Tenente. Tirò via con delicatezza le coperte dal suo lato del letto e mise i piedi sulle piastrelle in terracotta del pavimento. Erano particolarmente fredde ed Elena rabbrividì mentre attraversava la stanza per raggiungere la sedia sulla quale qualche ora prima aveva gettato i vestiti.

Aprì piano la porta e si diresse in cucina dove, con sua grande sorpresa, trovò la madre che aveva messo il bollitore sul fuoco.

Elena trasalì, ma Elisa si portò il dito alle labbra. "Non svegliare gli altri. Ieri sera sei tornata tardi, ti ho sentito. Sta succedendo qualcosa. Tutto questo viavai misterioso: ci sono di mezzo le opere d'arte, vero? Mi vuoi dire cosa sta succedendo?"

Elena si sedette a tavola e addentò uno dei dolcetti che la madre aveva messo su un piatto. "Non credo che faccia molta differenza ormai se te lo dico. Sì, oggi portiamo le opere a Roma".

La madre sembrava preoccupata. Elena la aggiornò rapidamente su quanto era accaduto nelle ultime settimane da quando aveva rivelato a tutti il piano quella sera a casa di Luca. Confessò che la cena della sera precedente era stata organizzata per l'ufficiale tedesco che era arrivato da Roma con il convoglio. La madre si fece scura in volto. L'unico aspetto che sembrava rallegrarla erano i documenti ufficiali provenienti dagli uffici vaticani. Da cattolica devota, Elisa non avrebbe mai trovato nulla di sbagliato in ciò che faceva il Papa e questa rivelazione aveva dato un po' di legittimità a quel folle piano.

Elisa era ammirata dalla testardaggine della figlia, sin da quando da piccola si rifiutava di indossare i vestitini per aiutare il padre con i lavori della fattoria e insisteva invece per prendere in prestito camicie e pantaloni di Alessandro. La terrorizzava sapere che Elena fosse coinvolta tanto profondamente in quel piano, ma allo stesso tempo sentiva una punta di orgoglio. Quella ragazza era di un altro livello: intelligente, appassionata, ferma nelle sue convinzioni. In realtà Elisa non capiva perché l'arte fosse considerata tanto importante da portare le persone a rischiare di essere arrestate, o peggio, per proteggerla dai tedeschi, ma sapeva che era importante per Elena.

Girò intorno al tavolo della cucina e diede alla figlia un forte abbraccio. "La mia stupida, pazza bambina. Ma da dove sei venuta fuori? Mi piace tanto la tua forza d'animo e il fatto che ti batti sempre per quello in cui credi. Non dirmi altro, promettimi solo che starai attenta".

A quelle parole, Elena sentì un groppo in gola. La madre non era mai stata una persona affettuosa nei modi, il duro lavoro indurisce anche l'anima, ma aveva sempre saputo che le voleva bene. Le prese la mano e la strinse forte. "Grazie per il tuo sostegno. Per me vuol dire tanto. In realtà non sarò io ad andare a Roma, ma Luca..."

In quel momento, la porta si aprì ed entrò il padre, battendo forte i piedi per togliersi la neve dagli stivali. Fu sorpreso di trovare Elena seduta al tavolo. "Buon Dio, ragazza, ti sei svegliata presto".

Elena e la madre si scambiarono un'occhiata. Preferì non spiegare cosa stava accadendo: sarebbe stato più semplice aspettare che il convoglio fosse partito.

"Il signor Rotondi verrà a prendermi tra poco, abbiamo tanto lavoro da fare in archivio e così abbiamo pensato di vederci presto, prima di rimanere bloccati dalla neve. Dovrei essere di ritorno subito dopo pranzo".

Francesco borbottò. Prese il bollitore e si preparò qualcosa di caldo da bere, che poi versò nella borraccia di alluminio. Lo aveva rinfrancato vedere lo spazio vuoto sul bancone, nel punto in cui aveva lasciato le cose per Alessandro. Non fece però cenno alla faccenda, perché sapeva che anche solo menzionare loro figlio avrebbe turbato Elisa.

"Non farti sfruttare troppo da quell'uomo, non sei pagata poi così tanto".

Francesco si rivolse alla moglie. "Le mucche nella stalla sono un po' irrequiete. Sara meglio che tu e Giulia vi sbrighiate a mungerle. Vado al campo in alto. Quando quel pigro di mio figlio si degnerà di farsi vedere, mandalo su".

Francesco prese un dolcetto e si avviò verso la porta. Elena tirò un sospiro di sollievo. Andrea era atteso da una bella strigliata, ma almeno lei ne era uscita indenne. Sperava solo che Pasquale arrivasse il prima possibile.

Mezz'ora più tardi, Elena, Pasquale e Zea erano arrivati a Palazzo Ducale. Era ancora buio, ma a est il cielo iniziava a rischiarare. Aveva smesso di nevicare e la piazza era coperta da un sottile strato bianco. Mentre si avviavano sulla rampa che dal Cortile d'onore portava agli ancor più gelidi sotterranei, si resero conto che Lavagnino, Vannutelli e Renon erano già al lavoro con Luca, Giorgio e il resto della squadra. Non c'era traccia dei tedeschi.

A Elena Luca sembrò insolitamente pallido, con gli occhi incavati per la mancanza di sonno. Per un attimo si chiese se lui e Giorgio, oltre a mangiare la famosa pasta, si fossero fatti anche un goccetto. Non era un'ipotesi così improbabile, considerando anche la grande mole di stress a cui erano stati sottoposti la sera prima, nonché quello che sarebbe potuto accadere di lì a due ore. Gli sorrise e poi, in un impeto di affetto, corse verso di lui e gli gettò le braccia al collo. Non le importava più nulla di ciò che pensavano gli altri. Luca stava per intraprendere un viaggio dal quale forse non sarebbe tornato. Se i fascisti avessero fermato il convoglio a un posto di blocco, gli scagnozzi di Mussolini avrebbero colto l'occasione per prelevare Luca e gli altri giovani presenti, costringendoli ad arruolarsi. Un aereo degli Alleati avrebbe potuto decidere che i camion fossero un obiettivo legittimo e bombardarli lungo la strada. I tedeschi avrebbero potuto improvvisamente decidere di perquisire i camion e scoprire cosa trasportavano nelle casse, mettendo Luca a rischio di essere arrestato o, peggio, giustiziato come monito per gli altri

Luca ignorò le risatine dei giovani intorno a lui e la strinse forte. Anche lui si rendeva conto di ciò che stava per fare. Le accarezzò la guancia e la guardò negli occhi.

"Ti amo" le sussurrò. "Non ho nessuna intenzione di non tornare qui per sposarti".

Elena stava per dirgli qualcosa, quando sentì dei passi lungo la caverna sotterranea in cui si trovavano. Si staccò da Luca proprio quando apparvero il Maggiore Heinrich e il Tenente Scheibert.

Lavagnino, che aveva evitato di proposito di reagire davanti alla scambio affettuoso tra Luca ed Elena, fece un passo avanti. "Buongiorno, buongiorno. Come state? Che bella serata ieri, vero?"

Il Maggiore disse qualche parola di ringraziamento a Zea per l'organizzazione.

Il Tenente Scheibert, che aveva una pessima cera, si avvicinò a Elena. "Signorina, ieri sera lei mi ha riempito di liquore. Me ne sono accorto, non sono stupido. Quindi mi chiedo: cosa sperava di ottenere?"

La fissò. Elena non sapeva se in qualche modo avesse scoperto il loro sotterfugio oppure se pensasse che lei volesse sedurlo. Quest'ultima ipotesi la fece rabbrividire. Mentre stava ancora pensando a cosa rispondere, intervenne Lavagnino.

"Beh, sembra essere tutto pronto. Ho scorso la lista con la mia squadra e le opere d'arte ci sono tutte. Credo che il Vaticano sarà lieto di riavere in custodia i propri tesori, almeno per un po'".

Il Maggiore tirò fuori la copia degli ordini che aveva ricevuto il giorno precedente. "Con tutto il rispetto, signor Lavagnino, sta a me giudicare se è tutto a posto".

Il Tenente Scheibert guardò il Maggiore con un misto di paura e disgusto. "Credo di dover firmare anche io i documenti in qualità di rappresentante ufficiale delle Kunstschutz".

Il Maggiore lo ignorò e si girò verso Lavagnino. "Venga con me". Il Maggiore si girò di scatto e si avviò su per la rampa. Tutti lo seguirono. Una volta all'esterno, marciò in direzione del camion più vicino e fece un cenno a Giorgio. "Tu, tira indietro il telone". Elena provò un senso di nausea.

Lavagnino non batté ciglio. "Come preferisce, Maggiore".

Fece cenno a Giorgio di fare ciò che il Maggiore aveva ordinato. Quando tirò via il telone, emersero delle grandi casse con la scritta "Basilica di San Marco" a grandi caratteri neri. Vannutelli si fece avanti e, con l'aiuto di Giorgio, scaricò due casse. Con una chiave inglese e un piede di porco, aprirono i coperchi per mostrare il contenuto dell'ultima cassa che avevano caricato sul camion la sera precedente. Il maggiore Heinrich sbirciò all'interno.

"Vediamo cosa c'è qui dentro" disse Lavagnino. Sembrava stesse controllando la lista. "Abbiamo diversi tesori importanti provenienti dalla Basilica di Venezia. So che al Papa sta particolarmente a cuore trovare un rifugio sicuro per queste opere". Guardò il Maggiore, che non reagì.

"Dei calici d'argento decisamente sbalorditivi" continuò Lavagnino. "Ho avuto la fortuna di vederli proprio a San Marco". Iniziò a leggere i nomi e la provenienza di tutti i pezzi presenti sulla lista.

"Qui ho visto abbastanza" disse il Maggiore. "Apriamone un'altra".

Vannutelli e Giorgio obbedirono, tirando giù la cassa successiva e aprendola per farla ispezionare.

Lavagnino guardò l'etichetta sulla cassa e fece finta di abbinarla a quanto riportato sulla lista. "Una pala d'altare piuttosto imponente, decorata con argento dorato. L'arcivescovo di Venezia era desideroso di inviare quanti più pezzi possibili a Rotondi".

La farsa si ripeté un altro paio di volte, fino a che il Maggiore alzò la mano. "Va bene, basta così. Quante casse abbiamo in tutto?"

"Circa centoventi" disse Pasquale, che fino a quel momento era rimasto in silenzio.

Il Maggiore lo ignorò e tirò il Tenente in un angolo. Parlarono per qualche minuto a bassa voce. Elena cercò di sentire ciò che si dicevano:

non capiva il tedesco, ma sperava comunque di intuire come sarebbe andata la faccenda dal loro tono di voce. I due uomini tornarono da Pasquale e da Lavagnino.

"Non abbiamo tutta la giornata, ci faremo bastare queste ispezioni" disse il Maggiore Heinrich, visibilmente irritato. "Firmerò i documenti, così i camion potranno partire. Che sia chiaro," disse sventolando i fogli e sfoggiando uno dei suoi sorrisi glaciali, "se un giorno si venisse a scoprire che mi avete mentito, ricordatevi che so dove vivono il signor Rotondi e sua moglie, nonché la deliziosa signorina Marchetti. Non vorrei che le conseguenze di un eventuale inganno dovessero ricadere su di loro. Chiudete le casse".

Elena non osò guardare Luca. Nonostante la temperatura gelida, si sentiva sudata. Non era sicura di poter continuare a fingere a lungo. La sua mente tornò a quel giorno in piazza a Sassocorvaro, al terrore dipinto sul volto del piccolo Pietro. Sentì la bile salirle fino alla bocca.

Mentre il Maggiore si guardava intorno alla ricerca di una superficie piana per firmare i documenti, l'incantesimo di cui erano vittime si ruppe. Le casse vennero chiuse e caricate di nuovo sul camion. Renon si diresse verso le grandi porte di legno che portavano sulla strada e iniziò a rimuovere i chiavistelli. Gli autisti arrivati da Roma salirono sui camion.

Luca sorrise a Elena, ma non si avvicinò. Lei batté le palpebre, cercando di rimanere calma. Mise una mano sotto al cappotto e al maglione. Tirò fuori il crocifisso che portava sempre con sé e iniziò a sfregarlo come se fosse un portafortuna. Luca chiuse gli occhi per un secondo, tornando alle notti nel fienile: quel crocifisso era tra i suoi seni e lui ci aveva giocherellato. Aprì gli occhi e si concentrò intensamente su di lei, sperando che potesse leggergli nel pensiero. *Tornerò da te, Elena. Tornerò da te.*

Elena guardò Luca e, con gli occhi fissi nei suoi, iniziò ad armeggiare con il gancetto dietro alla nuca. Prese la catenina e si diresse verso di lui. Gliela mise al collo e infilò il crocifisso nello scollo del maglione di lana che indossava. "Ti proteggerà" gli disse a bassa voce. Luca mise la mano all'altezza del crocifisso. Non voleva smettere di guardarla.

Le porte erano ora spalancate, il che permise loro di vedere il cielo plumbeo e le strade scivolose. Luca distolse lo sguardo e si rivolse a Lavagnino e a Pasquale. "Queste strade le conosco bene. Speravo mi lasciaste guidare il convoglio con il mio camioncino, almeno fino a quando non avremo lasciato la periferia della città. Ci saranno dei punti ostici, soprattutto nella prima decina di chilometri".

"La conoscenza della zona vale oro, amico mio" disse Lavagnino. "Vai pure! La mia automobile è all'albergo nella piazza. Perché non guidi i camioncini fuori di qui, poi ci aspetti a Piazza del Mercatale, fuori dalle mura? Vi raggiungeremo appena possibile".

In un maniera che a Elena sembrò troppo veloce, il gruppo si preparò a partire. Gli uomini del posto che sarebbero rimasti a Urbino stavano stringendo le mani a chi era arrivato da Roma con il convoglio, promettendogli che un giorno avrebbero bevuto una bottiglia di vino insieme. Il Tenente Scheibert aveva firmato due copie del modulo di autorizzazione e ne diede una a Pasquale perché la conservasse come ricevuta ufficiale del trasferimento dei beni. Il Maggiore assunse un'aria pensierosa per un momento.

"Vi accompagnerò per i primi chilometri, per assicurarmi che lasciate la città in sicurezza. La mia automobile è parcheggiata fuori da Palazzo Ducale. Guiderò il convoglio per qualche chilometro, poi mi staccherò una volta raggiunta la periferia di Fermignano. Da quel punto in poi, sarete da soli".

Lavagnino aveva un'espressione talmente impassibile che Elena non riusciva a capire se fosse o meno scontento per quanto detto dal Maggiore. Il funzionario fece un breve inchino, quasi a dare il proprio assenso.

Pasquale diede un grande abbraccio a Lavagnino e gli sussurrò qualcosa all'orecchio. "Se non fosse stato per lei, non avrei mai affidato queste opere a qualcuno che si presenta con un ufficiale tedesco al seguito". Aveva gli occhi lucidi.

Lavagnino rise. "Grazie di tutto, amico mio. Manderò un telegramma una volta arrivati a Roma. E tornerò a gennaio per il carico successivo, stia tranquillo".

Cinque minuti dopo, mentre Lavagnino, Vannutelli e il Tenente Scheibert attraversavano la piazza per raggiungere le proprie automobili parcheggiate presso l'albergo, la città iniziava ad animarsi. Il bar era già aperto e pieno dei clienti abituali che ordinavano caffè. Un paio di donne si avviavano lentamente verso la panetteria. Un gruppo di bimbi passò vicino ai tre uomini, urlando e tirandosi palle di neve. Con tutto quel fervere di attività, nessuno notò il giovane che se ne stava accanto al proprio cavallo. Carlo strinse le cinghie della sella prima di montare l'animale con fare sicuro. Girò la testa del cavallo e si avviò lungo la strada.

Capitolo Trentadue

Il cuore di Alessandro batteva così forte che giurava di poterlo sentire. Aveva parcheggiato il camioncino tra due querce a una ventina di metri dalla strada principale fuori dalle mura della città. Sul bordo della strada vicina c'era una fucina e Alessandro si era assicurato di parcheggiare a una distanza tale da evitare operai e clienti ficcanaso o sospetti. Dal suo punto di osservazione, avrebbe potuto scorgere qualsiasi cosa si muovesse sulla strada in entrambe le direzioni. Sapeva che Lorenzo e Bella erano nascosti dietro una siepe, più avanti rispetto a dove era posizionato lui. Erano tutti al proprio posto da ormai un paio d'ore e Alessandro era felice di avere almeno il vantaggio di stare nella cabina del camioncino, piuttosto che fuori alle intemperie. Ogni volta che vedeva un movimento sentiva una scossa di adrenalina, salvo poi calmarsi una volta capito di cosa si trattava. Aveva i piedi congelati e continuava ad abbracciarsi da solo per cercare di evitare che anche il resto del corpo facesse la stessa fine.

All'improvviso, vide un cavallo che galoppava verso di lui, sollevando il sottile strato di neve che si era formato a terra. Alessandro si tirò su e aguzzò la vista per tentare di riconoscere il cavaliere. Quando fu abbastanza vicino, riconobbe quel berretto con i capelli rossi che spuntavano dai lati. *Dio mio, ci siamo*, pensò. *È Carlo. Il convoglio è in partenza.*

Alessandro non osò fare segnali al proprio compagno e si limitò a guardare il cavallo che passava oltre il punto in cui era parcheggiato per dirigersi lungo la strada, verso Erivo e la squadra dell'imboscata. Quanto avrebbe impiegato il primo camioncino ad arrivare in quel punto? Cinque minuti? Dieci minuti? Alessandro sapeva che sarebbe entrato in azione solo dopo l'imboscata, ma era comunque trepidante all'idea che il convoglio fosse in arrivo. Scese dal camioncino per stiracchiare le gambe ma anche per un bisognino vicino a uno degli alberi. A cose fatte, tirò fuori una sigaretta con le mani tremanti e la accese, desideroso di un momento di normalità. Invidiava gli operai sudati all'interno della fucina, che martellavano e forgiavano le barre di ferro. Mentre se ne stava lì a pensare a quanto sarebbe stato bello essere vicino al fuoco, Alessandro scorse un carretto trainato da due buoi, guidato lentamente da due braccianti. Andava su per la collina, in direzione di Urbino e sembrava che fosse carico di attrezzi agricoli. Era molto vecchio, danneggiato dalle intemperie e deformato, e i due uomini faticavano a tenerlo dritto su quella superficie scivolosa.

Mentre guardava quello spettacolo davanti ai suoi occhi, fu attraversato da un inquietante presagio. Guardò la strada verso la città e sussultò nello scorgere un'automobile, subito seguita da un grande camion. Lasciò cadere la sigaretta, la spense con il tacco e corse ad aprire la porta del camioncino. Nello stesso momento, i buoi deviarono a sinistra e attraversarono la strada, dirigendosi verso il sentiero che portava alla fucina: i braccianti lottarono con le loro redini rudimentali, cercando di far girare anche il carretto. Mentre il carretto attraversava la strada, uno dei braccianti tirò con forza le redini. Come al rallentatore, il carro si rovesciò su un fianco, facendo cadere a terra gli uomini e tutto ciò che trasportavano. Lo schianto che seguì attirò l'attenzione di tutta la gente nella fucina. Qualcuno corse fuori per vedere cos'era successo.

Alessandro andò nel panico. Ora la strada era bloccata a nord del punto in cui era parcheggiato. A giudicare dalla prontezza con cui si era rimesso in piedi, uno dei due braccianti non sembrava ferito in modo grave; il suo compagno, però, era a terra e si teneva la gamba, chiedendo aiuto. Pezzi di metallo e di legno erano sparsi ovunque. Quando arrivarono gli uomini dalla fucina, divenne palese che si conoscevano tutti: sembrava che i braccianti stessero per consegnargli attrezzi agricoli e ruote da riparare. Sarebbe sembrato strano se non li avesse aiutati? Con la mente che correva veloce, vide il convoglio avvicinarsi sempre di più alla scena dell'incidente. Il guidatore del primo veicolo si sarebbe accorto dell'accaduto e si sarebbe fermato. Dov'erano i soldati tedeschi?

Alessandro prese il fucile dal camioncino. Non era insolito portare con sé un oggetto simile, almeno in campagna, e voleva essere preparato. Forse sarebbe stato meglio rimanere fermo e aspettare che la piccola folla di persone rimuovesse il ferito e liberasse la strada? Calcolò che ci sarebbero voluti almeno quindici o venti minuti prima che la strada tornasse transitabile. Ad Alessandro non piaceva l'idea di rimanersene seduto nel camioncino, ben visibile dal convoglio. Forse avrebbe dovuto abbandonare la postazione e raggiungere gli altri sul luogo dell'imboscata per avvertirli?

Il convoglio aveva ormai raggiunto il luogo dell'incidente e si era fermato. Il ferito fu adagiato, il più delicatamente possibile, su quella che sembrava una porta di legno. Si erano uniti altri uomini dalla fucina per aiutare a liberare la strada. Per un paio di minuti, dal convoglio non sembrò provenire alcun movimento. All'improvviso, si aprì la portiera del lato passeggero della prima auto. Alessandro vide uscire un ufficiale tedesco in alta uniforme. Osservò la scena, poi si avviò verso gli altri veicoli, probabilmente per informarli di ciò che era successo.

Alessandro era paralizzato dall'indecisione: sarebbe cambiato qualcosa se il convoglio avesse ritardato l'arrivo al luogo dell'imboscata? Erivo avrebbe sicuramente atteso pazientemente. E se invece si fossero insospettiti per il mancato arrivo dei camion e avessero inviato uno degli uomini su per la collina a vedere cosa stava accadendo? Era frustrato perché non aveva modo di inviargli un messaggio.

Ora era comparso di nuovo l'ufficiale, assieme ad altre persone del convoglio, inclusi degli uomini in uniforme. L'ufficiale iniziò a gridare ordini: Alessandro non capiva il tedesco, ma le indicazioni erano abbastanza chiare. Gli uomini che erano con lui iniziarono a sollevare le ruote rotte e gli attrezzi caduti e a spostarli poi sul ciglio della strada.

Mentre un gruppo spostava il carretto danneggiato, Alessandro fu attirato dalla sagoma di un uomo alto e snello, con un cappello da cui uscivano dei capelli ricci. Gli sembrava di conoscerlo. Lo osservò mentre provava a sollevare il carretto di legno facendo leva sulla propria spalla. Quando sollevò il viso, Alessandro lo fissò inorridito. *Oddio, è Luca*, realizzò spaventato. *Riconoscerei quel viso ovunque.* Che diavolo ci faceva nel convoglio? E, soprattutto, con i tedeschi? Nulla di tutto ciò aveva senso. Alessandro si abbassò ulteriormente il cappello sulla testa, così da nascondere il viso nel caso in cui Luca si fosse girato verso di lui. *Pensa, pensa. Quale può essere la spiegazione?* Era impossibile che il suo migliore amico stesse aiutando i tedeschi, soprattutto se, come diceva Erivo, i camion contenevano armi e munizioni. Ma allora, cosa c'era in quei camion?

Mentre era ancora alle prese con quel dubbio amletico, Alessandro si rese conto che l'arrivo di tutti quegli uomini aveva accelerato notevolmente le operazioni di sgombero della strada. Di lì a poco la strada sarebbe stata di nuovo libera e il convoglio sarebbe ripartito. E Luca sarebbe andato incontro a morte certa, se fosse stato su uno di quei camion.

Alessandro fece un respiro profondo. Sapeva cosa fare. Credeva nella causa partigiana e voleva punire i tedeschi per quello che avevano fatto a Pietro. Ma conosceva Luca da quando erano piccoli. Non sarebbe rimasto a guardare il suo corpo che veniva fatto esplodere in mille pezzetti. Non poteva permettere che accadesse.

Iniziò a camminare verso sud il più rapidamente possibile, per quanto consentito dalla necessità di non farsi notare. Calcolò che, appena girato l'angolo, avrebbe iniziato a correre. Il luogo dell'imboscata era a poco più di un chilometro. Lungo la strada avrebbe incontrato Lorenzo e Bella. Lorenzo era più in forma di lui, avrebbe potuto correre più velocemente. Sarebbero riusciti ad arrivare da Erivo prima del convoglio. Qualcosa proprio non quadrava. Alessandro non voleva perdere il suo migliore amico per colpa di un errore.

Era dura limitarsi a camminare a passo sostenuto, quando il suo istinto gli gridava di correre il più veloce possibile. Superata la curva e percorso qualche metro, fece uno scatto. Il fucile e il pesante cappotto lo rallentavano e in un paio di occasioni quasi perse l'equilibrio per colpa del ghiaccio e della neve. Ma nel giro di qualche minuto raggiunse il punto dove si nascondevano Lorenzo e Bella. Prima ancora di aprire bocca per chiamarli, vide i due spuntare dalla siepe con fare esitante.

"Ma che cavolo, Sandro! Ti ho quasi sparato. Che stai facendo?"

Ansimando, Alessandro si piegò sulle ginocchia per riprendere fiato. L'aria era così ferma che poteva sentire, seppur in lontananza, le urla del gruppo che stava cercando di liberare la strada. Farfugliando per la paura, gli disse quello che aveva visto: i camioncini, l'ufficiale tedesco, Luca.

"Non possiamo fare l'imboscata. Ci deve essere stato un errore. Non so cosa sta succedendo, ma non stanno di certo trasportando gli armamenti".

Fece un cenno agli altri. "Forza, dobbiamo andare ad avvertire Erivo. Se fanno esplodere la dinamite, Luca è un uomo morto".

Lorenzo rimase lì, perso nei suoi pensieri. Era accigliato e scuoteva la testa.

"Lorenzo, dobbiamo andare. Adesso".

Il volto di Lorenzo si illuminò. "Lo so io cosa c'è nei camion. Le opere d'arte, ricordi? Le cose di cui parlava Elena".

Bea e Alessandro lo guardarono come se fosse pazzo. *Ma di che sta parlando?* pensò Alessandro. All'improvviso, un ricordo gli si affacciò alla mente: sua sorella che parlava della Rocca e dei dipinti che nascondeva, poi la richiesta di un camioncino. Lorenzo aveva ragione. Quello era il convoglio di Rotondi, non delle armi.

"Vero! Stanno trasportando i dipinti. Dobbiamo bloccare Erivo e gli altri, non possono far saltare in aria il convoglio e tuo fratello. Foza!"

Senza attendere una risposta, Alessandro riprese a correre lungo la strada. Bella guardò Lorenzo, con aria sconcertata ma, persuasa dalla forte convinzione di Alessandro che ci fosse qualcosa che non andava, iniziò a correre anche lei.

Lorenzo non si mosse. Nella sua testa stava architettando un piano. Non era necessario che tutti e tre andassero ad avvertire il gruppo. Doveva rallentare il convoglio per un tempo sufficiente da permettere di interrompere la missione e mettersi in salvo.

Lorenzo si arrampicò sull'argine, fino alla siepe dietro alla quale lui e

Bella si erano nascosti. Teneva gli occhi puntati sulla strada. Non aveva più paura di quello che stava per fare. Erano settimane che aspettava di prendere parte all'azione e non voleva vedersi negata questa opportunità. Pensò ai compagni persi nel primo scontro a fuoco, la sera del ballo in chiesa. Si ricordò tutte le notti passate nella stalla, con i feriti che chiamavano la mamma fino al punto in cui poi non parlavano più. Si ricordò del momento in cui aveva saputo dell'uccisione di Pietro, un ragazzino che conosceva da sempre. Tutto orgoglioso, la settimana in cui era nato il padre aveva offerto un bicchierino di grappa a tutti i clienti del bar. Per festeggiare la nascita di quel bambino tanto atteso, era stato concesso di assaggiarne un goccetto persino Luca e Lorenzo, che all'epoca avevano nove e otto anni. Un bambino che ora era morto e sepolto, ennesima vittima di quel regime crudele. Lorenzo impugnò il fucile. Sapeva esattamente cosa fare.

Capitolo Trentatré

I minuti passavano. Lorenzo aspettava. A un certo punto, un altro carretto trainato da buoi si immise sulla strada che portava a Urbino. Lorenzo lo osservò mentre saliva faticosamente su per la collina. Ancora nessun movimento nell'altra direzione. Impugnò il fucile e cercò di percepire anche il più minimo rumore: eccolo lì, il rombo dei veicoli in movimento. Lorenzo ripensò a quello che gli aveva detto Alessandro a proposito del convoglio. In testa c'era un'automobile e dentro quell'automobile c'era l'ufficiale tedesco. Poi c'era una seconda automobile. Subito dietro, il primo camioncino, quello guidato da Luca. Doveva essere molto cauto in quello che stava per fare.

Lorenzo fissava la curva, in trepidante attesa dell'arrivo del convoglio. All'improvviso, vide un'automobile che stava per svoltare l'angolo. Il guidatore era molto prudente, sicuramente per via della neve al suolo. Probabilmente stava anche cercando di evitare le buche e le lastre di ghiaccio. Subito dietro, un'altra automobile e un grande camion. Lorenzo fece un respiro profondo per calmarsi. I veicoli erano troppo distanti per poter vedere gli occupanti, ma Lorenzo diede per scontato che non fosse cambiato nulla.

Aspettò il momento giusto. Cento metri. Settanta metri. Lorenzo si alzò lentamente e si portò il fucile alla spalla. *Concentrati, concentrati,* si disse. Ripensò a tutto quello che gli aveva insegnato il padre sulla caccia al cinghiale. Quando l'automobile fu a una ventina di metri di distanza, Lorenzo si fece largo tra le siepi, arrivò alla strada e rimase fermo lì. Saprò due volte verso il lato passeggero dell'automobile, frantumando il finestrino. Aveva ancora quattro colpi in canna. L'automobile si fermò di colpo. La portiera del lato guidatore si aprì e il conducente, un giovane soldato tedesco, uscì sparando. Lorenzo sentì un proiettile trafiggergli la coscia. Sparò all'uomo, facendolo girare con un colpo che lo prese alla spalla.

Lorenzo, confuso, si diresse verso l'automobile. Gli fischiavano le orecchie e non si accorse delle grida e dei movimenti provenienti dal resto del convoglio. All'improvviso, con la coda dell'occhio, intravide il fratello, appena sceso dal primo camioncino. Lorenzo si concentrò sull'automobile. La porta sul lato passeggero si aprì: il Maggiore Heinrich uscì barcollando, con il volto insanguinato. Lorenzo sollevò il fucile proprio mentre il Maggiore estraeva la pistola. Spararono nello stesso momento. Per un attimo Lorenzo avvertì una sensazione di bruciore all'occhio, poi si fece tutto buio.

***

Luca rimase lì, paralizzato dallo shock. Gli risultava difficile elaborare ciò a cui aveva assistito. Gli occupanti degli altri veicoli gli passavano accanto. I tre soldati tedeschi arrivati da Roma, che erano negli ultimi due camioncini, corsero verso l'automobile. Uno di loro si inginocchiò vicino al Maggiore, per capire se fosse ancora vivo. Alzò lo sguardo verso i compagni, scuotendo la testa. Il soldato alla guida era ferito, ma ancora vivo. Luca vide Lavagnino chinarsi per osservare l'uomo armato steso a terra.

Alzò lo sguardo, individuò Luca e gli fece segno di avvicinarsi per aiutarlo. Luca si avviò verso di lui, girando intorno al corpo del Maggiore. Mentre si avvicinava, si rese conto che, al posto dell'occhio, il cadavere aveva un grosso buco. Quel volto, quei capelli sporchi di sangue...

Luca si accasciò sul corpo, abbracciando il corpo di suo fratello. "Lorenzo, Lorenzo... che hai fatto?"

Fu pervaso da un'ondata di dolore. Si sentiva le viscere a brandelli. Tirò verso di sé il fratello, cullandolo come si fa con un bambino. Il suo spericolato fratello, che non stava mai fermo. Il suo fratellino, che doveva sempre essere tirato fuori dai guai in cui si cacciava. Sentì un lamento spettrale uscirgli dalla bocca. Lo abbracciò ancora più forte, con le lacrime che gli rigavano il volto. Perché lo aveva fatto? Cosa gli era saltato in mente? Era il gesto di una persona che non era in sé.

Scosso dall'immenso dolore di Luca, Lavagnino si fece indietro per lasciargli un po' di spazio. Si avvicinò al Tenente Scheibert, che stava gesticolando smodatamente con Vannutelli.

"Cosa diavolo è stato, eh?" urlò il Tenente. "Chi era quel pazzo con il fucile? Ora dobbiamo occuparci di un ufficiale morto, dannazione".

Lavagnino pensò rapidamente. L'ultima cosa di cui avevano bisogno era che il convoglio venisse dirottato. "Sembra un lupo solitario, Tenente. Qui non c'è nessun altro. Probabile che l'uomo ce l'avesse con il Maggiore Heinrich. Da quel che ho visto, ha mirato direttamente al suo obiettivo".

Il Tenente ci pensò su. "Ha ragione, Lavagnino. Da quel poco che ho visto stando a contatto con lui, non ho dubbi che tante gente ce l'avesse con il Maggiore, sia tra i tedeschi sia tra gli italiani. Il Maggiore Heinrich era il tipo di uomo che si fa dei nemici". Sorrise a Lavagnino. "Sono sicuro che chi ha sparato avesse lui come obiettivo, non il convoglio".

Il Tenente guardava fisso Lavagnino, come se lo sfidasse a dissentire. Indicò i soldati che erano venuti con lui da Roma. "Gli ordinerò di tornare alla fucina che abbiamo passato poco fa. Il soldato può prendere l'automobile del Maggiore, tanto non ne avrà più bisogno, e occuparsi del soldato ferito. Deve andare in ospedale. Dovranno fare quel che possono, con il parabrezza rotto. Dalla fucina può venire giù qualcuno con un carro, per portare i corpi in città. Se qualcuno dirà qualcosa, dirò che è stato un mio ordine diretto".

Lavagnino e Vannutelli si guardarono. Non avevano mai visto il Tenente così deciso. Era chiaro che non avrebbe versato una lacrima per la morte del Maggiore.

Lavagnino tornò sulla strada, dove Luca era ancora inginocchiato abbracciato al fratello. Si inginocchiò anche lui. "Lo conoscevi, vero? Chi è?"

Luca lo guardò, sconvolto. "È mio fratello, signore. Mio fratello Lorenzo. Non so che fare".

Lavagnino gli mise una mano sulla spalla. Non lo conosceva, ma da quel che aveva visto nelle ultime ventiquattro ore, sapeva che il suo amico Pasquale si fidava di lui e che la sua assistente, Elena, lo amava.

Si avvicinò ancora di più. "Il Tenente ha mandato qualcuno a chiedere aiuto alla fucina" disse a bassa voce. "Decidi se vuoi portare tuo fratello in città assieme a loro, oppure venire a Roma con noi. Lo capirò se vorrai abbandonare il viaggio, assolutamente".

Luca fece un respiro profondo. La sua mente era in subbuglio. Non poteva lasciare che fosse un estraneo a dire ai suoi genitori cosa era successo. Cosa gli consiglierebbe di fare suo padre, se fosse lì? Cosa direbbe Elena? All'improvviso gli sembrò la decisione più grande che avesse mai preso.

Lavagnino si alzò in piedi. "Non c'è molto tempo per decidere. Fai qualche bel respiro, magari riuscirai a calmarti".

Un forte urlo del Tenente gli fece alzare lo sguardo. Era diretto a due persone che venivano a piedi verso di loro, lungo la strada. Quando furono più vicini, Luca riconobbe in uno di loro Alessandro. Si sentiva come in un incubo, dove nessuna delle sequenze di eventi aveva un senso. Che ci faceva lì Alessandro, sulla strada? Era forse stato con Lorenzo? Che cosa stava succedendo? Per spirito di conservazione, rimase in silenzio: qualcosa gli diceva che era meglio non far vedere al Tenente che aveva riconosciuto il suo amico. Il Tenente alzò la mano e disse a quegli estranei di non avvicinarsi.

"Abbiamo sentito degli spari" rispose Alessandro. "Viviamo più giù" disse facendo un gesto vago con la mano. "Stavamo andando alla fucina".

Il Tenente sembrava diffidente, ma intervenne Lavagnino. "Ci potreste dare una mano. Qui abbiamo due cadaveri". Indicò il Maggiore, che ora era steso sull'asfalto.

Alessandro rimase impassibile, senza girarsi verso Luca. In quel momento, udirono l'automobile del Maggiore che tornava dalla fucina. Il Tenente corse a ragguagliare i nuovi arrivati. Alessandro si precipitò verso Luca, e si inginocchiò accanto a lui. Luca vide le lacrime negli occhi dell'amico.

"Che ci fai qui?" gli chiese Luca, rosso in volto per la rabbia e il dolore. "Mio fratello si è appena fatto uccidere in una specie di missione suicida. Era un attacco partigiano al convoglio? Trasportiamo dipinti e partiture musicali: cosa vi è saltato in mente?"

"Adesso non posso spiegarti nulla" gli sussurrò Alessandro, "ma in parte Lorenzo ha agito di testa sua. Abbiamo cercato di bloccare la missione quando abbiamo capito che eravate coinvolti voi. Non so cosa l'abbia spinto a prendere l'iniziativa".

Alessandro si guardò intorno rapidamente per assicurarsi che il Tenente fosse ancora impegnato. "Abbiamo sentito gli spari. Erivo, il nostro capo, ha mandato me e Bella a vedere cosa stava succedendo. Devo recuperare un camioncino vicino alla fucina".

La nebbia che aveva avvolto Luca dopo la sparatoria si dissipò improvvisamente. Alessandro era lì, l'unico uomo di cui si fidasse per riportare a casa suo fratello. "Occupati tu di Lorenzo. Devi dire ai miei genitori cosa è successo. Io vado a Roma, tornerò domani. E poi piangerò mio fratello".

Alessandro guardò Luca intensamente. Provò a dire qualcosa, ma riuscì solo a deglutire.

"Sono un uomo di parola, Alessandro. Ho promesso a Elena che avrei portato le opere a Roma e manterrò la mia promessa. Domani mio fratello sarà ancora morto".

Senza aggiungere altro, Luca e Alessandro raccolsero il corpo di Lorenzo e si diressero verso il Tenente.

"Tenente, quest'uomo è mio fratello" disse Luca. Il Tenente Scheibert lo fissò. "So solo che aveva avuto dei problemi con il Maggiore, ma non ho altri dettagli. Non eravamo molto legati". Gli costò enormemente dirlo, ma sapeva che era importante per minimizzare quanto era appena accaduto.

"Quest'uomo qui" disse facendo un cenno verso Alessandro, "conosce la mia famiglia. Si è offerto di portare il corpo di mio fratello a casa, così che i miei genitori possano seppellirlo. Il suo camioncino è alla fucina".

Per un minuto regnò il silenzio. Il Tenente stava pensando alla mossa successiva. Erano in guerra, la gente moriva di morte violenta ogni giorno. Se avesse mantenuto la calma, sarebbe passato come l'ennesimo incidente e sarebbe stato dimenticato nel giro di pochi giorni. Non c'era bisogno di ingigantire la cosa.

Il Tenente guardò Alessandro. "Questo ci sarà di grande aiuto, grazie. Avrò una cosa in meno da organizzare". Guardò Luca. "Torna da me una volta portato il corpo di tuo fratello al camioncino di quest'uomo. Ho bisogno di alcuni dettagli per la mia relazione. Poi dovremo ripartire. La mia priorità, al momento, è questa".

Luca annuì. Alessandro e Bella lo aiutarono a portare il corpo di Lorenzo su per la strada, verso il camioncino. Sembrava un macabro corteo funebre: Luca non avrebbe mai immaginato che avrebbe detto addio a suo fratello in quel modo. I presenti si tolsero il cappello e li guardarono allontanarsi in silenzio.

Arrivati al camioncino, con Lorenzo delicatamente avvolto in una coperta, Alessandro abbracciò forte l'amico. "Mi dispiace tantissimo, Luca. Non doveva andare così. Ti spiegherò tutto al tuo ritorno".

Luca annuì. "Elena è con Rotondi a Palazzo Ducale. Puoi assicurarti che venga avvertita? Le notizie viaggiano così veloci di questi tempi, tra un'ora lo saprà tutta Urbino. Ho bisogno che sappia che sono ancora vivo".

Alessandro acconsentì. "Lascerò Bella alla porta della città così che possa consegnare il messaggio, poi mi dirigerò a casa tua. Ci fermeremo per qualche giorno, almeno finché le acque non si saranno calmate. Verrò a cercarti appena sarai tornato da Roma, promesso".

Luca rimase lì per un paio di minuti, a fissare il camioncino che si allontanava. Disse una preghiera silenziosa perché i genitori capissero il motivo per cui non era lui a riportare a casa il corpo del loro figlio.

Capitolo Trentaquattro

Elena e Pasquale erano seduti al bar di fronte a Palazzo Ducale quando apparve Renon, con aria confusa. Li vide e si diresse di corsa verso il loro tavolino. "Devo parlarvi, in ufficio. Temo sia una questione piuttosto urgente".

Lasciarono il calore del bar e attraversarono la piazza battuta dal vento.

"C'è una persona che vuole parlare con Elena. Dice che l'ha mandata un certo Alessandro. Dallo stato dei suoi vestiti e dall'odore, direi che dorme all'addiaccio da un po'. Immagino che..." Renon lasciò la frase a metà.

La ragazza balzò in piedi quando Pasquale aprì la porta del suo ufficio. "Chiedo scusa per l'intrusione, signore. C'è stato un incidente".

Quella ragazza mingherlina rimase lì, a giocherellare con il berretto. Elena non la riconobbe. Si fece avanti, tendendole la mano. "Mi hanno detto che mi stavi cercando. Sono Elena, la sorella di Alessandro. Gli è successo qualcosa?"

"No, non a lui. A Lorenzo, il suo amico. Lo conosci?"

Elena annuì, con lo sguardo fisso su di lei. La ragazza aveva un'aria sofferente. "Non c'è un modo carino per dirlo. Purtroppo è stato ucciso".

La ragazza iniziò a piangere. Pasquale prese una sedia e le fece cenno di sedersi.

Elena era intontita. Si inginocchiò vicino alla ragazza e le prese la mano. "Puoi dirci cosa è successo? Perdonami, non so il tuo nome".

"Bella Mazzi". Bella alzò lo sguardo verso Elena con un'espressione nervosa sul volto. Elena intuì i suoi pensieri e fece cenno a Pasquale e Renon di lasciarle sole.

"Va tutto bene. Qui sei al sicuro. So che mio fratello è con i partigiani. Quindi eri con Lorenzo e Alessandro..."

Bella le raccontò lentamente ciò che era successo lungo la strada. Le spiegò che lei stessa era ancora confusa ma che, come le era stato chiesto, le stava riportando il messaggio che Luca era salvo e che Alessandro avrebbe portato il corpo di Lorenzo a casa.

Bella si alzò e si asciugò gli occhi con la manica. "Devo andare. Non posso rischiare che qualcuno mi trovi qui". Guardò Elena. "Mi dispiace per la morte del tuo amico. Lorenzo era un uomo coraggioso. E, per quanto mi riguarda, sono felice che ci sia un nazista in meno al mondo". Fece rigidamente un inchino e uscì dalla stanza.

"Stai bene, Elena?" le chiese Pasquale entrando nella stanza. Elena raccontò rapidamente a lui e a Renon quello che le aveva detto Bella. "Lorenzo è il fratello di Luca" disse piano.

"Buon Dio" disse Renon. "Mi dispiace tanto, Elena. Non lo sapevo. Ma allora perché Luca ha insistito per proseguire il viaggio con il convoglio?"

"È un uomo di parola, signor Renon. Se ha detto che avrebbe portato il camioncino a Roma, allora lo farà".

Elena era molto scossa dalla notizia, ma era decisa a non darlo a vedere. Pasquale le strinse forte la spalla. "Luca Rossi è un brav'uomo, Elena, proprio come suo padre. Se Lorenzo era come loro, allora abbiamo perso una persona davvero speciale. Mi dispiace non aver mai avuto l'occasione di incontrarlo. Vuoi che ti porti a casa? O a Ca'Boschetto?"

"Forse dovrei dire ai miei genitori cosa è successo. Paolo Rossi è il miglior amico di mio padre. So che vorrà far visita alla famiglia".

"Ma certo. Dammi cinque minuti per parlare con Renon, poi partiamo. Sono state ventiquattro ore difficili per tutti".

Elena si scusò e andò in bagno.

Pasquale guardò Renon, scuotendo la testa. "Questi giovani, in realtà sono quasi dei bambini, che vengono messi in situazioni così terribili. Quante altre morti possiamo sopportare? Che tragedia. Perché mai Scheibert ha minimizzato l'incidente?"

"A pensarci bene, questa è la cosa migliore che potesse accadere al Tenente. Si è liberato del Maggiore, che avrebbe potuto presentare un reclamo ufficiale per il suo comportamento da ubriacone alla cena. E ora è a capo del convoglio. Anzi, sarà più che mai determinato a far sì che il carico arrivi a Roma sano e salvo, senza ulteriori problemi. Quindi ci sono meno possibilità che lasci perquisire i camion o che permetta che vengano rallentati in alcun modo. Mi duole ammetterlo, ma questo evento ci ha messi tutti più al sicuro".

Pasquale era pensieroso, si accarezzava i baffi. "Sì, credo tu ragione. Se non ricomincia a nevicare, arriveranno a Roma in giornata. Lavagnino ha promesso di inviarmi un telegramma appena arrivati. Dovremo attendere".

Elena tornò in ufficio con il cappotto in mano. Pasquale prese il suo dall'appendiabiti assieme al cappello. "Ci vediamo domani mattina, Renon. Speriamo di ricevere buone notizie".

Luca era seduto a tavola: triste, mangiava un piatto di pasta all'amatriciana. La moglie di Lavagnino gli girava intorno, chiedendogli continuamente se volesse altro pane, o altro formaggio, o un bicchiere di vino. Luca doveva ricordare a sé stesso di dire sempre "per favore" e "grazie", ma aveva la testa in subbuglio. Seduto nel camioncino, per tutto il giorno aveva avuto flashback del momento in cui aveva visto cadere suo fratello. Era esausto, ma aveva paura di chiudere gli occhi, terrorizzato all'idea degli incubi che era sicuro avrebbe avuto.

Appena il corpo del Maggiore era stato portato via, il Tenente Scheibert aveva insistito per ripartire subito. Aveva torchiato Luca per qualche minuto e scritto qualche appunto, ma al di là di quell'indagine superficiale, si era comportato come se non fosse successo nulla. Il viaggio era stato per lo più tranquillo. Dopo settimane trascorse a preoccuparsi delle possibili calamità, quello causato dall'imboscata di Lorenzo si era rivelato l'unico ritardo. Erano stati fermati a un posto di blocco italiano, ma i modi autoritari del Tenente Scheibert e i documenti ufficiali del Vaticano avevano avuto l'effetto sperato e i soldati annoiati avevano lasciato passare il convoglio. Più si avvicinavano al Vaticano, più Luca diventava nervoso: si chiedeva se al loro arrivo i tedeschi li avrebbero arrestati e interrogati. Era sicuro che il Tenente avrebbe detto a qualcuno dell'imboscata e del ruolo che aveva avuto suo fratello. Ma i funzionari del Vaticano li avevano accolti con sollievo e il Tenente Scheibert non aveva fatto cenno alla morte del Maggiore con nessuno.

Mentre veniva fatto l'inventario finale, Lavagnino si era avvicinato a Luca. "Rossi, mia moglie non mi perdonerà mai se non ti invito a cenare e dormire a casa nostra".

Luca si profuse in ringraziamenti: pensava di dover trascorrere la notte dentro al camioncino, posteggiato sul suolo vaticano.

Lavagnino si schermì. "È il minimo che possa fare. Non credo ci sarà un'indagine ufficiale, se è questo che ti preoccupa. L'intera faccenda si è rivelata una buona cosa per il Tenente, secondo me. Lasciami preparare un telegramma per Rotondi, per dirgli che il convoglio è arrivato sano e salvo. Poi ti porto a casa con me".

Un'ora più tardi, stavano divorando la pasta, affamati com'erano dopo lo stress della giornata. Luca non era sicuro che sarebbe riuscito a mandare giù nulla, ma si rese conto che avrebbe fatto meglio a mangiare, visto che lo aspettava un viaggio di ritorno altrettanto incerto. Lavagnino suggerì di evitare le strade principali e di fare un giro più lungo.

"Posso scrivere una lettera e dichiarare che sei in missione per il Vaticano, ma potrebbe rivelarsi inutile se gli italiani dovessero fermarti. Penso sia meglio che passi per i monti toscani. Le strade sono piene di curve pericolose, non è semplice percorrerle di inverno, ma penso che il rischio di incorrere in una pattuglia sia minore. In più, il camioncino è vuoto, se dovessero perquisirlo non troverebbero nulla".

Luca annuì. Non aveva mai lasciato le Marche e non conosceva il territorio. Però si fidava di quell'uomo ed era convinto che sarebbe riuscito a tornare a casa. Cosa avrebbe trovato lì, poi, era tutt'altra questione.

"Lascia che tracci la rotta su una mappa. Dovrei averne una vecchia da qualche parte. Il governo ha rimosso buona parte dei segnali stradali per confondere gli invasori. Sappi che alcune strade potrebbero essere impraticabili: ci sono i crateri delle bombe e posti di blocco ovunque, per cui preparati a qualche cambio repentino".

La moglie di Lavagnino sparecchiò e i due si misero a studiare la mappa.

Mentre tracciava con cura la rotta, Lavagnino chiese con disinvoltura: "Ne vuoi parlare? Di tuo fratello, intendo".

Luca non lo guardò. Deglutì a fatica. "Non so bene cosa dire. Era mio fratello minore. Non la pensavamo sempre allo stesso modo, ma gli volevo bene".

Lavagnino lo cinse con un braccio.

Luca avrebbe voluto poggiargli la testa sulla spalla. Invece, continuò a parlare. "Vedevamo le cose in maniera diversa, credo. Lui voleva combattere i tedeschi e io pensavo che il mio dovere fosse di aiutare i miei alla fattoria. Sapevo che avrebbero potuto ucciderlo, ma non credevo che avrei assistito alla sua morte".

Luca guardò Lavagnino. "I partigiani volevano attaccare il convoglio. Questo è quello che ha detto Alessandro. Pensavano che ci fosse di mezzo qualcos'altro. Hanno interrotto la missione solo perché Alessandro mi ha visto alla fucina quando c'è stato l'incidente. Ancora non capisco perché Lorenzo abbia ucciso il Maggiore. L'imboscata non doveva più avvenire".

La sua voce iniziò a incrinarsi. "Lorenzo poteva essere al sicuro. Non pensa mai a quello che fa. Quando eravamo piccoli, ho dovuto tirarlo fuori dai guai tantissime volte. Perché questa volta non ci sono riuscito?" Luca stava ansimando. Strinse forte i pugni e si scrollò di dosso il braccio di Lavagnino.

Lavagnino guardò sua moglie, che osservava il dolore del giovane con un'espressione affranta. Prese la sedia accanto a Luca e si mise seduta. Senza dire nulla, gli porse un fazzoletto. "Dio aveva altri piani, mio caro. Ognuno di voi aveva un proprio percorso da seguire. Questa guerra ha portato via troppe brave persone. Vieni, ti ho preparato il letto. Devi cercare di riposare un po'. Tua madre ti aspetta, e quello è ciò su cui devi concentrati per ora".

Luca si soffiò il naso e sorrise con riconoscenza. Pensò a Elena, la sua dolce Elena. Le aveva promesso che dato il suo contributo a consegnare le opere, e lo aveva fatto. Ora doveva mantenere la seconda promessa e tornare a casa sano e salvo.

Capitolo Trentacinque

La Vigilia di Natale iniziò con un cielo luminoso e soleggiato. Elena osservò Giulia aprire le imposte per far entrare la luce del sole prima di affrettarsi a vestirsi. L'aria nella stanza era gelida e lei poteva immaginare la brina che ricopriva tutto fuori. Si accoccolò ulteriormente sotto le coperte. Non sembrava esserci un particolare motivo per alzarsi. Da tradizione, quello era un giorno di digiuno prima della cena della sera della Vigilia, anche se Elena sapeva che il pasto sarebbe stato scarno e che non c'era poi molto da festeggiare.

Chiuse gli occhi e pensò a quanto successo negli ultimi giorni. La notizia della morte di Lorenza l'aveva distrutta e ora piangeva quel ragazzo che conosceva da sempre. Era stato lui a dare inizio a tante delle avventure più memorabili della sua giovinezza. Il suo carattere gioioso illuminava ogni stanza in cui si trovasse. Elena sorrise amaramente pensando a tutte le volte che Suor Caterina lo aveva rimproverato perché stava facendo il buffone a scuola. Quando la sera della sparatoria avevano fatto visita ai Rossi, vedere il dolore di Antonella l'aveva devastata: solitamente loquace, si era messa seduta da una parte in silenzio, circondata dai membri dell'intera famiglia, tutti con espressione addolorata. L'unico suono che si sentiva sporadicamente era quello di Marco che singhiozzava tra le braccia del padre.

Elena avrebbe voluto unirsi con le proprie lacrime, ma si era trattenuta perché non voleva che l'attenzione cadesse su di lei. Si sentiva in colpa. Non conosceva i fatti, ma sembrava che la sparatoria avesse a che fare con il convoglio. Se non avesse aiutato Pasquale, forse tutto questo non sarebbe mai successo. Luca non sarebbe stato coinvolto e non avrebbe dovuto assistere all'uccisione del fratello. Le venne la nausea solo a pensarci.

La Vigilia trascorse lentamente. Elena e Giulia aiutarono la madre a preparare il cibo per il pranzo di Natale del giorno dopo. Elisa preparava la pasta in brodo per il tradizionale primo piatto e allo stesso tempo dava indicazioni alle figlie su come tagliare i vari ortaggi che sarebbero stati cucinati con la portata principale. Quest'anno la festa sarebbe stata modesta rispetto agli anni precedenti, ma dopo tutto nessuno era in vena di festeggiare. La morte di Lorenzo aleggiava nell'aria come una nebbia soffocante. Come negli anni precedenti, erano stati invitati a Ca'Boschetto per la cena della Vigilia a base di aringhe sotto sale, ma nessuno sapeva che atmosfera avrebbero trovato. La sera della sparatoria, Paolo era stato categorico: nessun cambio di programma per le feste di Natale, nonostante la morte del figlio. Antonella non aveva avuto nulla in contrario.

Elena era preoccupata soprattutto per Luca. Aveva saputo da Pasquale che il convoglio era arrivato in Vaticano e immaginava che Luca fosse sulla via del ritorno. Ma nessuno aveva avuto sue notizie. Pasquale pensava che per non attirare l'attenzione avesse preso strade secondarie, impiegando così più tempo per tornare. Non avendo ricevuto alcun messaggio, Elena stava comunque immaginando il peggio. Temeva anche che Luca la ritenesse responsabile della morte del fratello. Lei era la prima a sentirsi in colpa, quindi non poteva certo biasimarlo. Se ne stava seduta a pelare svogliatamente le carote, pregando che Luca tornasse prima della cena di quella sera.

Dall'altra parte della cucina, Elisa aveva finito di preparare la pasta. Si lavò le mani e le asciugò con un panno. Si avvicinò alla figlia, che era seduta al tavolo della cucina e la abbracciò da dietro. Sorpresa dal gesto, Elena alzò lo sguardo.

"Tesoro, lo so che per te non è facile. Non è facile per nessuno. Tutti volevamo bene a quel ragazzo".

La tirò a sé per guardarla. Elena vide la preoccupazione negli occhi della madre. "Lorenzo e Alessandro si sono uniti ai partigiani di loro spontanea volontà. Nessuno ha deciso per loro. Non volevano essere costretti ad arruolarsi nell'esercito di Mussolini, volevano combattere per qualcosa in cui credevano. Dovremmo tutti sostenerli".

Elena sentì che stava per scoppiare a piangere di nuovo. La gentilezza della madre era più difficile da affrontare del pesante silenzio che aveva regnato per tutto il giorno.

Elisa prese il volto di Elena tra le mani. "Te lo leggo negli occhi. Tu credi che parte della colpa per questa tragedia sia tua. Pensi che accettare il lavoro con il signor Rotondi abbia dato il via a questa catena di eventi, ma non è così. Non sappiamo ancora come sono andate le cose, ma è stato Lorenzo a decidere di fare quello che ha fatto, è stata una sua scelta. Anche tu stavi facendo qualcosa in cui credevi. E poi..."

Fece una pausa, come se stesse cercando le parole giuste. "Non dovrei dirlo, ma ora che il Maggiore Heinrich è morto siamo tutti più al sicuro".

Elena e Giulia la fissarono stupite. Era una cattolica devota, credeva che ogni vita fosse sacra e odiava quando il marito insisteva per affogare i gattini che non voleva tra i piedi. Addirittura pregava prima di macellare gli animali.

"Tu stessa mi hai raccontato cosa ha fatto a Pietro. Pensi che la madre o il padre di quel bambino stiano piangendo la morte di un uomo del genere? Non credo proprio. Stasera faranno un brindisi alla memoria di Lorenzo, cantandone le lodi come eroe italiano. Che è quello che realmente è".

Elisa fece un passo indietro e guardò le figlie. "Stasera andremo a Ca'Boschetto per stare vicini ai Rossi e celebrare la vita di Lorenzo. Non voglio parlare dei tedeschi, né del convoglio, né di altro. E non voglio che tu abbia l'aria da cane bastonato, Elena. Voglio che Antonella e Paolo siano circondati dal nostro amore. Punto".

Mentre raggiungevano i Rossi con piatti aggiuntivi per la cena, memore dell'esortazione della madre che le risuonava nelle orecchie, Elena si sforzò di assumere un'espressione impassibile. Era dura vedere Antonella cercare di nascondere il proprio dolore mentre, seduta a capotavola, indicava a ognuno di loro dove sedersi. Elena si sentì ancora peggio di quanto non si fosse sentita quella mattina.

La cena fu un calvario. Chiacchierarono superficialmente di argomenti leggeri. Giulia cercò di coinvolgere Giovanna in una conversazione sui nastri, mentre Andrea provò a fare uno dei suoi trucchi con le carte per Marco e Gianni, che di solito si dimostravano entusiasti. Ma nulla riuscì a sollevare lo spirito del gruppo.

Una volta consumate le pietanze principali, Maria, la zia di Luca, portò a tavola un grande panettone. Paolo andò a prendere una bottiglia di vinsanto. Fette di panettone e bicchierini di vinsanto iniziarono a circolare e, quando tutti furono serviti, Paolo si schiarì la voce.

"Cara famiglia e cari amici fidati, questo è uno dei giorni più sacri dell'anno ed è più che giusto essere riuniti qui per celebrarlo".

Si guardò intorno. "Qualche giorno fa, mi è stato portato via mio figlio Lorenzo. È stato portato via a tutti noi. Nulla potrà mai colmare quel vuoto. Piangeremo questa perdita a lungo, anzi, per sempre. Ed è così che dev'essere".

Si sentì qualche singhiozzo soffocato. Elena iniziò a respirare affannosamente.

"Ma Lorenzo era un esempio di pura gioia" proseguì Paolo. "Si rallegrava per tutto: il sole sul viso, un agnellino appena nato, una nuotata nel fiume, un'arrampicata su un albero".

Intorno al tavolo, alcuni sorrisero.

"Era semplicemente una persona allegra. Amava la vita e cercava di trarne il massimo beneficio. Certo, ogni tanto faceva qualche marachella, e in più di un'occasione ha preso qualche cinghiata. Ma rendeva ogni giorno migliore". Paolo aveva un groppo in gola e chiuse gli occhi per un minuto.

Seduta accanto a lui, Antonella iniziò a piangere sommessamente. Paolo le mise una mano sulla spalla, per cercare conforto ma anche per darne a lei.

"Qualche mese fa, Lorenzo ha fatto le sue scelte. Non ero sempre d'accordo con lui, ma mi rendeva orgoglioso sapere che stava facendo ciò che riteneva giusto. E lì, su quella strada, ha scelto come morire. Non posso dire di capire cosa ha fatto, ma devo rispettarlo. E dovreste farlo tutti".

Elena sentì il volto andarle a fuoco. Non riusciva a guardarlo.

Paolo si girò verso la moglie, che singhiozzava in silenzio. "Antonella, nulla di ciò che dico potrà alleviare il tuo dolore. Io so. Ma, come famiglia, dobbiamo unirci e capire come andare avanti. Ed essere arrabbiati con Luca non migliorerà certo le cose".

Elena alzò lo sguardo. Non era ciò che si aspettava.

Antonella spinse indietro la sedia e si alzò. Rimase in silenzio per un minuto, poi sospirò rumorosamente. "Perché non ha portato il fratello a casa? Gli importava così poco di lui, di me? L'arte è così importante da avere la precedenza sui suoi cari?"

Sul volto le si leggevano rabbia, dolore e sofferenza insieme. Si girò verso Elena. "Elena cara, ti voglio bene come a una figlia, lo sai. Ero nella stanza il giorno in cui sei nata. Mi costa molto dirlo, ma penso che in parte sia anche colpa tua. Hai messo in testa a Luca queste grandi idee. Fino a che non sei tornata tu da Milano, era felice di fare il contadino. Da lì in poi è cambiato. Lo vedo come ti guarda. Sei stata tu a convincerlo a unirsi al tuo ridicolo progetto".

Antonella alzò gli occhi e guardò le travi sopra la sua testa: lanciò un urlo come a voler invocare gli dei. "Dov'è mio figlio? Perché non è qui, dove dovrebbe essere?"

Francesco e Paolo iniziarono a parlare a voce alta: Francesco per difendere la figlia, Paolo per cercare di consolare la moglie. Elena fissava la tovaglia. Giulia, seduta accanto a lei, le strinse la mano.

"Anche io lo amo". Le parole le uscirono di bocca prima che potesse fermarle.

Nella stanza calò il silenzio. Antonella fissò Elena.

"Anche io lo amo. Luca. Io amo lui e lui ama me. Quando la guerra finirà, ci sposeremo".

Elena guardò tutti con aria di sfida. Erano tutti scioccati. Suo padre sembrava furioso. Sua madre era agitata e spostò lo sguardo da Antonella a Paolo, per tornare poi su Elena. L'unica persona calma nella stanza sembrava essere Paolo, che annuì impercettibilmente per incoraggiarla a proseguire.

"Zia Antonella... ti chiamo 'zia' da sempre perché per me sei una di famiglia. Non posso certo dire di sapere come ti senti, perché non lo so. Non ho figli e non posso neanche immaginare cosa voglia dire perdere qualcosa di tanto prezioso. Ma Lorenzo stava facendo quello che pensava fosse giusto, lottava perché l'Italia diventasse ciò che dovrebbe essere, non quello che è diventata negli ultimi anni".

Elena non aveva il coraggio di guardare i suoi genitori. Strinse la mano di Giulia più forte. "E Luca sta facendo ciò che ritiene giusto. Non sono stata io a cambiarlo. Ha capito che c'è bisogno di un'Italia fatta di cultura e bellezza, non di violenza, morte e buio. Questo è ciò che l'arte rappresenta. E aiutare a mettere in salvo l'arte vuol dire aiutare a mettere in salvo parte dell'anima del Paese. Sono orgogliosa di lui e di quello che sta facendo. Spero che possa esserlo anche tu".

Antonella guardò Elena con tutto il dolore degli ultimi giorni ben impresso sul volto. Non disse nulla.

Paolo si schiarì la voce. "Elena ha ragione. Stiamo tutti lottando, ognuno a modo suo, per l'Italia di cui vogliamo fare nuovamente parte. Come dicevo, sono orgoglioso che Lorenzo abbia vissuto come voleva. E che sia morto per una causa in cui credeva. Qualsiasi uomo sarebbe orgoglioso di poter dire lo stesso a proposito del proprio figlio".

Sorrise a Elena. "Sono altrettanto orgoglioso di Luca. Generazioni di italiani gli saranno grati se il patrimonio culturale del Paese sopravviverà a questa barbara guerra. Luca sta facendo la sua parte per garantire che ciò avvenga".

Alzò il bicchierino di vinsanto. "Ai miei figli, Lorenzo e Luca!"

Tutti alzarono i bicchieri. "A Lorenzo e Luca!"

Antonella mise giù il bicchiere e fece il giro del tavolo per andare da Elena. Lei si fece piccola sulla sua sedia, temendo un altro attacco verbale. Antonella, invece, aprì le braccia ed Elena si alzò in piedi, grata di essere avvolta da un forte abbraccio.

"Ti voglio bene, bambina mia" le sussurrò Antonella. "Perdonami. È che i miei ragazzi mi mancano così tanto…"

Elena chiuse gli occhi. "Luca tornerà. Ne sono sicura".

Rimasero abbracciate a lungo. Elena sentì il respiro rallentare e, per la prima volta da giorni, si sentì rilassata.

Capitolo Trentasei

Luca vedeva le nuvolette di vapore acqueo formate dal suo respiro. Il rattoppo sul parabrezza non riusciva a isolare la cabina dal vento sferzante. Era anche nervoso all'idea che il motore non avrebbe retto fino alla cima della montagna.

Il viaggio da Roma era filato via tranquillo fino a quando non aveva raggiunto la periferia di Arezzo e aveva svoltato a est. Ora che si inerpicava per i contrafforti appenninici, la strada era piena di tornanti. Il camioncino reggeva bene le curve, ma Luca sentiva che la temperatura stava scendendo e questo lo preoccupava. C'erano lastre di ghiaccio lungo la strada e in alcuni punti aveva faticato a tenere il camioncino in linea retta. Le condizioni meteo sembravano tenere gli altri veicoli lontano dalla strada, tant'è che nelle due ore precedenti Luca aveva visto ben poche persone. Nonostante il forte desiderio di tornare a casa, sapeva che la cosa più sicura da fare era mantenere un'andatura lenta e costante.

Ogni volta che individuava un buon punto per accostare, Luca si fermava per controllare meticolosamente i suoi progressi sulla mappa che gli aveva dato Lavagnino. Molti dei segnali stradali erano stati rimossi per rallentare e confondere le truppe nemiche, proprio come gli aveva detto Lavagnino. Luca dovette fare affidamento sui punti di riferimento per capire più o meno dove si trovasse. Provò una piccola gioia improvvisa quando si rese conto di aver attraversato il confine con le Marche.

Sto arrivando, Elena, disse tra sé e sé, più e più volte, come fosse un mantra per proteggersi.

Pesanti nuvole sembravano circondare il camioncino. Luca sbirciò nervosamente dal parabrezza crepato. Prima cadde un fiocco di neve, poi ne cadde un altro, poi d'improvviso lo circondò una massa bianca e vorticosa proveniente da tutte le direzioni. La visibilità scese e fu costretto a rallentare ancora di più, fino a quando ebbe la sensazione di non stare avanzando quasi più.

Diavolo, ci mancava giusto questa, pensò. I tergicristalli non potevano nulla contro la neve. Luca sentiva che il camioncino cominciava a sbandare sulla strada, che si faceva sempre più scivolosa. Avanzò molto lentamente, pregando che la nevicata si attenuasse, ma non era molto fiducioso.

Un paio di chilometri più avanti la strada si fece più larga e Luca si ritrovò in un paesino. Tra i vortici bianchi, su entrambi i lati della strada intravide delle luci provenienti dagli edifici. D'improvviso, avvicinandosi a una curva, vide davanti a sé quella che sembrava un'osteria. Vicino all'edificio c'era un grande slargo. D'impulso, lasciò la strada e parcheggiò il camioncino. Portandosi dietro il suo piccolo zaino, si diresse verso quella che sembrava l'entrata. Aprì la porta di quercia e si ritrovò in una grande stanza.

Il fuoco scoppiettava nel focolare. I presenti lo fissarono mentre chiudeva rapidamente la porta dietro di sé. Un'anziana era seduta su una sedia di legno di fronte al fuoco, verso cui tendeva le mani per riscaldarsi. Nel mezzo della stanza c'era un lungo tavolo con una panca su ogni lato, al quale due uomini erano seduti davanti a delle ciotole di terracotta fumanti. Vedendo il cibo, Luca sentì una gran fame.

"Cerchi qualcuno?" chiese qualcuno con tono diffidente. Luca si girò e scoprì che la domanda proveniva da una giovane donna che se ne stava in piedi dietro al bancone sul lato sinistro della stanza. Si diresse verso di lei e si sedette su uno sgabello.

"No, nessuno" disse Luca balbettando leggermente. Fece un gesto vago in direzione della porta. "Ha iniziato a nevicare e il mio camioncino è vecchio, così ho pensato..."

"...di fermarti qui per un po'" disse la donna, finendo la frase per lui. "Dove stai andando?"

"A casa" rispose Luca rapidamente. "Verso Urbino". Non essendosi mai allontanato troppo dalla fattoria, Luca non aveva idea di quanto gli altri conoscessero la geografia della sua provincia. Pensava però che Urbino fosse famosa abbastanza da essere conosciuta anche in quel paesino di montagna.

La donna annuì, anche se era difficile dire se fosse perché conosceva il luogo o perché stava semplicemente accettando la sua presenza. "Pensi di mangiare? Oggi c'è pasta e fagioli. Come puoi immaginare, al momento abbiamo un menù un po' ristretto". Senza attendere la risposta di Luca, si girò e scomparve dietro la porta alle sua spalle.

Luca prese fiato, sentendo svanire parte della tensione. Non aveva previsto di fermarsi a mangiare, non volendo attirare l'attenzione su di sé. Ma gli sembrò la cosa migliore da fare, considerando che il tempo andava peggiorando. Sperava solo di non rimanere bloccato dalla neve per giorni.

La donna tornò qualche minuto più tardi con una scodella di pasta e fagioli densa, che gli posò davanti senza tante cerimonie. Un ragazzino l'aveva seguita da quella che immaginava essere la cucina e lo fissava da dietro al bancone.

"Come ti chiami?" gli chiese Luca con un tono che sperava risultasse amichevole.

"Non parla con gli sconosciuti" rispose seccamente la donna. "Qui viene gente di ogni tipo".

Mandò via il ragazzino e iniziò ad asciugare i bicchieri poggiati sul bancone a scolare, riponendoli su una piccola mensola.

Luca mangiò la pasta e fagioli in silenzio. Dava le spalle al resto della sala, il che lo metteva a disagio, ma era troppo tardi per andare a sedersi al tavolo comune. Sentiva parlottare dietro di sé e intuì di essere l'oggetto di quelle conversazioni sommesse. Senti il rumore di una panca che veniva spostata e delle persone che si alzavano. Accanto a Luca comparve un omone anziano. Il suo volto era rubicondo e indurito dal tempo, il suo cappotto era logoro.

"Allora, hai finito?" gli chiese fissandolo con i suoi occhi incappucciati. Il tono lasciava intendere che sperava in una risposta affermativa.

"Non sono affari tuoi, Enzo. Lascialo mangiare in pace". La donna prese le monete lasciate dal cliente, che grugnì e si girò per andarsene con i suoi compagni, lanciando un'occhiataccia a Luca. La donna osservò i due uomini che se ne andavano. Il vento soffiò un po' di neve all'interno quando aprirono la porta.

"Non farci caso. È gente del posto. Vengono tutti i giorni. Qui non ci piacciono molto i forestieri. Almeno, non da quando è iniziata la guerra".

"Capisco" disse Luca. "Me ne vado subito". Pagò e, a malincuore, si congedò. Fuori stava nevicando ancora più forte. Luca corse verso il camioncino. La cabina era più fredda di prima. Girò la chiave nell'accensione. Il motore fece un rumore stridente. Luca imprecò. Perché cavolo si era fermato? Era un idiota. Provò di nuovo.

Cinque minuti più tardi, un colpetto al finestrino lo fece trasalire. La donna di prima, con indosso quello che sembrava un giubbotto dell'esercito, gli fece cenno di seguirla all'interno. Luca borbottò e fece quello che gli suggeriva.

La donna si tolse la neve dal giaccone e lo appese a un grande gancio vicino alla porta. "Quello non mi sembra un bel rumore. Credo che rimarrai qui per un po'".

"Per quanto mi rincresca essere d'accordo con lei, credo che abbia ragione".

"Sono abbastanza brava con i motori, ma non è certo il clima adatto per starsene all'aperto ad armeggiare sotto un cofano. Stanotte puoi rimanere qui". Fece un gesto verso il camino. "Prendi una sedia e cerca di riposare. Presto farà buio e, ammesso che tu riesca a far ripartire il camioncino, guidare in queste condizioni sarebbe troppo pericoloso. Conosco ogni curva di questa strada e perfino io non correrei questo rischio".

Un'ora più tardi, Luca era seduto al tavolo comune a giocare con il ragazzino. La donna, che gli aveva spontaneamente detto di chiamarsi

Sofia e di essere la madre del ragazzino, che si chiamava Marco, sembrava aver messo da parte i dubbi iniziali. L'anziana seduta vicino al fuoco era la madre e sembrava meno entusiasta all'idea di avere un forestiero in mezzo ai piedi, ma l'entusiasmo del nipote l'aveva addolcita un po'.

Fuori era buio pesto. La neve continuava a cadere e, ogni volta che si affacciava alla finestra, Luca vedeva aumentare i cumuli contro il muro dell'edificio di fronte. Anche se al mattino fossero riusciti in qualche modo a far ripartire il camioncino, non era molto ottimista riguardo alle condizioni della strada. Il giorno dopo sarebbe stato Natale e lui non era riuscito a tornare a casa in tempo per festeggiare con le persone a cui voleva bene. Improvvisamente, si rese conto con notevole ritardo che era la Vigilia di Natale: alzò lo sguardo dal gioco.

"Sofia, io ti chiedo scusa. Avevo dimenticato che giorno fosse. Sicuramente avevi intenzione di festeggiare stasera".

Sofia fece segno di no con la testa. "Non c'è molto da festeggiare, non credi? Non ho pesce e ho pochissima carne. Pensavo di cucinare gli avanzi. Ovviamente, se vuoi unirti a noi sei il benvenuto".

Durante una cena semplice ma che gli scaldava il cuore, Luca seppe di trovarsi a Lamoli. Sofia gli raccontò che il marito era morto qualche anno prima, durante la Campagna del Nord Africa. Era stato coscritto nell'esercito italiano, lasciandola a gestire l'osteria da sola.

"Non voleva lasciarci soli, ma in fondo, chi mai lo vorrebbe? E ora le persone contro cui combatteva non sono più il nemico. Nulla di tutto ciò ha senso".

"È stato difficile? Gestire questo posto da sola, intendo" le chiese Luca. "È un posto piuttosto isolato, no?"

"Non è stato facile di sicuro. Per i primi mesi, gli uomini del paese non sono stati molto contenti: temevano che una donna che gestiva il 'loro' bar glielo avrebbe potuto rovinare. E ogni tanto i fornitori cercano ancora di fregarmi. Ma avere a che fare con me non è una passeggiata". Sofia gli sorrise. Luca vedeva la determinazione nei suoi occhi, gli ricordava molto Elena.

"Che mi dici di te?"

Luca le raccontò qualche scarno dettaglio sul luogo in cui viveva e sulla sua famiglia. Marco fu entusiasta di sapere che il fratello minore di Luca si chiamava come lui. Luca non raccontò molto del viaggio, limitandosi a dire che era l'autista del museo d'arte del Palazzo Ducale di Urbino e che stava portando delle merci ad Arezzo. Non disse nulla della morte di Lorenzo. Gli dispiaceva mentirle, quando lei era stata così gentile con lui. Promise a sé stesso che, quando la guerra fosse finita, sarebbe tornato con Elena a ringraziarla per quanto aveva fatto, seppur inconsapevolmente, per la loro missione.

Sofia si alzò in piedi. "Ragazzino, è ora di andare a letto. Dai la buonanotte a Luca e vai con la nonna".

Marco brontolò. "Ma è presto! Non abbiamo finito la partita!"

"Era la decima partita. Sono sicura che domani Luca ne giocherà un'altra con te prima di partire".

Luca gli promise che lo avrebbe fatto e Marco si alzò finalmente da tavola. Fece il giro del tavolo e pretese un abbraccio: Luca fu colto di sorpresa. Lo avvolse in un abbraccio, stringendolo al petto. Cercò di scacciare dalla mente l'immagine di suo fratello Marco e quella di Pietro nella piazza di Sassocorvaro.

"Buon Natale, Luca! Ci vediamo domani mattina!"

"Buon Natale, Marco. Sogni d'oro". *Sogni d'oro davvero, angioletto,* pensò Luca. Vide la nonna portare via il nipote tenendolo per mano, non prima di aver dato un bacio alla figlia. Lo guardò a malapena.

"Vengo tra poco a rimboccarti le coperte" disse Sofia. Aspettò che i due uscissero dalla stanza e poi si rivolse a Luca, con sguardo severo. Rimase lì con le mani sui fianchi. "Allora, adesso mi dici la verità. Dal colore della tua pelle si capisce che passi molto tempo al sole e hai le mani callose, come chi lavora nei campi. Hai detto che vivi in una fattoria. Non credo che chi lavora nei musei abbia la pelle scura o le mani come le tue".

Sofia lo guardò con aria accusatoria, ma con un sorrisino all'angolo della bocca. Si tolse il grembiule e si sedette sulla panca di fronte a lui. Luca provò prima terrore e poi sollievo: chissà perché, si fidava di quella donna.

"Beh, *sto facendo* qualcosa per il museo, per cui non ti ho mentito. Ma hai ragione. Non è questo il mio lavoro abituale". Luca le raccontò tutto quello che era successo negli ultimi mesi. Le parlò di Elena e di come si erano innamorati. Le parlò di Pasquale e della sua missione per salvare le opere d'arte. Le mostrò anche il crocifisso che gli aveva regalato

Elena. Quando arrivò a quanto era successo lungo la strada fuori da Urbino, chiuse gli occhi per un secondo, ma proseguì nel racconto. Sofia lo ascoltò in silenzio.

"Che storia, Luca. Mi dispiace tanto per tuo fratello. Mi chiedo sempre come sia morto esattamente mio marito, ma sono felice di non essere stata presente quando è successo". Sofia girò attorno al tavolo e gli prese le mani. "Oggi ti sembrerà impossibile, ma ti garantisco che andrà meglio. Insomma, non passa mai del tutto. Il dolore arriva a ondate, talmente potenti che ti chiedi se sarai mai in grado di andare avanti. Ma poi lo fai. E l'ondata successiva sarà meno potente e tu sarai un po' più forte. Credimi". Gli strinse le mani. "E avrai Elena al tuo fianco che ti aiuterà a guarire".

Dalle piccole finestre videro improvvisamente delle luci provenire dalla strada. Si staccarono, spaventati. Sentirono il suono ovattato delle ruote sulla neve e il rumore inquietante di alcuni veicoli che si fermavano fuori dall'edificio. Un minuto dopo, qualcuno bussò violentemente alla porta.

"Aprite la porta!" gridò una voce dura: pur parlando in italiano, l'accento era tedesco.

Sofia e Luca si guardarono.

"A me non sembrava una richiesta, a te?", disse Sofia con tono sardonico. "Ci parlo io". Si alzò dal tavolo, si mise il grembiule e si avviò alla porta. Appena tirato via il chiavistello, la porta si aprì violentemente e sei uomini entrarono nella stanza. Sofia chiuse la porta dietro di loro.

Gli uomini avevano cappotti militari grigi e cappelli di pelliccia. Lanciarono uno sguardo truce a Luca, che era rimasto seduto.

"Posso aiutarvi, signori?" chiese Sofia. "Questa sera siamo chiusi. È la Vigilia di Natale".

Uno degli uomini si tolse il cappello. "Sappiamo che giorno è. Abbiamo fame. Cosa c'è da mangiare?"

"Non c'è molto. Come ho detto, stasera siamo chiusi e saremo chiusi anche domani".

Il tedesco si avvicinò, il viso era a pochi centimetri da quello di Sofia. "Ora ci metterai in tavola la cena. E della birra. È la Vigilia di Natale, come hai appena detto". Fece cenno agli altri di sedersi.

Luca si alzò e iniziò a mettere via il gioco da tavolo. Sapeva che avrebbe fatto meglio a tacere.

Mentre rimetteva i pezzi nella scatola, il tedesco lo guardò con un ghigno sul volto. "Lasci che sia tua moglie a parlare, eh? Che coraggio. Portaci della birra".

Luca finì di liberare il tavolo e si avviò verso il bancone, dove Sofia stava già tirando fuori i bicchieri. Si scambiarono uno sguardo. Non ebbero bisogno di dirselo, ma Luca doveva evitare a tutti costi le domande. Che pensassero pure che erano sposati.

Sofia sparì in cucina, mentre Luca riempiva di birra i sei bicchieri. Li portò al tavolo, dove i soldati si erano già tolti i cappotti e si stavano sistemando per la serata, parlando a voce alta e prendendosi in giro a vicenda in tedesco. Luca si diresse verso la cucina, sperando di parlare con Sofia senza che li sentissero.

"Tu! Rimani qui dove posso vederti!" gli gridarono forte dal tavolo. Luca tentennò, poi tornò dietro al bancone. Non c'era motivo di farli arrabbiare ancora di più. Sperava che Sofia trovasse qualcosa da cucinare.

Luca riuscì a distinguere delle voci provenire dal retro della casa. Iniziò a spostare le bottiglie dietro al bancone, cercando di fare più rumore possibile per nascondere quelle voci. Era meglio che i visitatori non sapessero che c'erano altre due persone nell'edificio.

Dopo alcuni angoscianti minuti, Sofia riapparve con un vassoio su cui aveva posato tre scodelle e dei cucchiai. Le posò sul tavolo e tornò in cucina, riemergendo con altre tre scodelle e una pagnotta. Gli uomini afferrarono le scodelle e il pane e iniziarono a mangiare come se fossero a digiuno da giorni. Ignorarono Luca e Sofia, che stavano fianco a fianco dietro al bancone.

Per cinque minuti, non si udì altro suono che quello dei cucchiai contro le scodelle e dei bicchieri che tintinnavano sul tavolo. Chiesero altra birra e Luca li accontentò. Ripresero le chiacchiere, tra una birra e un brindisi. I soldati sembravano assorti nelle proprie conversazioni, così Luca e Sofia si azzardarono a scambiarsi due parole.

"Ho detto a mia madre di tenere Marco a letto".

"È il posto più sicuro" disse Luca a bassa voce. "Speriamo che finiscano di mangiare e se ne vadano".

Ma non se ne andarono. Continuarono a chiedere da bere. Più bevevano, più la conversazione si faceva rumorosa. Luca e Sofia continuavano a guardarsi, pregando in silenzio che alla fine si stancassero o svenissero. La lancetta delle ore del grande orologio continuava a muoversi: si fece l'una, poi si fecero le due.

All'improvviso si aprì la porta della cucina: entrò Marco, in pigiama e con l'aria assonnata, seguito dalla nonna, in camicia da notte di cotone e con aria agitata. I soldati si girarono verso di loro: un paio si alzarono e presero le rivoltelle dal tavolo.

"Ho provato a fermarlo" disse la madre di Sofia con un gemito. "Ma c'era tanto di quel rumore che si è svegliato, ti cercava". Abbracciò il nipote, che si era fermato di colpo e fissava quegli uomini terrorizzato.

Il tedesco che sembrava essere il capo del gruppo gli rise in faccia. "Bene, bene, bene. Chi abbiamo qui? Vostro figlio, presumo" disse guardando dritto verso Luca e Sofia.

"Torna a letto subito" disse bruscamente Sofia, ignorando il tedesco. "Ti ho detto di..."

"Oh, non sarà necessario" la interruppe l'ufficiale. "Vieni qui, piccoletto. Sarei più tranquillo se rimaneste tutti qui, dove posso vedervi".

Marco rimase immobile, come un topo che sperava che il gatto non lo vedesse.

"Ti ho detto di venire qui" gli ripeté il tedesco più energicamente. Disse qualcosa in tedesco all'uomo seduto vicino a lui, che si spostò goffamente lungo la panca, così da fare spazio. Il soldato diede un colpetto sulla panca. "Qui c'è posto".

Marco, terrorizzato, si avvicinò e si sedette. Sua nonna si mise a piangere.

"Stai zitta, donna. Stiamo cercando di fare una bella festa".

La madre di Sofia lo ignorò, il suo pianto si fece più forte. Era inconsolabile. Il tedesco fece un cenno a due dei soldati, che si alzarono rapidamente e corsero verso di lei, afferrandola poi per le braccia. L'anziana iniziò a tremare violentemente, ma continuò a piangere.

"Mamma!" disse Sofia a voce alta. "Stai spaventando Marco".

Il bambino stava fissando la nonna, pallido in volto. Luca vide che gli tremava il labbro inferiore e pregò che non si mettesse a piangere anche lui.

"Ne ho abbastanza. Gliel'ho chiesto con gentilezza" disse il tedesco. "La porto fuori, così possiamo continuare a goderci la serata". Abbaiò un ordine in tedesco.

I due soldati trascinarono la donna verso la porta.

Sofia corse verso di loro e strattonò uno dei due per il braccio. "Basta! Che state facendo? Fuori si gela!"

Luca, inorridito, parlò per la prima volta. "Lasciatela tornare a letto. È anziana e fragile, si spaventa facilmente. È..."

Il tedesco fece segno ai suoi uomini di continuare.

Trascinarono l'anziana alla porta, mentre Sofia cercava di fermarli. Uno dei due tirò via il chiavistello con la mano libera e aprì la porta. Uscì fuori, trascinando con sé la donna. L'altro soldato chiuse la porta dietro di loro. Era un ragazzo, Luca ipotizzò che avesse una ventina di anni. Sembrava scosso. Iniziò a dire qualcosa in tedesco al suo superiore, balbettando un po'.

L'ufficiale sembrava furioso. Iniziò a urlare e gesticolare in direzione del soldato, che non si mosse. Gli altri risero del loro compagno. Il giovane ricominciò a parlare, ed era chiaro che stesse supplicando l'ufficiale.

"Fünf, vier, drei ...!" Puntò la pistola contro il soldato. Il giovane guardò Luca, come a chiedergli perdono, e si voltò per andarsene. Dalla porta aperta si udì un rapido scambio di parole, poi l'altro soldato rientrò. Attraversò di corsa la porta, tremando, e la chiuse con un colpo secco.

Sofia si voltò e corse verso il tavolo, inginocchiandosi sulle pietre. "La prego, signore, per l'amor di Dio. Lì fuori mia madre morirà. Non lo faccia, la prego".

Non si udì alcun suono provenire dall'esterno. Sofia si mise il viso tra le mani e iniziò a singhiozzare.

"È una signora anziana. La prego, gli dica di riportarla dentro" implorò Luca. Non riusciva a credere a ciò che stava accadendo. Sicuramente di lì a poco anche il soldato avrebbe iniziato a sentire freddo, non aveva né il cappotto né il cappello e fuori la temperatura era brutale.

Il tedesco lo ignorò. Guardò Sofia, che era ancora inginocchiata vicino al tavolo. "Ah, mi hai dato un'idea".

Si alzò bruscamente dal tavolo e afferrò Sofia per un braccio. Lei iniziò ad allontanarsi. Marco scoppiò a piangere e cercò di alzarsi. Con la mano libera, il tedesco lo spinse a sedere sulla panchina.

Fece cenno al soldato più vicino di tenere bloccato il bambino. Poi si rivolse a Luca. "Porto tua moglie sul retro, voglio divertirmi un po'. Quando avrò finito sarà il turno dei miei compagni. Nel frattempo ti terranno d'occhio".

Mentre tirava in piedi Sofia, terrorizzata, guardò Luca con disprezzo. Luca si precipitò verso di lui, ma due soldati riuscirono a intercettarlo: cercò di sfuggire alla loro presa, urlando contro l'uomo che teneva Sofia. I soldati costrinsero Luca a sdraiarsi a terra: uno di loro gli teneva la testa premuta contro le pietre, l'altro gli torceva le braccia dietro la schiena. Poteva sentire le urla di Sofia e di Marco, ma non riusciva a vedere nessuno dei due. Sentì il tedesco ridere.

"Amo le donne italiane: siete così passionali... Ricorda: tuo figlio resterà qui con i miei uomini. Io e te ci divertiremo. Se continui ad agitarti, il bambino finirà sotto la neve come la nonna".

Tirò Sofia verso la cucina. "Se il sergente dovesse disobbedire e riportasse dentro quella vecchia vacca, i miei uomini hanno il permesso di ucciderli entrambi". L'ufficiale gridò alcuni ordini mentre continuava a tirare Sofia verso la cucina.

Mentre veniva trascinata in cucina, le sue grida si fecero più deboli, fino a quando la porta si chiuse dietro di lei.

Capitolo Trentasette

Fino a quel momento, Luca aveva pensato che i minuti peggiori della sua vita fossero stati quelli in cui, su quella strada appena fuori Urbino, aveva assistito alla morte del fratello. Si era sbagliato. I soldati trovarono dei vecchi stracci dietro al bancone e li usarono a mo' di corde per legarlo. Per sicurezza, gliene infilarono anche uno in bocca. Luca trascorse le ore successive sdraiato in terra a faccia in giù, con il sottofondo di quelle urla che sembravano venire dall'inferno. La porte della cucina non bastarono a bloccare il rumore di quanto accadeva in camera da letto. I soldati entravano, uno dopo l'altro, per sfruttare il loro turno con Sofia. Ogni volta che uno di loro rientrava nella stanza, abbottonandosi i pantaloni, il comandante gli chiedeva di raccontare al gruppo cosa aveva appena fatto. Le peggiori atrocità venivano riferite a Luca in italiano, così che potesse capire meglio, seguite da occasionali calci allo stomaco o alla testa. Luca accolse quasi con sollievo quel dolore fisico: almeno aveva qualcosa su cui concentrarsi.

Per quanto ne sapeva, a forza di singhiozzare Marco era caduto in uno stato catatonico. Non riusciva a vedere solo le gambe, ma era un po' che non lo sentiva fare alcun rumore. Il soldato che era stato mandato fuori con l'anziana non era tornato. Luca non voleva nemmeno pensare a cosa potesse significare. Lei era in camicia da notte. Non avrebbe resistito cinque minuti in una tempesta di neve.

Quel giovane soldato aveva dimostrato un po' di innata bontà e di senso di giustizia. Se fossero stati ancora vivi, Luca sperava che avessero avuto la prontezza di spirito di cercare rifugio in casa di uno di vicini. Nel periodo trascorso alla fattoria aveva appreso quanto poco impiegasse un essere vivente a morire di ipotermia in condizioni climatiche estreme. Non osava supporre che qualcuno potesse arrivare in loro aiuto. Anche se il soldato avesse raggiunto una delle case vicine, i due uomini che aveva visto quella sera in osteria non avrebbero avuto alcuna chance contro un gruppo di giovani soldati tedeschi, per di più armati.

Luca perse la cognizione del tempo. Aveva i piedi intorpiditi e i legacci stretti intorno alle braccia gli causavano un dolore lancinante alle spalle.

A un certo puntò sentì il capo alzarsi e annunciare qualcosa al gruppo: i suoi uomini esultarono mentre attraversava la stanza, colpendo ferocemente Luca alla testa con un calcio. Si chinò e gli sussurrò all'orecchio. "Sono pronto per il secondo giro".

Il dolore era atroce, ma Luca era contento che ci fosse. Cercò di isolarsi dai rumori della stanza per concentrarsi su ciò che avrebbe potuto fare quando lo avrebbero liberato. Sentì un urlo soffocato provenire dalla camera da letto.

Luca aveva voglia di vomitare. Era un codardo e un fallito. Non aveva mosso un dito per evitare che accadesse. Probabilmente la nonna era morta. Sofia era stata violentata e forse era anche gravemente ferita. Marco sarebbe rimasto traumatizzato. E lui non era stato in grado di proteggerli. Pensò alla sua amata Elena. Cose avrebbe pensato di lui? Avrebbe provato disprezzo, ne era sicuro. Si sarebbe accorta che non era quella figura eroica che pensava che fosse.

Trascorse un'altra mezz'ora, o almeno così gli sembrò. Sentì di nuovo aprirsi la porta della cucina.

"Per quanto la serata sia stata divertente, tra un po' albeggerà. È ora di chiuderla qui". L'ufficiale parlò ai suoi uomini. Ci furono gemiti, fischi di disapprovazione e suoni di stridore mentre i soldati si alzavano da tavola. Qualcuno tirò su Luca, sentiva pulsare la testa e aveva un occhio gonfio e semichiuso per via dei tanti calci ricevuti. Il tedesco lo guardò con un sorrisetto sulle labbra.

"La serata mi è piaciuta molto. Devo dire che l'ospitalità è stata di prim'ordine. Soprattutto quella della tua deliziosa signora. Sei un uomo fortunato".

Luca balzò in avanti, ma fu trattenuto da due uomini.

"Purtroppo dobbiamo andare. Per il momento. Magari, tornando indietro, ci fermeremo qui di nuovo per rilassarci un po'. Ma tu, purtroppo, non ci sarai".

Fece un cenno ai suoi uomini, che trascinarono Luca verso la porta principale. Con indossi cappelli e cappotti, uscirono tutti all'esterno.

Non nevicava più ed iniziava ad albeggiare. Presto sarebbe sorto il sole. Luca alzò lo sguardo verso il cielo. Era il giorno di Natale. Presto la sua famiglia si sarebbe alzata per iniziare a festeggiare, e lui non sarebbe stato con loro. Sapeva che non sarebbe stato mai più con loro.

Luca vide due piccoli cumuli coperti di neve, adagiati al muro. Gli ci volle un attimo per capire che si trattava dei corpi del giovane soldato e dell'anziana. Probabilmente il forte vento aveva spinto la neve contro la fiancata dell'edificio, seppellendoli. Disse una preghiera silenziosa. La sera precedente il soldato aveva bevuto, probabile che il freddo estremo lo avesse disorientato nel giro di pochi minuti. Probabilmente entrambi avevano perso i sensi rapidamente. Sperava che la loro morte fosse stata indolore.

Il capo lo guardò: "Almeno non abbiamo sprecato proiettili per quei due". Fece segno ai suoi uomini di togliergli i legacci e di metterlo contro il muro.

Gli uomini fecero ciò che gli era stato ordinato. Luca si tirò su, tremante, e guardò i tedeschi con aria di sfida.

Il capo di fece avanti e gli tolse lo straccio dalla bocca. "Le tue ultime parole?"

"Verrà anche il vostro momento" disse Luca con una voce che suonava cruda e spezzata. Aveva la bocca secca. "Siete il male assoluto. Tutti voi. Verrete cacciati dal mio Paese e soffrirete. Ne sono sicuro. Un male simile non può vincere".

"Se ti fa piacere credere che sia così..." disse il tedesco. "Può darsi che tu abbia ragione. Ma fino a quel momento, tua moglie e tuo figlio ma anche la tua birra e la tua casa, saranno di mia proprietà. Ora è il Terzo Reich a comandare. Posso farne ciò che voglio. Voi italiani siete dei codardi e dei traditori, siete delle banderuole al vento. Stanotte ho voluto farti sentire tutto quello che succedeva. Volevo che sapessi cosa stavamo facendo a tua moglie. Ma ora per te è giunto il momento di andare".

Il tedesco sollevo la rivoltella. "Forza. Corri, omuncolo. Conterò fino a cinque".

I suoi uomini risero: non capivano cosa si stessero dicendo, ma gli piaceva la scena. Luca continuò a fissarli, con lo sguardo fermo. Sollevò lentamente il braccio dolorante e infilò la mano nello scollo del maglione. Strinse il crocifisso che gli aveva dato Elena.

"Non andrò da nessuna parte. Guardami negli occhi mentre mi uccidi".

"Mi togli tutto il divertimento, eh? Va bene, se è questo che vuoi..."

Luca pensò a Lorenzo e a Elena. Almeno avrebbe trascorso quel giorno sacro con uno di loro. Il tedesco sparò.

Capitolo Trentotto

Elena si legò i lunghi capelli con un nastro, poi si mise un cappello di lana. In camera da letto era freddo, quindi sapeva che nel fienile l'aria sarebbe stata gelida. Inspirò ed espirò lentamente, osservando le nuvolette che si formavano. *Le mucche. Concentrati sulla mungitura delle mucche.* Inspirò ed espirò lentamente di nuovo, questa volta per calmarsi, e poi uscì dalla stanza.

"Pensate di farcela da sole? Devo finire di lavorare questo impasto" disse la madre con le mani immerse in una grande ciotola.

Giulia alzò lo sguardo. "Non ti preoccupare, mamma. Andiamo, Elena. Vediamo di sbrigarci quanto prima".

Le due sorelle attraversarono il cortile e si diressero verso il fienile, portando i secchi. Rimasero in silenzio. Nelle ultime settimane Elena non era stata dell'umore giusto per chiacchierare di frivolezze, quindi Giulia preferì non dire nulla. La sorella avrebbe detto qualcosa quando sarebbe stata pronta.

Le mucche le stavano aspettando, ondeggiando nelle loro postazioni. Elena prese uno sgabello e si diresse verso la prima. Non voleva guardare il fienile. Il pensiero di Luca e dell'ultima volta che erano rimasti stesi insieme lassù la angosciava. Chinò il capo e poggiò la guancia contro il fianco caldo della mucca: lo trovava stranamente rassicurante. Prese i capezzoli dell'animale e iniziò a mungere.

Un'ora dopo, Elena e Giulia avevano finito il lavoro e avevano travasato buona parte del latte in due grandi bidoni d'acciaio. Più tardi Andrea le avrebbe portate al caseificio. Si avviarono verso casa con il latte rimanente, che avrebbero usato in famiglia. Erano quasi arrivate alla fattoria quando sentirono un'automobile che scendeva lungo il sentiero. Si guardarono.

"Chi sarà mai?" chiese Giulia. Vide la speranza accendersi rapidamente negli occhi della sorella, seguita poi da un'espressione assente. Da Natale, troppe volte le speranze di Elena erano state crudelmente deluse e Giulia lo sapeva bene. Posarono i secchi e guardarono l'automobile avvicinarsi.

"È Pasquale", disse Elena con la voce incolore che usava ultimamente. "Non mi sembra di conoscere gli altri".

L'automobile si fermò e Pasquale emerse dal lato guidatore. Gli altri passeggeri rimasero dentro. Pasquale guardò Elena e Giulia. Aveva un'espressione strana. "Mi fa piacere trovarvi qui. Sono tutti in casa?"

Giulia annuì. "La mamma è in cucina a fare il pane. Babbo e Andrea sono nei campi. Però può entrare, prego".

"Grazie, Giulia. Nell'automobile ci sono due persone che vogliono conoscervi. Possiamo entrare?"

Elena annuì, pervasa da un senso di inquietudine. Non aspettò per salutare gli estranei e preferì entrare in casa con i secchi, seguita da Giulia e dai tre visitatori.

Regnava l'imbarazzo. Ci furono le presentazioni e fu portato in tavola qualcosa da bere. Il bambino era affascinato dal latte caldo nei secchi, così Giulia gliene versò un bicchiere. Nella stanza era caduto il silenzio.

Pasquale si schiarì la voce. "Non è semplice. Penso che lascerò che la signora Conti vi racconti la sua storia". Si rivolse alla giovane donna. "Se la sente? Oppure preferisce..."

"No, va bene" disse lei a bassa voce. "Sono venuta fin qui. Lo devo a Luca".

Quando sentì il suo nome, Elena trasalì. Sentir pronunciare il suo nome da un estraneo le fece male. Nessuno aveva osato farlo per settimane, almeno non in sua presenza: avevano tutti così paura di turbarla, che avevano deciso di evitare del tutto l'argomento. Elena si chinò in avanti.

"Lei conosce Luca, signora Conti?" le chiese con un sussurro. La giovane donna la guardò con aria afflitta.

"Ti prego, chiamami Sofia. E sì, lo conoscevo". Le tremava la voce.

"Era la Vigilia di Natale. A ora di pranzo, più o meno. C'era una tempesta di neve". A voce bassa e a volte rotta dall'emozione, Sofia raccontò alle donne di casa Marchetti tutto quello che era successo quel giorno all'osteria. A un certo punto si interruppe. Guardò suo figlio e poi Pasquale.

"Signor Rotondi, le dispiace portare fuori Marco? Sono sicura che la fattoria è piena di cose interessanti".

Pasquale balzò in piedi e, dopo aver guardato Elena per un momento, tese la mano al bambino. "Ho visto che hai bevuto il latte. Ti va ora di andare a conoscere la mucca che lo prodotto?" disse in tono allegro. Marco guardò la madre, in cerca di rassicurazioni.

"Sembra divertente, figliolo", disse Sofia. "Io rimango qui con i miei nuovi amici". Il ragazzino fissò la madre, incerto sul da farsi.

Pasquale gli tese di nuovo la mano. "Dai, Marco, non ci metteremo tanto. La mamma non se ne andrà senza di te, te lo prometto". Il ragazzino gli prese timidamente la mano e uscì con Pasquale.

Sofia guardò le tre donne e poi fissò il tavolo. Non disse nulla per un minuto. "È stato difficile. Per tanto tempo ho solo sperato di morire". Alzò lo sguardo verso di loro. "Se non fosse stato per Marco..."

Elisa, Elena e Giulia guardarono il volto sconvolto della donna.

"Però dovevo venire a cercarti. Luca avrebbe voluto così". Dapprima tentennando e poi come un fiume in piena, con le parole che quasi inciampavano una sull'altra, Sofia raccontò tutto. L'arrivo dei tedeschi. La cena e le birre. Sua madre. Il soldato che aveva cercato di intervenire. Pianse quando raccontò le tre ore di violenza subite, ma andò comunque avanti. Le donne ascoltarono e piansero insieme a lei, come se sentissero quel tremendo dolore.

Il tono di Sofia si fece molto pacato. Le tre donne si avvicinarono per sentirla meglio.

"Non ero lì quando lo hanno portato fuori. Non riuscivo ad alzarmi dal letto. Ma ho sentito tutto". Raccontò di essere rimasta lì, in preda a un dolore atroce, finché non era stata sicura che i tedeschi se ne fossero andati. Raccontò di come si era trascinata fuori dalla camera da letto. Del sollievo provato trovando il figlio addormentato sulla panca, seguito dall'orrore suscitato dai corpi all'esterno.

"Erano tutti morti" disse con voce spezzata. "Mia madre, lasciata morire al gelo come un animale. Quel soldato, l'unico di quei bastardi ad avere un cuore, vicino a lei, congelato. E Luca, il suo sangue, quelle chiazze rosse sulla neve". Sofia si portò le mani al volto e scoppiò a piangere. Poggiò la fronte sul tavolo, con le spalle scosse dai singhiozzi. Elisa la abbracciò, per offrirle un conforto silenzioso. Elena si sentì gelare.

"Ma allora è morto?" chiese, pur sapendo già la risposta.

Sofia alzò la testa e annuì lentamente. "Mi dispiace dover essere io a dirtelo, Elena. Ma sapevo che Luca avrebbe voluto che sapessi come erano andate le cose. Che stava tornando a casa da te".

Si fermò e mise la mano in tasca, tirando fuori un pacchettino. "Ti ho portato questo. Mi ha detto che era tuo. Lo teneva stretto in mano quando ho trovato il suo corpo".

Elena prese il pacchettino e lo aprì. Tirò fuori il crocifisso e lo tenne davanti a sé. "Ma tanto non è servito a salvarlo, giusto?" disse a bassa voce. "Dov'era Dio quella notte? Perché diamine ha permesso che accadesse tutto questo?"

Sofia non disse nulla, ma le prese la mano. Le quattro donne rimasero in silenzio. Piangere non serviva a nulla. Dio aveva smesso di ascoltare.

Quando, poco dopo, Francesco e Andrea tornarono dai campi per il pranzo, Sofia ripeté la storia, sorvolando su alcuni dei dettagli più macabri. Francesco, che guardava sempre all'aspetto pratico, fece numerose domande a Sofia. Era preoccupato perché sembrava che i tedeschi si sentissero impuniti e volle sapere quali autorità erano state informate di quell'atrocità. Disse chiaramente di temere che potessero tornare a farle del male di nuovo. Era anche preoccupato per la sorte del camioncino guidato da Luca e per il luogo della sua sepoltura.

Elisa gli mise una mano sul braccio, per fermare l'interrogatorio. Sofia iniziò a piangere di nuovo ed Elena la portò nella sua stanza per darle un po' di respiro. Si sedettero sul letto, una vicino all'altra.

Rimasero in silenzio per diversi minuti. Quando Sofia smise di piangere, si presero le mani e fissarono le pareti bianche. L'unico rumore nella stanza era quello dei loro respiri: Elena si accorse di aver deliberatamente allineato il suo con quello di Sofia. Dentro, fuori, dentro, fuori, dentro, fuori. Quel semplice gesto la calmò e le permise di pensare con lucidità. E dunque, ora lo sapeva. Luca non c'era più. Non sarebbe mai tornato. Non c'era più speranza, non c'erano più possibili scenari in cui era vivo ma impossibilitato a raggiungerla. Non sarebbe mai più stata tre le sue braccia. Sentì che le lacrime che aveva trattenuto per tanto tempo ora erano pronte a scorrere.

"Non passerà mai del tutto".

Elena si girò verso Sofia. Sembrava distrutta, ma aveva lo sguardo gentile. "Il dolore ci sarà sempre, ma prima o poi verrà il tempo in cui, in una giornata, i momenti belli saranno più di quelli brutti. Fidati, lo so bene. Ho perso mio marito all'inizio della guerra".

Sofia prese entrambe le mani di Elena. "Ho passato poco meno di un giorno con Luca, ma so che era una brava persona. Avrebbe voluto che tu vivessi la tua vita come meglio puoi, anche senza di lui".

"Non riesco a immaginarla la mia vita senza di lui" sussurrò Elena. "Come si fa, Sofia? Hai perso tuo marito e poi c'è stata quella brutale, tremenda notte. Hanno fatto cose indicibili a te e alla tua famiglia. Come ci si può riprendere da una cosa del genere?"

"Se mi sdraio e mi lascio morire, avranno vinto loro. Lo capisci, no? Io e te abbiamo lo stesso nemico. Dobbiamo sopravvivere, dare il meglio di noi, fargli vedere che alla fine siamo più forti noi".

Sofia strinse forte le mani di Elena, finché non iniziarono a pulsare. "Non permetterò che tu ti arrenda, hai capito?" Tirò Elena a sé per abbracciarla: le due donne si strinsero l'una all'altra, singhiozzando per tutto ciò che avevano perso, ma grate per quel momento in cui potevano contare l'una sull'abbraccio dell'altra.

Quando tornarono in cucina, Francesco era stranamente silenzioso. Elena sapeva che sua madre avrebbe fatto qualche rimprovero al marito. Pasquale e Marco rientrarono nella stanza e Sofia iniziò a fare domande al figlio sulle mucche e sulla stalla.

Francesco prese Pasquale da una parte. "La famiglia di Luca è già stata informata?" gli chiese. Dal giorno dell'imboscata fatale al convoglio, il contadino era stato decisamente freddo nei suoi confronti. Si era rifiutato di permettere a Elena di tornare al lavoro ed era propenso ad affibbiare parte della colpa per la morte di Lorenzo al Sovrintendente.

"Stiamo andando lì ora. Sofia voleva parlare prima con Elena. Sembra che, nel poco tempo trascorso insieme, Luca le abbia fatto capire chiaramente che Elena era la persona più importante della sua vita".

Francesco non rispose e si rivolse a Sofia. "Signora Conti, posso chiederle come è arrivata qui? Come faceva a sapere dove trovarci?"

"L'ho capito dalle storie che mi ha raccontato Luca. Mi ha detto che lavorava per il museo d'arte di Urbino, la Galleria Nazionale. Per prima cosa sono andata lì e ho incontrato il signor Rotondi. Sto andando a Pesaro, per stare un po' con mia sorella, perciò non ho dovuto fare una gran deviazione per venire a Urbino. Non ho ancora deciso cosa fare nel lungo periodo".

Sofia non disse nulla del terrore che aveva provato nello stare a casa sua: non riusciva a immaginare di tornare a vivere lì.

"Poi il signor Rotondi si è offerto di accompagnarmi qui, per parlare con Elena, e poi di andare dai Rossi. La mia automobile è a Palazzo Ducale. Il camioncino di Luca, invece, è ancora a casa mia. Devo escogitare un piano per restituirlo alla sua famiglia".

"Il camioncino appartiene a qualcun altro" disse Elena. Le spiegò brevemente come ne erano entrati in possesso. "Al signor Vitali farà piacere riaverlo, prima o poi. Ma per ora non è una priorità".

Pasquale si alzò in piedi. "Credo sia giunto il momento di andare dalla famiglia Rossi. Meritano di sapere cosa è successo al figlio. Le mie più sentite condoglianze, Elena. Dev'essere stato difficile per te ascoltare questo racconto".

Sofia e Marco si alzarono e iniziarono a salutare tutti. Elena prese le mani di Sofia. Non voleva lasciarla andare.

"Tornerai, Sofia?" le chiese Elena. Incespicò nelle parole. "Intendo, mi piacerebbe rivederti. Ti sembra tanto strana come idea? O magari un giorno potrei venire a trovarti a Pesaro. Sarebbe un problema?" Fu improvvisamente presa dal timore che, uscendo da quella porta, Sofia uscisse per sempre dalla sua vita, spezzando così il suo ultimo legame con Luca.

Sofia sorrise. "Mi farebbe molto piacere. Ti lascio l'indirizzo di mia sorella. Magari puoi scrivermi. Credo di fermarmi da lei per qualche settimana, ma non posso rimanere per sempre, perché ha tanti bambini e una casa molto piccola".

Elena andò a cercare carta e penna. Sofia scrisse l'indirizzo e le passò il pezzo di carta.

"Devo decidere cosa fare dopo: Marco e io non possiamo campare d'aria. Prima o poi dovrò tornare all'osteria, anche solo per prendere le nostre cose. Posso passare a trovarti al ritorno".

Elena ammirava la forza di quella giovane donna. Quello che Sofia aveva passato avrebbe annichilito la maggior parte delle persone.

La famiglia rimase nel cortile a guardare l'automobile di Pasquale che scompariva lungo lo stretto sentiero. Elena sapeva che stavano pensando tutti la stessa cosa: la speranza di Antonella di rivedere il figlio maggiore stava per essere infranta.

Capitolo Trentanove

La visita di Sofia fu come un enorme sasso lanciato in uno stagno. Vite vissute in animazione sospesa per settimane erano improvvisamente riprese, anche se erano cambiate per sempre. Paolo e Antonella iniziarono a pianificare il recupero del corpo di Luca, sepolto in una fossa anonima e poco profonda scavata dai vicini di Sofia nel cimitero della locale abbazia. Elena trascorse un giorno intero a letto, a piangere, ma la mattina dopo provò vergogna. Sofia aveva ragione, Luca non avrebbe voluto vederla così. E il pensiero di Sofia e di tutto quello che aveva passato la fece vergognare di essersene stata sdraiata lì a crogiolarsi nella tristezza.

Elena andò a cercare il padre e gli disse che sarebbe tornata al lavoro, che gli piacesse o no. Francesco cedette, segretamente sollevato nel rivedere un po' di quella passione che caratterizzava la figlia. La sua furia nei confronti dei tedeschi, che avevano ucciso il figlio del suo migliore amico, e il desiderio di avere giustizia per Luca e per Sofia si rivelarono più forti della rabbia che aveva covato nei confronti del Sovrintendente.

Il lunedì successivo, Elena andò in bicicletta a Sassocorvaro. Smontò in piazza e spinse la bicicletta verso il bar.

Anna era all'ingresso e chiacchierava con una signora che aveva un cestino della spesa. Vide Elena e la salutò con la mano. "Che bello vederti qui. Ci sei mancata".

"E a me è mancato il tuo caffè d'orzo. Come stai?"

Elena si pentì subito di quei convenevoli. *'Come stai'? Suo figlio è morto, Elena, come vuoi che stia?*

Anna le fece un sorriso malinconico. "Tiriamo avanti. Alcuni giorni sono meglio di altri. Ho saputo di Luca. Elena, mi dispiace tanto".

Elena non ne fu sorpresa. Le notizie viaggiavano velocemente. Probabilmente lo sapeva tutta la città. "Grazie, Anna. Almeno ora sappiamo cosa gli è successo. Anzi, devo parlare del camioncino con tuo marito. È qui?"

Anna indicò la stalla. "Sta sistemando le scorte. Perché non vai da lui? Ti porto io il caffè".

Elena trovò il signor Vitali che accatastava casse di birra. Le fece le condoglianze. "Questa guerra fa cose indicibili alle persone. Quanta altra gente dovrà soffrire?"

Elena non rispose, sapendo quanto avevano dovuto già sopportare il signor Vitali e sua moglie. Si sedette su una delle casse. "Devo parlarle del suo camioncino".

Il signor Vitali ascoltò pazientemente mentre Elena gli spiegava dov'era. "Devo inventarmi qualcosa per riportarlo qui. Ora la signora Conti è a Pesaro, ma tornerà. Posso farla venire in citta, così da decidere cosa fare".

"Come ho già detto, quel camioncino consideratelo come un regalo. Non c'è fretta di restituirmelo. Se la signora ne ha bisogno, può tranquillamente tenerselo".

"Credo che invece voglia riportarlo qui: mi sembra il tipo di persona che non ama lasciare questioni in sospeso".

"D'accordo, allora. Sarò lieto di incontrarla".

"Incontrare chi? Mi stai rimpiazzando?" chiese Anna entrando con una grande tazza.

Elena sorrise, ripetendole rapidamente la storia. Era bello vedere Anna che scherzava di nuovo con il marito.

"Ti prego, portala qui per pranzo con suo figlio. Mi farebbe davvero piacere" disse Anna in tono malinconico.

Elena pensò al faccino sfrontato di Pietro e quasi pianse. "Farebbe piacere anche a me. Vi farò sapere quando passerà di qui". Elena le restituì la tazza. "Beh, è ora di tornare al lavoro. Va bene se lascio qui la bicicletta?"

"Nessun problema, Elena. Ci pensiamo noi a tenerla al sicuro". Sapevano tutti che era più semplice tenere al sicuro le biciclette che le persone.

Nei due mesi successivi, Elena e Sofia si scrissero spesso. Ben presto divennero grandi amiche, scambiandosi lunghe lettere, condividendo i pensieri più intimi ma anche frammenti di vita quotidiana. Mettere le parole nero su bianco dava a Elena l'impressione di essere in confessionale. Raccontò a Sofia i dettagli più intimi della relazione con Luca, cose che non aveva detto nemmeno a sua sorella. Di contro, Sofia le confessava le proprie paure per il futuro e le preoccupazioni per gli effetti a lungo termine che quel trauma avrebbe potuto avere su di lei e su suo figlio. Le parlò delle notti trascorse sdraiata accanto a Marco, pregando che entrambi si addormentassero e non si svegliassero più. Le parlò delle mattine in cui piangeva amaramente quando si trovava davanti alla dura realtà, salvo poi guardare il figlio e capire che doveva farsi forza.

Fu Sofia la prima a sapere che da un po' Elena non vedeva più il sangue ogni mese e fu lei, a inizio marzo, a scriverle parole severe.

> Devi parlare con tua madre. Si vedrà da un momento all'altro, quindi meglio dirlo subito. Non sarà così tremendo come pensi, ne sono sicura. Tua madre mi è sembrata una brava donna, ti vuole davvero bene.

Elena lesse la lettera tre volte, poi fece come le aveva consigliato Sofia. La madre prima pianse, poi si arrabbiò e infine abbracciò la figlia.

"Ce la faremo, tesoro. Non è così che immaginavo che avresti avuto il primo figlio, ma se Dio ti ha dato questa benedizione, chi sono io per mettere in discussione i suoi piani? Dobbiamo andare a dirlo ad Antonella".

Al contrario di Elisa, Antonella fu subito pazza di gioia per la notizia. "È il miglior regalo che potessi chiedere. Nulla mi ridarà i miei figli, ma l'idea che al mondo ci sia una parte di Luca è una benedizione".

Sfidando il parere contrario dei genitori, Elena continuò a lavorare per Pasquale. Ma era tormentata dai sensi di colpa. Aveva detto a tutti, specialmente a Luca, che stavano salvando le opere d'arte per l'Italia. Lo avevano fatto ed era molto orgogliosa del risultato raggiunto. Eppure, Elena dovette ammettere a sé stessa che il motivo principale per cui si era tanto dedicata alla missione del convoglio era che voleva dimostrare a Pasquale di avere la stoffa per diventare una curatrice d'arte. Passò molte notti sveglia, tormentata dal pensiero che, in fin dei conti, era stata la sua ambizione ad aver causato la morte di Luca. Cosa sarebbe successo se non fosse mai andata a Milano e fosse invece rimasta alla fattoria, come le avevano chiesto i genitori, ad aspettare il momento giusto per sposarsi e avere dei figli? Confidò il suo senso di colpa a Sofia, che la dissuase velocemente da quelle idee.

Non hai colpa per nessuna di queste cose. Secondo me, non c'è nulla di male nel volere qualcosa di più che trascorrere la vita in una fattoria. Luca sarebbe il primo a essere d'accordo con me. Pensi che me ne importasse qualcosa di quei vecchi del mio paesino che, solo perché ero una donna, dicevano che non avrei potuto gestire l'osteria dopo la morte di mio marito? Se non altro, devi guadagnarti da vivere per te e per tuo figlio. E se puoi farlo occupandoti di qualcosa che ti piace, ancora meglio.

Elena fu grata per quell'attestato di fiducia. Diventò ancora più motivata del suo capo, trattenendosi al lavoro fino a tarda sera, aiutando Pasquale con la voluminosa corrispondenza che intratteneva con i musei e le chiese che gli avevano affidato i loro tesori. Pasquale voleva assicurarsi che i registri fossero aggiornati, così da rendere più agevole la restituzione delle opere ai legittimi proprietari una volta finita la guerra.

Lavagnino, come promesso, era tornato a Urbino e aveva completato il trasferimento dei beni in Vaticano. Era rimasto sconvolto davanti alla notizia della morte di Luca.

"Era un brav'uomo, Elena. Non meritava di morire così. Quando avremo cacciato quei bastardi dal nostro Paese e avremo aiutato gli Alleati a vincere, ci saranno le giuste punizioni, stanne certa. Voglio credere che pagheranno per tutto quello che hanno fatto".

All'inizio di aprile, Sofia scrisse a Elena che stava per lasciare Pesaro e tornare a Lamoli, passando per Urbino.

> *Devo prendere tutte le mie cose e poi trovare un altro posto dove vivere. Dopo la guerra, proverò a vendere la casa. Per il momento, però, devo trovare un rifugio per Marco. Un posto dove si senta al sicuro. So cucinare, so pulire, so gestire un locale. Dovrò cercare un lavoro che mi faccia guadagnare abbastanza da mantenerci.*

Elena era emozionata all'idea di rivedere la sua amica. Convinse i genitori a lasciare che Sofia e Marco stessero da loro, poi andò al bar di Anna per aggiornarla: concordarono una data e un orario per il pranzo.

Una settimana più tardi, Elena, Sofia e Marco erano a Sassocorvaro, seduti a tavola a casa dei Vitali, nell'appartamento sopra al bar. Era una fredda giornata di aprile e non aveva smesso di piovere dalla mattina. Nonostante il grigiore esterno, la stanza risuonava di risate per i piccoli aneddoti sulla gestione dell'osteria raccontati da Sofia. Parlò di ricette che non erano riuscite bene, di botti di birra esplose e delle stranezze di alcuni clienti abituali. Elena percepiva lo sforzo che faceva per tenere i toni leggeri. Di tanto in tanto, un'ombra le attraversava lo sguardo e il suo sorriso si congelava.

Appena rimanevano in silenzio, era Anna a riprendere la conversazione con i suoi aneddoti sulla gestione del bar. Di tanto in tanto, allungava la mano e la posava delicatamente su quella di Sofia. Le donne si scambiavano sorrisi tristi. Elena si chiedeva quante volte delle scene come quelle si ripetessero nelle case italiane.

Una volta finito di mangiare, dopo che il signor Vitali aveva offerto a tutti un po' di amaro, Anna guardò Sofia con un luccichio negli occhi. "Ho un'idea. Potrebbe essere la soluzione a tutti i nostri problemi".

Elena la guardò sorpresa: nonostante il dolore evidente che aleggiava sulla tavola, il pranzo sembrava aver tolto un peso dalle spalle di Anna.

"Che ne diresti se mio marito venisse a Lamoli con te? Potrebbe aiutarti a fare i bagagli e a chiudere tutto. Poi potreste tornare tutti qui, lui guiderebbe il camioncino. Avrete tante di quelle cose che la tua automobile non basterà, un veicolo in più vi farà comodo. Troveremo il modo di scroccare un po' di carburante".

Anna si guardò intorno, entusiasta. "Ma aspetta, c'è di più. Potete venire a stare con noi. Mi serve una mano a gestire il bar e Marco avrebbe la possibilità di andare a scuola. Sarebbe bellissimo avere di nuovo un bambino che gira per casa. Lo spazio c'è".

Guardò il marito con le lacrime agli occhi. "Non supereremo mai la morte di Pietro, ma io ho tanto amore da dare".

Suo marito la guardò con affetto, senza cercare di nascondere le lacrime. "Anche io", disse dolcemente.

Anna tornò a guardare Sofia con aria trepidante. "Pensaci, Sofia. Ti prego. Ci faresti un gran favore".

Elena si accorse che era rimasta scioccata dall'offerta. Sofia fece per parlare, poi richiuse la bocca. Alla fine, disse qualcosa. "Davvero fareste una cosa del genere? Per me, per una persona che avete appena incontrato?" Guardò prima Anna e poi Elena, come alla ricerca di una spiegazione.

Il signor Vitali si schiarì la voce. "Questa guerra mi ha fatto capire che bisogna tenersi stretto il bene, ovunque si trovi. La vita è troppo breve per starsene fermi ad aspettare. Mi sembri una brava persona. E mi fido del giudizio di Elena. Pietro ha sempre detto che era la sua cliente preferita. Chi è amico di Elena è anche amico nostro. Sarebbe un onore averti qui con noi".

Sofia li guardò.

Marco non smetteva di muoversi. "Mamma! Possiamo restare? Questa pasta è buonissima. E poi potrei andare alla fattoria di Elena per vedere le mucche quando voglio". Tutti risero davanti al suo entusiasmo.

Sofia gli arruffò i capelli. "Beh, se ti fa piacere restare, allora direi che è un sì. Sì, grazie. Accetto la vostra incredibile offerta".

Più tardi, quando ormai tutti dormivano, Elena sgattaiolò fuori di casa. Si diresse verso la stalla e aprì le grandi porte di legno. Le mucche iniziarono a muggire piano. Elena salì la scala che portava al fienile e si sdraiò sulla paglia. Stringeva il crocifisso in una mano.

"Luca, è stata una bella giornata". Da qualche settimana, aveva preso l'abitudine di andare al fienile di notte. Ogni tanto sentiva la voglia irrefrenabile di parlare con Luca ed era proprio lì che si sentiva più vicina a lui. Forse, quando Paolo avesse trovato il modo di portare il corpo di Luca al cimitero, così da poterlo seppellire assieme al fratello, le cose sarebbero cambiate. Ma per il momento doveva accontentarsi del fienile.

"La mia amica vivrà qui vicino, così potrò vederla quando vorrò. Anna potrà coccolare di nuovo un bambino. E il nostro bambino sta crescendo dentro di me. Prima della fine dell'anno potrò conoscerlo e rivedere i tuoi bellissimi occhi. I tuoi genitori avranno un nipotino, il che magari allevierà un po' del loro dolore. La vita è bella".

Elena sfregò il crocifisso come se fosse un amuleto. "Ti ricordi quella notte qui alla stalla? Quando ti ho parlato del piano di Pasquale e abbiamo avuto la nostra prima discussione? E poi hai cambiato idea e mi hai detto che mi avresti aiutato? Io la ricordo benissimo. Stavi ridendo perché io ero tanto agitata, alla fine mi hai detto che mi avresti aiutato a mettere in salvo le Madonne. Te lo ricordi?"

Fece una pausa, come in attesa di una risposta. "Luca, senza volerlo hai salvato più Madonne di quante tu riesca a immaginare".

Epilogo

25 ottobre 1986

Elena si stava innervosendo. Sua nipote era in bagno da almeno mezz'ora. Per qualche misterioso motivo, aspettava sempre l'ultimo momento per prepararsi.

"Cristina! Perché ci metti tanto? Se non ci sbrighiamo, ci perderemo l'inizio".

"Calmati, nonna" le disse lei, facendosi finalmente vedere e agitando le chiavi dell'automobile. "Guido io e sai che vado molto più veloce di te".

"E non ti dico sempre di andare piano su quelle strade? Io vorrei morire nel mio letto!" Elena sembrava infastidita, ma la sua espressione diceva il contrario. Amava tutti i suoi nipoti, ma per lei aveva un debole. Ammirava il coraggio di Cristina e la sua grande ambizione. Non le faceva paura nulla.

Elena non poté fare a meno di sorriderle. Le mise a posto il cappello e le diede un bacino sulla guancia. "Adesso possiamo andare? Potrebbe sembrare che oggi l'ospite d'onore sia tu".

Venti minuti più tardi, Cristina aveva parcheggiato a Piazza del Mercatale, poco fuori dalle mura, e le due si avviarono su per la rampa elicoidale che portava a Corso Giuseppe Garibaldi. Mentre camminavano verso la strada, Elena sfiorò il muro liscio con le dita: si chiese quante persone avessero calpestato quelle lastre nel corso dei secoli. Di nuovo alla luce del sole, la vista dei Torricini di Palazzo Ducale le scombussolò l'anima. Non si stancava mai di quelle torri fiabesche che sembravano uscite da una favola per bambini.

Il cortile di Palazzo Ducale era pieno di sedie. Tanti si erano già accomodati. Elena vide il resto della famiglia seduto davanti. Alessandro la vide e le fece un cenno. Sua moglie si girò e le fece un gran sorriso. Sofia era nella fila dietro, accanto al figlio e a sua moglie. Vicino a loro c'erano i Vitali, Anna teneva sulle ginocchia uno dei figli di Marco. Sofia fece segno a Elena di unirsi a loro.

Elena notò Renon e la sua famiglia seduti dall'altro lato, così si avvicinò per salutare il curatore. Non lo aveva più visto da quando era andato in pensione. Renon le disse che lui e la moglie stavano pensando di trasferirsi a Pesaro, per vivere al mare.

"Mi piace l'idea di iniziare la giornata con una passeggiata in spiaggia" le disse. "Ho passato fin troppi anni in archivi polverosi e in sotterranei immensi".

Elena rise. "Mi sembra un'idea fantastica. Vorrei che mia madre avesse preso una decisione simile. Forse non ci avrebbe lasciato così presto. Ma mio padre esalerà l'ultimo respiro mentre ara un campo".

"Beh, almeno tu vieni ancora qui all'università tutti i giorni per insegnare ai tuoi fortunati studenti. Sono felice che tu non abbia abbandonato il mondo dell'arte per dedicarti alle mucche".

"Mi sento molto fortunata, sì. Quei bambini a volte mi fanno impazzire, ma non c'è nulla di meglio che parlare tutto il giorno di dipinti in una classe. Ho un enorme debito di riconoscenza nei confronti di Pasquale".

"Parli del diavolo... Pasquale! Ce l'hai fatta. Non ne ero del tutto sicuro".

Elena si voltò e vide il suo vecchio capo e la moglie che si avvicinavano a loro. Era passato tanto tempo dall'ultima volta che si erano visti.

Provò un'ondata di affetto verso l'uomo che aveva cambiato il corso della sua vita.

"Pasquale, sono così felice vederti. Questa è un'occasione di grandissima importanza, nessuno la merita più di te". Lo baciò su entrambe le guance, poi fece un passo indietro per guardarlo bene.

Sua moglie si mise a ridere. "Avresti dovuto sentire le storie che ha fatto per prepararsi. Giuro che le ha tentate tutte per defilarsi. Odia essere al centro dell'attenzione".

Dentro Palazzo Ducale l'attività ferveva: un gruppo di dignitari si diresse verso il palco. Tra di loro Elena intravide suo figlio e gli fece un cenno di saluto. Le persone iniziarono a sedersi, in vista dell'inizio della cerimonia.

Una ragazza con una cartellina accompagnò Pasquale e Zea in prima fila. Elena tornò verso la sua famiglia: Cristina batté la mano sulla sedia vicino a lei.

"Nonna, ti ho tenuto questo posto. Devi avere una buona visuale del palco". Elena si sedette e si avvolse la sciarpa attorno al collo. Era felice di aver indossato un cappello: l'aria era gelida e il cappotto non la teneva calda come avrebbe voluto.

Il sindaco si alzò e fece uno dei suoi soliti interminabili discorsi sulle tante qualità di Urbino e della sua gente. Elena sentiva le palpebre chiudersi, ma Cristina le diede un colpetto.

"Nonna, se ti addormenti te lo perdi".

Elena si ricompose e si concentrò di nuovo sul discorso del sindaco.

"Ma poi arriva un estraneo che si innamora della nostra gloriosa città e usa il suo considerevole talento per renderci migliori. Mi azzardo a dire che era dai tempi del Duca Federico che un uomo non faceva così tanto per il patrimonio culturale di questa città. Signor Rotondi, durante la guerra lei ha preso decisioni cruciali per proteggere i nostri tesori, correndo anche gravi rischi personali. Le dobbiamo un enorme ringraziamento e io posso solo scusarmi per il tempo che ci è voluto per offrirglielo. È quindi un mio grande onore, oggi, conferirle la cittadinanza onoraria di Urbino, con nostra eterna gratitudine".

Il sindaco era raggiante mentre Pasquale si alzava e si dirigeva lentamente verso il piccolo palco. Ebbe un attimo di tentennamento ma poi, aiutandosi con il bastone, riuscì a salire i gradini. I due uomini si strinsero la mano e posarono per i fotografi, mentre il sindaco si prodigava per consegnargli un certificato incorniciato. Si alzarono tutti in piedi, tributandogli un lungo applauso. Elena sentì gli occhi riempirsi di lacrime. Finalmente un piccolo riconoscimento per quanto Pasquale, contro ogni previsione, era riuscito a portare a termine. Per decenni era sembrato che a nessuno importasse di quello che avevano fatto.

Cristina diede di nuovo un colpetto alla nonna. "Guarda, babbo sta per dire qualcosa".

Il figlio di Elena, un uomo alto e snello, identico al padre, si alzò e si diresse verso il microfono. Strinse la mano a Pasquale e gli sussurrò qualcosa. Quest'ultimo si sedette su una sedia a lato del palco.

"Buongiorno a tutti. Mi chiamo Luca Rossi e, per chi non mi conosce, sono il direttore della Galleria. È davvero un onore essere qui oggi con il signor Rotondi, per ricordare con riverenza le azioni compiute nelle ore più buie della storia del nostro Paese per salvare il nostro patrimonio culturale. Gli dobbiamo molto".

Fece una pausa e poi, in mezzo alla folla, guardò Elena dritta negli occhi. "Da bambino mia madre mi ha letto tante storie e mi ha dato tanti preziosi insegnamenti. Ma è stato il suo amore per l'arte a influenzarmi maggiormente e a portarmi dove sono oggi. Mi ha insegnato che l'arte è un linguaggio universale, un modo per esprimere i nostri pensieri e le nostre convinzioni più profonde. L'arte ci connette in modo trasversale, oltre i confini geografici e demografici. È una finestra sul passato e un portale verso il futuro. Soprattutto, ci dona bellezza in un mondo che può essere davvero brutto. Il signor Rotondi ha saputo riconoscere questo potere e ha messo a rischio tutto ciò che aveva per far sì che questa generazione e quelle future non ne venissero private. In un mondo in cui i soldi e il potere politico sembrano regnare sovrani, abbiamo bisogno di un costante richiamo a ciò che conta".

Luca guardò Pasquale, che sembrava un po' in imbarazzo su quel piccolo palco.

"Oggi la città di Urbino omaggia Pasquale Rotondi, un uomo che ha spostato le montagne per ciò in cui credeva. Molti nutrivano dei dubbi su di lui e sull'importanza della sua causa. Sono orgoglioso che mia madre e mio padre siano stati tra coloro che lo hanno sostenuto nella sua missione. Ma credo che, oggi, generazioni di italiani siano grate a quest'uomo che è stato disposto a rischiare tutto quello che aveva per salvare ciò che dovrebbe essere importante per tutti noi. Posso solo sperare di essere all'altezza di uomini come Pasquale Rotondi, che hanno compreso che dobbiamo sempre lottare per la luce".

Il pubblico si alzò nuovamente in piedi, applaudendo quelle parole. Per qualche minuto, Pasquale non si mosse. Alla fine si alzò e si girò verso la folla, ringraziando per l'applauso con un cenno. Elena applaudì ancora più forte, felice perché la città, anzi il Paese, aveva riconosciuto a quell'uomo reticente ciò che gli era dovuto.

Suo figlio si girò verso la folla. "Abbiamo organizzato un piccolo rinfresco al piano superiore di Palazzo Ducale. Unitevi a noi per congratulare di persona il signor Rotondi".

Luca aiutò Pasquale a scendere dal palco e gli fece strada lungo il cortile fino alle scale che portavano al piano superiore.

Cristina guardò la nonna sorridendo. "Non trovi che oggi babbo sia bellissimo? Sembra una star del cinema!"

"Non posso che darti ragione, ovviamente, ma non farti sentire. Sai quanto è schivo".

Elena si alzò per seguire il resto della gente all'interno del palazzo. Cristina aveva ragione: suo figlio era particolarmente bello con quell'abito di sartoria. Si chiese se, a quell'età, il suo Luca avrebbe avuto lo stesso aspetto. Era sconcertante pensare che suo figlio aveva già il doppio degli anni che aveva il padre quando era morto. Il suo Luca sarebbe stato per sempre un diciottenne per lei.

Con un bicchiere di prosecco in mano, Elena andò alla ricerca di Zea. Lei e Pasquale vivevano a Roma ormai, lui lavorava per il Vaticano come consulente tecnico per il restauro. Elena li vedeva raramente ed era felice di avere l'opportunità di fare due chiacchiere. Zea ed Elena erano impegnate in una fitta chiacchierata quando si avvicinarono Pasquale e Luca.

"Mamma, devo farti vedere una cosa", le disse prendendola per un braccio. "Io e Pasquale ti abbiamo preparato una sorpresa".

Elena guardò il figlio, confusa, poi Pasquale e Zea. Dall'espressione sul volto di Zea, era chiaro che fosse al corrente del segreto.

"Vieni a vedere", insistette Luca. La prese sottobraccio e la condusse giù per gli ampi gradini fino al cortile. Zea e Pasquale, appoggiandosi al suo bastone, li seguirono con passo più lento. I quattro passarono per la piccola porta che conduceva al giardino del palazzo.

Luca portò la madre verso un lato del giardino. Elena vide che era stato piantato un ulivo. Suo figlio si fermò e aspettò che arrivassero Pasquale e Zea.

Luca sorrise alla madre. "Mamma, da quando abbiamo saputo che la città avrebbe omaggiato Pasquale, ci siamo sentiti spesso. Voleva che il museo facesse qualcosa per sottolineare anche il tuo contributo, non solo quello che hai fatto anni fa per il convoglio, ma anche per le generazioni di studenti per cui sei stata fonte di ispirazione, sia qui sia all'università".

Elena arrossì. Abbassò lo sguardo.

"Te lo meriti, nonna" le sussurrò una voce alle sue spalle. Cristina li aveva seguiti in giardino. Le mise le braccia attorno alla vita e la strinse forte.

"Ieri abbiamo piantato questo albero in tuo onore. Riesci a vedere cosa c'è lì accanto, a terra?" Luca indicò una piccola targa di metallo.

"Glielo dico io!" disse Cristina con entusiasmo. "Nonna, ci sono il tuo nome e quello del nonno. È un riconoscimento del vostro contributo alla conservazione dell'arte in questo Paese. Babbo voleva davvero fare qualcosa apposta per te".

Elena era sbalordita. Guardò suo figlio e poi Pasquale e Zea. "Questo è... questo è davvero troppo" disse a bassa voce.

Pasquale le sorrise. "No, mia cara Elena, non lo è. Luca è stato fondamentale per mettere al sicuro le opere ed è morto per questo. Tu insegni da decenni l'importanza del preservare l'arte nelle zone di guerra. Meritate entrambi un riconoscimento tanto quanto lo merito io".

"Non vedevo l'ora di fartela vedere, mamma" le sussurrò Luca. "Te lo meriti davvero".

Gli occhi di Elena si riempirono di lacrime. Fu travolta da un senso di orgoglio misto a tristezza. *Dovresti essere qui con me, amore mio*, pensò tra sé e sé. *Vorrei che fossi qui per vedere tutto questo. Quello che abbiamo fatto è stato importante.*

Ma il mio Luca è qui, si rimproverò. *È sempre stato qui.* Elena guardò il suo bellissimo e sensibile figlio, che lei e l'uomo che amava avevano fatto insieme, tanti anni prima, in una gelida stalla nell'inverno più buio della sua vita.

242

FINE

Postfazione

Mi sono imbattuta per la prima volta nella storia di Pasquale Rotondi nel 2000, quando io e il mio defunto marito, Huw, abbiamo acquistato la nostra casa dei sogni nella campagna fuori Sassocorvaro, nell'Italia centrale. C'è voluto più del previsto per ristrutturare quel casolare vecchio di cinquecento anni e così, tra un incontro e l'altro con gli architetti e i muratori, abbiamo trascorso del tempo a Sassocorvaro, a bere caffè al tavolino di un bar o a mangiare della pasta squisita in uno dei ristorantini. Un giorno, decidemmo di andare a visitare l'imponente Rocca nel centro della città. Alle pareti erano appese copie di quadri famosi, con le relative spiegazioni in italiano. All'epoca parlavo pochissimo italiano, quindi non avevamo idea di cosa rappresentasse quella mostra.

Dopo una ricerca su Internet, scoprimmo la storia di Pasquale Rotondi e della sua corsa per portare in salvo le opere d'arte e sottrarle alle devastazioni della guerra nonché, dopo l'invasione tedesca del 1943, per salvarle dagli scagnozzi di Hitler. Rimanemmo sorpresi di non aver mai sentito quella storia prima. Qualche anno dopo, la sorpresa si trasformò in un sentimento che rasentava la frustrazione quando apprendemmo che dal saggio *The Monuments Men* di Robert Edsel era stato tratto un film interpretato da George Clooney. La pellicola sottolineava il ruolo degli storici dell'arte inglesi e americani nelle missioni di salvataggio delle opere nel periodo successivo alla guerra, ma non faceva cenno al pericoloso lavoro svolto tra il 1943 e il 1944 dagli italiani sotto l'occhio vigile dell'invasore tedesco. Il film menzionava a malapena le persone che avevano messo a rischio la propria vita durante gli anni della guerra.

Ne parlammo varie volte con Luca e Germana, nostri vicini e amici. Dissi loro che ero determinata a mettere nero su bianco quella storia, prima o poi. Luca, scherzando, disse che avrebbe potuto interpretare il protagonista se ne avessero tratto un film. Ma gli anni passarono e io non feci nulla.

Nel 2019, il mio adorato marito, Huw, è morto prematuramente per un cancro e dopo sei mesi è scoppiata una pandemia globale. Ho dovuto chiudere la nostra attività. Mi sono sentita sola e un po' smarrita, non sapevo come occupare il mio tempo. Ho iniziato una nuova avventura con dei cari amici, ma avevo comunque tanto tempo libero a disposizione e non sapevo come impiegarlo. Anche Luca aveva perso la sua cara Germana qualche anno prima. La vita ci è improvvisamente sembrata brutalmente breve. Sono state le mie figlie, Tara e Savannah, a incoraggiarmi a fare qualcosa con tutto quel tempo libero.

"Perché non ti metti a scrivere quel libro?"

***

E così ho fatto. Questo libro è un'opera di fantasia ispirato da eventi realmente accaduti e persone realmente esistite. Molti degli episodi narrati in questo libro sono riportati nel diario di Pasquale Rotondi, che ci offre una cronologia dettagliata della sua vita tra il 1943 e il 1944. Tuttavia, pur essendo ispirato a un personaggio realmente esistito, il mio Pasquale Rotondi è un personaggio di fantasia, come lo sono gli altri personaggi storici menzionati: sua moglie Zea, essa stessa una nota storica dell'arte; il signor Renon, il curatore; il signor Montagna, il muratore di Sassocorvaro; il signor Pretelli, l'autista di Rotondi; il Tenente Scheibert della Kunstschutz; Erivo Ferri, un antifascista che aveva fondato la prima brigata partigiana della sua regione; Emilio Lavagnino e Italo Vannutelli del Ministero di Roma. Anche Emilio Lavagnino tenne un diario ed è stato interessante leggere il suo punto di vista sul collega Pasquale Rotondi. I due chiaramente andavano d'accordo e si rispettavano molto. Tutti gli altri personaggi ed eventi sono completamente inventati.

Laddove necessario allo svolgimento dell'azione, ho modificato la cronologia di alcuni episodi reali. Per esempio, le casse con le opere d'arte non sono mai state radunate a Palazzo Ducale: il convoglio è effettivamente partito da Sassocorvaro e non da Urbino. Era previsto un assalto dei partigiani al convoglio, ma il piano fu bloccato ancor prima che il convoglio partisse, perché ai partigiani le informazioni arrivarono in tempo.

Mi sono ispirata anche a fatti realmente accaduti alla nostra fattoria italiana, che nel libro è rappresentata da Ca'Boschetto. Tanti anni fa ci venne a far visita una coppia di anziani con le loro nipoti, le quali ci raccontarono che il nonno, che non parlava inglese, era cresciuto nella nostra casa assieme alla famiglia del cugino. Li facemmo entrare e ci raccontarono dettagli affascinanti su com'era la vita nella casa durante la guerra. La scena di Marco che nasconde il vino del porcile, ad esempio, è basata su uno degli eventi che ci sono stati raccontati in quella giornata d'estate.

Spero di aver reso giustizia a questa storia. Ciò che mi spaventa di più è che non si tratta semplicemente del racconto di fatti avvenuti molti decenni fa. Ancora oggi l'arte, gli edifici storici, la letteratura e la cultura vengono continuamente distrutti in posti come la Siria, l'Afghanistan e l'Ucraina. Il modo più semplice di cancellare un popolo e la percezione che ha di sé è distruggere ciò che lo rende speciale.

Ringraziamenti

La scrittura di un romanzo è spesso rappresentata nei film come un'esperienza piuttosto solitaria. Io ho avuto la fortuna di avere con me un villaggio. Tante persone mi hanno incoraggiato, pungolato e spinto a mettere tutto nero su bianco: senza di loro, questa storia non sarebbe mai stata raccontata.

Ho la fortuna di essere membro di due club del libro e l'esperienza di sviscerare e discutere in pubblico i meriti del lavoro degli altri è stata di per sé un'occasione di apprendimento. Grazie, quindi, ai membri del club del libro (spesso bello animato!) che si è formato nella mia vecchia azienda e che è riuscito a prosperare anche dopo la chiusura dell'attività, e che si è rivelato un luogo di rifugio virtuale durante la pandemia. Un enorme ringraziamento va alle signore del mio club del libro "Amici" che a volte mi fanno ridere fino alle lacrime.

Ringrazio pubblicamente i miei cari amici e i beta reader che mi hanno fornito riscontri e suggerimenti per migliorare il romanzo. Cindy Gallop, che mi è stata di supporto per trentasei anni e ha sempre pronto un martini. Tat Small, che non dice mai di no a una tazza di tè e che parlerebbe di sciocchezze con me per ore. Rebecca McGough e Maria Salvador Smith, le mie splendide amiche che rendono il mio lavoro giornaliero una vera gioia, e le cui osservazioni sul libro e su altri elementi sono state davvero preziose. Moira Fielding, la mia anima gemella letteraria. Il ringraziamento più grande va agli amici scrittori. Diane Hatz e Angie Annetts sono state i miei spiriti guida nel mondo dell'editoria indipendente. Angela Petch, scrittrice di bestseller ambientati in Italia, è stata generosa sia con il suo tempo che con la sua esperienza: i ponderati editing, suggerimenti e correzioni hanno reso questo romanzo decisamente migliore.

La comunità italiana mi ha accolto a braccia aperte. Nulla mi fa più felice che mangiare e bere tutti insieme nella nostra bellissima valle. Perdonatemi se ho preso in prestito alcuni dei vostri nomi per i miei personaggi. Benoit, mi hai aiutato a incontrare le persone giuste per festeggiare l'arrivo del libro italiano. Luca, te l'avevo detto che un giorno avrei scritto questo libro. Un ringraziamento speciale alla mia amata e paziente amica Cristina, che ha letto attentamente le versioni inglese e italiana per assicurarsi che la traduzione fosse accurata. (Anche per essersi presa cura della mia casa italiana quando non c'ero e per avermi aiutato ad affrontare le numerose emergenze domestiche!)

Ci sono diversi libri, articoli e documenti a cui ho fatto riferimento durante la stesura di questo romanzo. Qui di seguito ho elencato alcuni dei più influenti, ma su Internet ho scovato numerosi tesori nascosti.

Robert Edsel ha scritto libri magnificamente documentati su quanto fatto in Europa per portare in salvo le opere d'arte durante la guerra. *The Monuments Men: Allied Heroes, Nazi Thieves, and the Greatest Treasure Hunt in History* di Robert Edsel e Bret Witter e *Saving Italy: The Race to Rescue a Nation's Treasures from the Nazis* sono stati preziosissimi. Ho avuto la fortuna di assistere a una conferenza del signor Edsel al Getty Museum di Los Angeles, dopo la quale abbiamo fatto una breve chiacchierata su Sassocorvaro e sulla Rocca.

Il mio consulente finanziario Aaron Werner della Raymond James mi ha gentilmente inviato una copia del libro di suo nonno, *Fighting Back: A Memoir of Jewish Resistance in World War 2* di Harold Werner. Sebbene sia incentrato sulle sue esperienze come combattente della resistenza in Ucraina durante la Seconda guerra mondiale, questo libro mi ha fornito una visione generale dell'esperienza partigiana. Il nonno di Aaron era un uomo straordinario, come lo erano tutti i partigiani che, nella maggior parte dei casi, erano persone normali che si sono uniti alla lotta per salvare la propria patria. Il personaggio di Erivo Ferri, il mio capo partigiano, è basato su un personaggio storico. Nell'estate del 2023 sono andata a cercare la tomba del vero Erivo Ferri nel paese di Schieti, nelle Marche, per rendergli omaggio.

War in Val d'Orcia: An Italian War Diary, 1943-44 di Iris Cutting è una suggestiva descrizione della vita quotidiana nell'Italia devastata dalla guerra.

Italy's Sorrow: A Year of War, 1944-45 di James Holland.

The German Side of the Hill: Nazi Conquest and Exploitation of Italy, 1943-1945 di Timothy D. Saxon, University of Virginia, 1999.

Nehrt, Jennifer L., *The model of masculinity: Youth, gender, and education in Fascist Italy, 1922-1939* (2015). Senior Honors Projects, 2010-oggi. 66.

Anna Melograni, *Per non ricordare invano: il diario di Pasquale Rotondi e la corrispondenza con i colleghi delle soprintendenze e la direzione generale delle arti (1940-1946)*.

L'arca dell'arte di Umberto Palestini.

La lista di Pasquale Rotondi, un documentario prodotto da RAI Cultura.

Se vi trovate nelle Marche, non mancate di visitare il Palazzo Ducale di Urbino e la Rocca di Sassocorvaro. Alla Rocca ho trascorso una mattinata interessante parlando degli eventi del 1943 e del 1944 con Silvano Tiberi, e il suo contributo è stato prezioso. Presso la biglietteria è possibile acquistare *Diario di Pasquale Rotondi - 1939-1946: opere d'arte nella tempesta della guerra*, un bellissimo libro curato da Silvano.

Vorrei che Huw fosse qui per condividere tutto questo con me. Riesci a crederci, tesoro? L'ho fatto davvero.

E infine alle mie ragazze, Tara e Savannah: vostro padre e io siamo così orgogliosi di essere riusciti a creare degli esseri umani così meravigliosi. Grazie per essere la luce dei miei occhi.

L'autore

Kate Bristow si è innamorata della lettura quando, a quattro anni, ha avuto la tessera della biblioteca. Il primo tentativo di scrivere e pubblicare qualcosa per il grande pubblico è stato quando, mentre frequentava una scuola elementare a nord di Londra, ha scritto un giornale locale con la macchina da scrivere della madre. Il fatto che sia stato creato un solo numero è sicuramente una perdita per il giornalismo d'avanguardia. Kate si divide tra una casa moderna, piccola ma perfetta a Los Angeles e una cascina del Cinquecento alle porte di Sassocorvaro, in Italia.

Per notizie e aggiornamenti: www.katebristow.com